MY FAIRY-TALE MAP

The Memoir of
Hans Christian Andersen:

安徒生旅行记:我的童话地图

旅行就是生活, 它所起的作用, 如同使人心旷神怡的沐浴, 总是使人返老还童。

[丹麦] 安徒生　著

李道庸　译

中国国际广播出版社

图书在版编目（CIP）数据

安徒生旅行记：我的童话地图 /（丹）安徒生著；李道庸译. —北京：中国国际广播出版社，2020.3
ISBN 978-7-5078-4583-9

Ⅰ. ① 安… Ⅱ. ① 安…② 李… Ⅲ. ① 游记—作品集—丹麦—近代
Ⅳ. ①I534.64

中国版本图书馆CIP数据核字（2019）第269988号

安徒生旅行记：我的童话地图

著　者	［丹麦］安徒生	
译　者	李道庸	
责任编辑	梁　媛　李　卉	
校　对	张　娜	
设　计	国广设计室	

出版发行	中国国际广播出版社［010-83139469　010-83139489（传真）］
社　址	北京市西城区天宁寺前街2号北院A座一层
	邮编：100055
印　刷	天津市新科印刷有限公司

开　本	710×1000　1/16
字　数	200千字
印　张	15
版　次	2021 年 3 月　北京第一版
印　次	2021 年 3 月　第一次印刷
定　价	38.00 元

译者序

誉满全球的丹麦童话大师安徒生 1805 年生于丹麦菲英岛上的欧登塞市。他的母亲是个洗衣妇，父亲是个鞋匠，沉迷于幻想并为儿子建造了木偶剧场。安徒生的童年是困苦的，但那时他已经萌生了想象力。作为独子，他自个儿摆弄他的木偶剧场并为他的木偶创作故事来打发时光。因此，他很早就对戏剧产生了兴趣，从而想当一名演员。一年夏天，皇家剧院一个演员剧团来到欧登塞，他观看了一场演出，同一名传单散发者建立了友谊，于是经剧团许可，有时扮演角色。起初演小听差，然后演羊倌，多少有点收入。他回忆起当时的心情说："我的渴望是控制不了的，当演员们化装时，我穿着化妆服在后台等着。"

什么都阻止不了安徒生的远大理想，他告诉他的母亲，他打算动身去哥本哈根碰碰运气。"你在那里的运气会是怎么样？"母亲问。他答道："我听说过出身贫寒的杰出人物的生平事迹。必须吃尽苦头，才能出人头地。"

安徒生的母亲半信半疑，只是在请一名女巫给他算命后才不得不相信。那女巫摆弄了一阵纸牌后预言："你的儿子将成为名人，为了庆祝他的成功，欧登塞总有一天会灯火辉煌地欢迎他的。"

1819 年 9 月 17 日，14 岁的安徒生身无分文地从欧登塞动身去哥本哈根，经过多方打听，找到了去皇家剧院的路。他一面祈求上帝保佑，一面冒昧地拜见了剧院导演，恳求当一名跑龙套的演员。导演打量了他一番后说他太瘦，挥手示意他出门，并补上一句："剧院只雇有教养的人。"

这次挫折没有使安徒生丧气。他的嗓音特别高亢。当他独自一人站在街上时，忽然想起过去听说过的一位新上任的音乐学院指挥、意大利人西博尼。安徒生打听到他的家，便登门拜访，毛遂自荐，表示希望当歌唱家，还讲了自己的贫寒身世。这时西博尼正在宴请一帮艺术家，便当场请他唱了一两首歌。安徒生受到所有在场人的喜爱，特别是他的身世博得了他们的同情。艺术家们意识到要帮助他实现理想。于是西博尼答应训练他的嗓音，客人们纷纷为他募捐，作曲家韦斯当场表示愿给他一笔小额补贴直到他能自食其力为止。

此后，安徒生出现在艺术家们轮流举行的宴会上。在这种场合，他认识的哥本哈根重要人物之一是乔纳斯·科林，这个城市的一位议员和实业家，曾经的皇家剧院院长。科林成了安徒生的主要赞助人。

安徒生没有受过正规教育。科林决定，年轻的安徒生应适当地受教育，便送他去哥本哈根西南一小镇斯拉格尔斯上中学。1822 年，他17 岁时成为这所学校的二年级学生。

校长西蒙·梅斯林具有学者风度，但却以冷言冷语地讥笑安徒生为乐，这使安徒生有种被遗弃、忽视的感觉。尽管如此，他甚至在这所学校上学期间就开始创作诗歌和戏剧，有了一点名气。但使他感到意外的是，他的赞助人科林硬让他回哥本哈根读私塾，并住在科林家里。这段时期，他在提高文化水平的同时，也产生了写作的灵感。安徒生回忆说："那时我总是步行到郊区夏洛镇的塾师家去学习。回家途中，我的脑海充满了形形色色的、活生生的诗的形象，它们甚至在1828 年我中学毕业以后还像一群蜜蜂一样跟随着我。"后来，他多次徒步旅行的收获是写成了他的早期著作《从霍尔门斯运河至河迈厄岛南端步行记》，正式开始了他的文学生涯。随后又写了几部歌剧，其中《大乌鸦》似乎就是最好的了，但不太受欢迎。他又改编了英国小说家沃尔特·斯科特的《拉默穆尔的新娘》，被指责把一部杰作弄得支离破碎。

然而科林一家还是认为他有前途，因此科林建议安徒生出国旅行，以开阔眼界。安徒生一生的旅行即将开始。1831 年他短期访问了德国，1833 年 4 月又去德国、法国、瑞士和意大利进行长期的旅行直至次年 8 月。之后，他又经常出国旅行。

在旅行中，他得以同各种各样的人交流，特别是有机会结识了不少文学艺术大师。旅行也为他提供了观察社会和大自然、深入生活、开阔视野的广阔天地。在 1831 年到 1867 年这 30 多年中，他创作了大量童话作品，而且都是在旅途或旅行后写的。诚如安徒生所说："旅行就是生活。""旅游所起的作用，如同使人心旷神怡的沐浴，总是使人返老还童。"这对于他成为世界级童话大师产生了极大的影响。

安徒生一生除创作了大量的童话、诗歌、长篇小说和剧本之外，还写了不少游记和一些零散的旅行笔记。本书是译者根据安徒生所著的 *The Story of My Life*，*The True Story of My Life*，*Pictures of Sweden*，*A visit to Portugal* 等编译而成，大体上扼要地综合了安徒生的主要旅行记录。本书译文不当之处，恳请读者指正。

译者

目 录

第一章

初游德国：与沙米索一见如故

1829年圣诞节那天，我备受称赞的第一本诗集出版了。生活宛如一片灿烂的阳光，照射在我前面。

诗，一首接一首涌到纸上，但是喜剧因素愈来愈少了。过去被我经常嘲笑的感伤情绪现在得以报复。在我的旅途中，我到达了某小城镇的一个有钱人家，这儿突然在我面前展现了一个新世界——一个广阔无边的世界，不妨用我那时写的四行诗来概括：

> 一双乌黑的眼睛朝我凝望，
> 它们是我的天下、我的家，使我欢畅，
> 那眼睛里热情洋溢，一派天真的宁静，
> 在人间它们永不会被遗忘。

我正忙着重新安排生活。我想放弃写诗，做一个传教士！我只有一个念头，那就是想念她。但这是自我欺骗，她爱的是另一个人，而且同他结了婚。也许她不知道我对她的感情多么深厚，或者这种感情对我产生了什么样的影响。她已成为一个好人的贤妻，成为一个良母，愿上帝保佑她！

在我的第一部作品《徒步旅行》以及大部分作品中，讽刺是主要的特征。这引起许多人不满，他们认为这种精神癖好不会产生好的效果。这时批评家责备我，恰恰是由于那种深厚的感情已从我内心被驱赶走了。为了迎接新年而出版的新诗集《幻想与见闻录》，恰如其分地展现了我心灵上所遭受的折磨，对我心灵遭遇的解释出现在庄重的轻歌舞剧《离别与相会》中。只有一点不同，在这部戏里爱情是相互的，它在 5 年以后才得以搬上舞台。

那时候在哥本哈根，我有一位青年朋友叫奥尔拉·莱曼，由于在政治上的努力，他后来爬到比丹麦任何人都更受到公众宠爱的高度。他充满着生气、雄辩的才能和无畏的精神，其精神特征也使我产生兴趣。他的德语大部分是在他父亲家里学的。在那里他们接触了海涅的诗，这些诗对年轻的奥尔拉是很有吸引力的。他住在乡下，在弗雷德里克斯堡城堡附近。我去那儿看望他，我一到达他就吟咏起海涅的一句诗："大海，大海，你是永恒的海。"我们一起读海涅的诗，从下午一直到傍晚，最后我不得不通宵留在那儿，因为我认为我结识了一位诗人，他看来似乎用心灵在唱。他在我心目中取代了霍夫曼①，从我的《徒步旅行》一诗中就可以看出，后者对我曾有过很大的影响。在我的青年时期只有 3 位作家仿佛把他们自己注入了我的血液之中，这就是沃尔特·斯科特、霍夫曼和海涅。

我的作品中愈来愈多地流露出一种不健康的思想倾向。我感到我倾向于探索人生中使人压抑的东西，倾向于考虑事物的阴暗面。我变得神经过敏，认为与其考虑人家对我的大肆吹捧，倒不如考虑人家的责备。我迟迟地勉强受到的学校教育以及还是学生时候想当作家的冲动，其后果都明白地显现在我的第一部作品《徒步旅行》中，那里有许多语法错误。假如我花钱请人改校样——这是我所不习惯的事——那么就不会遭受这类指责。现在情况恰恰相反，人们嘲笑着、仔细品评着这些错误，同时却漫不经心地忽略了这本书的优点。我知道那些人只是为了挑错才读我的诗。例如，他们记下我用过多少次"美丽"这个词或其他类似的词。在这些人中，有一位绅士，现在身为牧师，

---

① 德国诗人兼语言学家、文学史家（1798—1874）。

是一个轻歌舞剧本的作者兼批评家，他毫不羞愧地以这种方式读完了我的几句诗。有一个 6 岁的小姑娘听他说通篇都是错误时大为惊异，她拿着这本书，指着连接词"and"说："还有一个小小的词是你没有指责过的。"他感到这孩子的话是莫大的非难，显得很难为情，于是亲了亲这个小姑娘。这一切都伤了我的感情，于是从上学时起我就变得胆怯了，在这种情况下只好泰然处之。我病态的神经过敏，过分地能忍受一切，谁都知道这一点。有些人因此对待我几乎是无情的。谁都想教训我。几乎人人都说我给赞美之词宠坏了，因此他们要向我说说真话。于是我便不断地听到人们谈论我的缺点，真正的典型的弱点。就在这时，我的感情爆发了：我声称一定要成为一个人们公认的、光荣的诗人。但这仅仅被看作不能容忍的虚荣的最大标志，而且传得家喻户晓。他们说，我是个好人，但却是现有的人中虚荣心最强的一个。可恰恰在那个时候，我经常准备着全盘否定我的才能，而且产生一种自卑感，如同在学校生活中最黯淡的日子里那样，认为自己的全部才能似乎都是自欺欺人。我几乎相信是这样，但却不能容忍别人对我的才能冷嘲热讽。如果我说出一句高傲、坦率的话，那是对着狠狠抽打我的鞭子说的！每当抽打的人就是我所爱的人时，那些鞭子的确成了蝎尾鞭。

由于这个原因，科林认为我应当做一次短期旅行，以便换换脑筋和给我提供些新思想。我靠省吃俭用积蓄了一小笔钱，决心去德国北部消磨两个星期。

1831 年春天，我第一次离开丹麦。我参观了吕贝克和汉堡。一切都使我感到新奇，新鲜事物充满了我的心灵。这里还没有铁路，一条宽广、深厚的沙路横穿过吕南堡的石楠丛生的荒地，好像同我朗读的那首巴格森受人赏识的"迷宫"里的景色一样。

我到达不伦瑞克。第一次见到了哈茨山，并且从戈斯拉尔徒步经过布罗肯峰到达哈雷。

这个世界如此新奇地展现在我面前，我像欢迎候鸟似的迎回了愉快心情，但遗憾的是，候鸟走后麻雀又该在我心里筑巢了。

在布罗肯峰山顶的留言簿上，那么多游客写下了他们的名字、感想和意见，我也以小诗的形式写下了我的留言：

> 这儿，我站在云层之上，
> 禁不住敞开自己的心绪：
> 我离遥远的苍天更近了，
> 能够同她紧紧握手致意。

第二年，一位朋友告诉我，在他观光布罗肯峰时见过我的诗。一位同胞写下了如下的话："可怜的小安徒生，收起你的诗，给埃尔姆奎斯特作'读本'吧，不要用这些诗在国外给我们制造麻烦了，在那儿它们是没有出路的。"

在德累斯顿我结识了蒂克[①]。英格曼为我写了一封信给他。一天晚上，我曾听他高声朗读莎士比亚的剧本。在向他告辞时，他祝愿我能成为一位诗人，并拥抱我、吻我，这给我留下了最深刻的印象。我永远忘不了他的眼神。我流着泪离开了他，最热诚地祈求上帝给予我力量，使我能走自己打算全心全意为之奋斗的道路——这力量将使我能够表达出心中的感受，以便当我再次见到蒂克时，能得到他的了解和重视。事过不几年，当我后来的作品被译成德文，并在德国大受欢迎时，我们彼此又见面了。我同他握手时感到他的手劲真大，他还在我这第二祖国给了我一个亲热的吻。

奥尔斯特兹的一封信使我在柏林结识了沙米索[②]。这个庄重的男人

---

① 德国作曲家（1773—1853）。

② 德国作家（1781—1838），自然主义者。

有一张长脸和一双诚实的眼睛。他亲自给我开了门，看了信，我不知道为什么我们一见如故。我感到完全信赖他，就这样对他说了，虽然说的是蹩脚的德语。沙米索懂丹麦语，我把我的诗送给他，他是第一个翻译我的诗从而把我介绍给德国的人。那时他就这样在《晨报》上谈起我："秉性机智、幽默，富于想象力和民族朴实感，安徒生还能以他的最强音唤起更大的反响。他特别善于以寥寥数语和流畅生动的笔触描绘小小的画面和风景；而这些画面和风景往往具有独特的地方性，似乎不能引起那些不熟悉这位诗人故乡的人们的兴趣。也许用他的诗中可以翻译的或已经翻译的部分，是不能恰当地评价他的。"

沙米索成了我的终身朋友。他对于我后来的作品的满意，可以从收集在他的选集中的给我的信里看出来。

在德国的短期旅行，正如我的哥本哈根朋友们所承认的那样，对我的影响很大。我立刻把旅途印象写了下来，以《影子画集》作书名拿给他们去发表。我是否真的有所进步呢？国内仍然流行着稍许夸大我的缺点的趋势，这对我是永久性的教育。我十分软弱地容忍着那些爱管闲事的干涉者们的教育，很少开他们的玩笑。一旦我开了他们的玩笑，那就叫作傲慢和虚荣。他们因此会断言我不讲道理。有这样一位老师曾问我，我写 Dog 时是否写的是小写 d？他在我的最近一部作品中发现了这样一个印刷错误。我打趣地答道："是的，因为我在这里谈到一条小狗。"

也许人们会说，这些都是小事。是的，不过它们是能把岩石滴穿的水滴。我在这儿谈起它，觉得必须要这样认识。由于在我的私生活中还没发现其他错误，我对指责我虚荣的意见立刻进行了反驳，可是人们仍然把虚荣像一枚老勋章一样掷给我。

我情愿向被我拜访过的每个人朗读我近来写作的、自以为满意的作品。我一直没能从经验中懂得，至少在这个国家里，一个作家为何不应当这样做。任何一位能弹钢琴或唱几支歌的先生或女士，不管他们去参加什么团体的集会，都毫不犹豫地随身带着乐谱坐在钢琴前，很少因此受到批评。一位作家可以大声朗读别人的诗作，但朗读他自己的诗作则是虚荣！

人们曾多次谈到奥伦什拉杰尔①，他总是愿意在他所到的各种场合朗读自己的作品，而且还读得非常动听。关于此事，我曾听到人们多少评论呵！他们似乎想靠这个使自己开心，或者使这位诗人服从他们的多数。如果他们许可自己这样对待奥伦什拉杰尔的话，那么有什么不可以向安徒生做得更进一步呢？！

有时候我的好脾气使我超脱于周围的讥讽之外。我既能发现自己的缺点，也能发现别人的缺点。在这样的时刻，我发表了我的小诗 *Snik-Snak*②，印出后我也成了报纸和期刊上许多诗歌的议题。我经常拜访的一位女士派人叫我去，并盘问我是否真拜访过为写这首诗而去被嘲弄的家庭。她不相信这首诗与在她家相聚的那伙人有什么关系，但由于我在那儿是客人，人们会设想她的家庭就是我所指的地方，因而她狠狠地教训了我一顿。

一天晚上在剧院的前厅里，一位我所不认识的衣着讲究的女士来到我面前，以一种愤怒的目光直视着我说："Snik-Snak"。我脱帽还礼！

---

① 丹麦诗人、戏剧家（1779—1850），丹麦浪漫主义运动先锋。

② 丹麦语中对无聊的唠叨和胡诌的通俗说法。——原注

第二章

游巴黎、瑞士：结识海涅、雨果

恰恰是在同一年，赫茨接受了一笔生活津贴去旅行。我也为同样的目的提出了申请。我怀着真诚的敬意和衷心的感谢拜谒了国王弗雷德里克六世。除了经他许可后呈上一本《一年的 12 个月》以外，我别无其他表达方式。

某人对我颇有好感，他对我进行了指点。为了领到一笔旅行津贴，我应该在向国王献书的同时，立即明确地告诉他我是谁，以及我已成了大学生，并在没有任何支援的情况下取得了成功。旅行比任何别的什么都更适宜于完成我的教育；然后国王也许会回答，我就可以把打算提出的申请递交他。我认为，在把我的书呈送给国王的同时就求他帮助是荒谬的。"就得那样，"他说，"国王很清楚，你送他这本书就是有求于他！"这使我几乎绝望了。可是他说："那是唯一的办法。"于是我就照办了。的确，我的读者一定感到可笑，我紧张得心怦怦直跳。当国王以特殊的态度突然向我慢慢走来，并问我带给他的是什么书时，我回答说："一组诗集！"

"一组，一组，你这是什么意思？"

我变得十分狼狈地说："是献给丹麦的一些诗！"

他便笑逐颜开地说："哎呀，太好了，谢谢你！"他点了点头，打发我出来了。但是由于我还没有实现我真正的意图，我便告诉他我还有话向他报告。这时我毫不迟疑地向他报告了关于我的学业以及我怎样完成学业的情形。"那是很值得称赞的。"国王说。当我提到旅行津贴这个问题时，他果然像别人告诉我的一样回答道："好吧，把你的申请书交来吧！"

"是的，陛下！"我非常天真地大声说，"申请书我随身带来了！"
据我看来，我把申请书和书一起带来真是糟透了。他们曾对我说应该
这样做，说这是正当的方式，但我觉得这真糟糕。我不适于这样做！
泪水顿时从我的两眼流淌下来。好心的国王热诚地笑了，亲切地点了
点头，接过了申请书。我鞠了一个躬，飞快地跑开了。

一般的看法是，我已达到登峰造极的地步。如果我打算在旅行方
面获得成功，目前就应该去。从那以来，我感到旅行将成为我最好的
学校，这已经是公认的事实。在这期间，我被通知说，为了考虑我的
这个请求，我必须获得最杰出的诗人或科学家的某种推荐。因为正是
在那一年，有请求津贴的卓越的青年人谁更有权提出这个要求多得难
以确定，所以我为自己弄到了别人的推荐信。据我所知，我是不得不
提出推荐信来证明自己是唯一的丹麦诗人。推荐我的这些人都各自突
出了某些支持我的理由，提出了极不相同的合格证明，这也是出乎意
料的。例如，奥伦什拉杰尔证明我的抒情能力和我固有的真挚感情；
英格曼证明我描写大众生活的技巧；海伯格宣称，自韦塞尔时期以来
没有一位丹麦诗人具有我这么多的幽默；奥尔斯特兹说，无论反对我
还是支持我的那些人都同意一点，即我是个真正的诗人；蒂莱热情而
诚恳地称赞了我固有的反对压迫和贫困的力量。我接受了一笔旅行津
贴——赫茨那一笔大些，而我这一笔小些，那也完全是依先后次序办
理的。

"现在你该高兴了，"我的朋友们说，"你得知道你无比美好的
运气呵！珍惜目前这个时机吧，因为这也许将是你出国的唯一时机。
在你旅行期间，你将听到人们谈论你以及我们怎样为你辩护，但是有
时候我们对这点也无能为力。"

听到这些话，我是很痛苦的。如果可能的话，我可以自由呼吸了，
这不禁使我心旷神怡，可是伤心事却如影随形地跟着我。不止一件伤

心事压在我的心头，虽然我向世界打开了我的心房，然而有一两件还封锁着。当我动身旅行的时候，给上帝的祷词是：我可能死在远离丹麦的地方，或者仍然回来更坚强地进行活动，而且在有条件写作的情况下，为我和我敬爱的人们赢得幸福和荣誉。

一本可爱的有许多名人题诗的题词簿是我的小小财富，它在我的整个旅途中陪伴着我，后来慢慢成了我有价值的东西。

1833年4月22日，星期一那天，我离开哥本哈根，这个城市的无数尖塔从我的视野中掠过、消失，轮船快到默恩海角了。那时船长捎给我一封信，开玩笑地说："这是刚才从空中飞来的。"寥寥数语，是爱德华·科林的深情的告别辞。离开法尔斯特岛时收到另一个朋友的一封信。睡觉时收到第三封信，清晨靠近特拉弗明德时收到第四封信——全是"空中飞来的！"船长说。我的朋友们一封封热情而亲切的来信，不断地送到船长的邮袋里。

如今，我们可以很快地穿过德国到巴黎去旅行。从莱茵河出发，我继续了三天三夜的旅程。越过萨尔布吕肯，途经香巴涅的白垩区到达巴黎。我热切向往着那时我称之为"城市之冠"的巴黎。我曾多次询问，我们能否很快到达那里，后来我不再问了，因为在我还不知道到达那个伟大城市之时，我们已经行驶在它的林荫大道上了。

从哥本哈根到巴黎的全部旅途印象都在我途中写的东西里表达出来了，但我在这次快速旅行中所得到的东西很少。国内还有一些人早就期望着从我这里了解点什么。他们并未想到，即使幕布拉开了，也不会立即看到戏，或者一眼就把一出戏看完。

这时我正在巴黎，但深感疲倦，昏昏欲睡。我下榻在皇宫附近的托马斯街的莉勒旅馆。此刻对我来说，最美不过的是上床好好地睡上一觉。但没睡上多久，我就被一阵讨厌的喧嚣惊醒了。四周通亮，我起来走到窗前，凭窗遥望，只见对面狭窄的街道上有一幢大楼，一群人正冲下楼梯，大声咆哮着，一阵异乎寻常的奔跑、吵闹伴随着闪光。

仍然处于半睡眠状态的我，自然联想到全巴黎在闹革命了。我揿铃问侍者这是怎么一回事。"这是打雷。"他说。"打雷！"一个女侍者也说。他们发现我不懂他们的话，就卷起舌头说："打雷——雷——雷！"向我用手势表示怎么打雷。这时又是一阵闪光和喧嚣，不错，是雷声。对面的房子是轻歌舞剧院，那儿戏刚散场，人们正冲下楼来。正是那些人第一次把我在巴黎惊醒。

现在我要去观赏巴黎的富丽堂皇了。意大利歌剧院已关门，但大剧院的灿烂的明星还在发光：达莫罗夫人和阿道夫·努里特先生正在唱歌。努里特那时精力旺盛，是巴黎人的宠儿。我听说他曾在巷战中英勇作战，倾注全部精力为鼓舞战士们而大唱热情的爱国歌曲，歌剧振奋士气。又过了几年，传来他绝望和去世的消息。

我听说他在巴黎演出歌剧《古斯塔夫三世》的那些日子，是他一生中最受赞扬、最快活、显赫和幸运的时候。这个歌剧受到所有人的一致好评。真正的安卡斯特罗姆的未亡人住在这儿，而且是个老妇人，她在一家最著名的报纸上发表了一个启事，声明斯克里布^①安排的古斯塔夫国王^②和她的关系完全是假的，并声明她只见过国王一次。

我在法兰西剧院观看了悲剧《埃杜尔德的儿童们》，其中年幼的儿子们的母亲由老小姐马尔斯扮演。虽然我不十分懂法语，她的演技却能使我理解一切。我从没听过一个比她更优美动听的女人的声音了。我住在哥本哈根的最后的日子里，著名的阿斯特鲁普小姐就已出现在丹麦舞台上，她以不朽的、富于青春活力的艺术魅力受到哥本哈根观众的推崇。虽然她在悲剧《阿尔及利亚王子塞利姆》中扮演母亲的角色时感情逼真，但在我看来，她不过是个束腰的老处女，像钉子

---

① 法国剧作家，歌剧歌词作者（1791—1861）。
② 指瑞典国王古斯塔夫三世（1746—1792）。

一样僵直，嗓音中带有讨厌的咯咯声；至于她的演技，我不去批评。
在巴黎，我从马尔斯小姐身上看到了真正的青春活力——不在于紧身
胸衣和昂首阔步，她有着充满青春活力的动作，她的声音悦耳，扣人
心弦。因此，虽然并没有人告诉我，但我就理解她是个真正的艺术家！

那年夏天，我们几个丹麦人一起在巴黎。我们都住在同一个旅馆
里，我们一同进餐厅、咖啡馆和剧院，始终讲我们自己的家乡话，互
相朗读信件，共同感受和谈论家乡的景色，以至我们几乎都觉不出自
己置身异国，仿佛还是在自己的祖国。

一切我们都观赏了，而且必须去观赏一切，因为我们就是为了这
个才出国的。我记得有一天早晨，我的一个亲爱的朋友从博物馆和皇
宫回来，显得精疲力竭。他说："实在没有办法，必须去参观这些地方，
因为回国后我会被问得不好意思，还得供认我没有看这看那。只剩下
几个地方没有看了，在参观过那几个地方以后，我也许会真正愉快点
儿！"这是一般的话题，而且大概是老生常谈了。我和他们一起出去，
看了又看，但其中好些地方很久前就已从我的记忆中消失了。拥有富
丽的客厅和巨幅名画的宏伟的凡尔赛宫，在我心目中的地位远不及特
里亚农①。我怀着虔敬的感情踏进拿破仑的卧室，那儿的一切都保持
他在世时的本来面目：墙上的黄色挂毯，床上的黄色帐子，床前那块
踏板。我把手放在他的脚踏过的一个台阶上，又移放在他的枕头上。
倘若我是一个人来的，我一定跪下了。拿破仑的确是我青年时代的英
雄，也是我父亲时代的英雄，我敬仰他如同天主教徒敬仰他们的圣人
一样。我观看了特里亚农菜园里的小饲养场，穿着打扮如同农村姑娘
的玛丽·安托万内特②，在那儿管理牛奶房和一切有关事宜。我摘了

---

① 凡尔赛公园的两个城堡。大城堡建于 1687 年，供路易十四用，拿破仑一
　世有时用它作休养所；小城堡建于 1762 年，供路易十五用。
② 法国国王路易十六的王后。

一枝攀爬到不幸的王后卧室窗户上的金银花。为纪念伟大的凡尔赛宫，我还特意保存了一朵小小的朴素的雏菊。

我见到了巴黎的几个名人，或者确切地说，和他们交谈过了。其中一位是喜剧作家保罗·杜波，那是丹麦芭蕾舞大师布尔农维勤写信推荐我认识的。他的剧本《教友会会员和舞蹈家》曾在我们的剧院演出过，而且效果很好。这位老作家听到这个消息感到很高兴，热情地欢迎我。可是，一会儿工夫，在我们之间出现了非常滑稽的场面：我讲的是蹩脚的法语，他自认为他能讲德语，可他的发音却使我一点儿都听不懂，于是他取来一本辞典放在膝上，不断地查找单词，借助辞典交谈毕竟是一种缓慢的实习过程，这个法国人适应不了，我也适应不了。

另一次是拜访凯鲁比尼①。严格来说，我是被韦斯派去看望他的。大家记得坦率的韦斯的歌剧乐曲在国内是多么不受赏识，然而这些乐曲中依然有音调悦耳的作品，有如《一副麻醉剂》和《卢德兰洞穴》。他摒弃社交，闭门为我们作曲，但他的作品却流传不开，只获得一个教堂音乐作曲者的名声。他的《神妙的赞歌》一曲却备受称颂。我是受他的委托把这一曲子带给《两天》的不朽作曲家、创作了大量优秀安魂曲的大师凯鲁比尼的。正在这个时候，凯鲁比尼引起巴黎观众的注意。经过长期休息之后，他已进入晚年，却为《阿里·巴巴和四十大盗》这个伟大歌剧谱写了新曲。曲子虽未获得成功，他为此却深受尊重。

我拜访了凯鲁比尼。这位老人看上去和我见过的照片一模一样，他坐在钢琴前，每个肩膀上都卧着一只猫。他从未听说过韦斯，甚至不知道这个名字。他问起我带给他的曲子，而他只知道丹麦作曲家克劳斯·沙尔，因为后者为加勒奥蒂的芭蕾舞作过曲。因此韦斯便没有

---

① 意大利作曲家（1760—1842）。

得到凯鲁比尼的信，而我也没有再见到他。

有一次，我走进了"欧洲文学家"一类组织——巴黎人的文艺协会，是保罗·杜波介绍我去的。当时有一位具有犹太人特征的矮个子男人朝我走来，说："我听说你是丹麦人，我是德国人，丹麦人和德国人是兄弟，所以我向你伸出手！"

我询问他的名字。他说："海因里希·海涅！"[①] 他是我青年时代非常钦佩的诗人。他的诗歌是多么透彻地表现了我的思想和情感呵！我最想见到他，最想和他会晤，我就这样告诉了他。

"废话！"他笑着说，"我如真像你所说的那样使你发生那么大的兴趣，你岂不早就找我来了！"

"我不能，"我答道，"您会感到太荒谬的，像我这样一个完全不为您所知的丹麦诗人贸然来求见您，会使您感到荒唐的。我也知道我的举止对于您太有失文雅了。正因为我这样高度尊重您，您当时要是嘲笑我，或者也许好奇地看着我，那就会大大伤害我的感情，所以我宁可完全失去见您的机会。"

我的话给他留下了良好的印象，他非常友好，和蔼可亲。第二天，他到我住的维也尼饭店回访。从此我们彼此经常见面。有时候我们一起在大街上散步，但那时我并不充分信赖他，我也没有感到几年以后我们再次在巴黎相会时所感到的那种强烈的吸引力。他读过我的《即兴诗人》和我的一些短篇故事。在我离开巴黎去意大利时，他写信给我说：

　　我亲爱的同事，我本想胡乱写几句诗给你，可是我今天几乎连散文都很难写成。再见吧，祝愿你在意大利旅途愉快。在德国要学好德文，然后在你回到丹麦时，用德文写下你在意大利的所

---

① 德国诗人兼评论家（1797—1856）。

闻所感。那会使我很高兴的！

H. 海涅

1833 年 8 月 10 日于巴黎

　　在巴黎，我试着读的第一本法语书是维克多·雨果的小说《巴黎圣母院》。我每天都上大教堂去观看这部富有诗意的作品中所描写的场面。我被那些激动人心的画面和戏剧般的人物性格迷住了。这时我想，除了去拜见这位住在皇家教堂一间角屋里的作家、诗人之外，别无他想了。教堂里的房间都是旧式的，挂着圣母像的版画、木刻和油画。维克多·雨果穿着睡衣、内裤和精致的晨鞋接待了我。向他告别时，我请他在一张纸上签名，他满足了我的请求，但偏偏在紧靠纸的边沿上写上了他的名字。当时我很窘，顿时悟到他这样做一方面是因为他不认识我，另外出于小心谨慎留地方给我，唯恐我在他的名字上写什么。后来在巴黎的逗留中，我逐渐更了解这位作家了。

　　在去巴黎的途中和在那儿度过的整整第一个月期间，我没有收到家中的片纸只字。我到邮局去打听信件，也是徒劳。也许，我的朋友们没有什么可告慰我的事吧，会不会还有人在妒忌我通过那么多人的推荐争取来的旅行津贴？我沮丧极了。然而终于收到了一封信——一封欠资的厚信，但在那时对我来说已是一件了不起的大事。我的心因高兴而怦怦地跳着，巴不得马上读这封信。这的确是我的第一封家信。我急忙把信拆开，但里面没有写一个字，只有一张印刷的报纸——1833 年 5 月 13 日星期一的《哥本哈根邮报》，其中载有一首讽刺我的诗。这封欠资信也许就是那位匿名作者老远地寄给我的吧！

　　这便是国内寄给我的第一封问候信！这恶毒的攻击深深地刺伤了我的心。我一直都没发现作者是谁，从诗句中可看出文笔老练，也许是后来称我为"朋友"并和我紧紧握手的人们之一。人都有卑鄙的念头，我也有。

我在巴黎一直待到7月戏剧节过后，那时这种节日是最有生气的。在那些日子里，有一天，我在文多姆广场观看了拿破仑纪念碑揭幕典礼。

傍晚前，工人们干活时，塑像还盖着，人们已成群地聚集在广场上。一个怪模怪样的瘦弱的老太婆向我走来，大笑着带着神经错乱的表情对我说："他们已把他安放在那儿了，也许明天他们又会把他降下来的。哈，哈，哈！我是了解法国人的！"我怀着悲伤的情绪走开了。

第二天，我在广场一角临时搭起的一个高高的讲坛上就座。我注意到路易·菲利普和他的儿子们同将军们在一起。国民卫队在乐队的伴奏下走过，枪身上扎着花束；群众高呼"万岁"，但也夹杂着"打倒强权"的喊声。

市政府举办了一次堂皇的舞会。各阶层的人从王族到卖鱼妇，各阶层的人都聚集在这里，人群异常稠密，使得路易·菲利普和他的王后相当困难地到达为他们安排的座位。当王族进场时，乐队奏起歌剧《古斯塔夫三世》的舞曲。这支曲子听起来有一股悲伤的情调。我特别观察了阿米利王后脸上的表情，与我的感觉一样：她面色如土，紧紧偎依着路易·菲利普，他却带着愉快的笑容向大家打招呼，并同几个人握了手。

我看到年轻、朝气蓬勃的奥尔良公爵和一个衣衫褴褛的少女跳舞——也许是最卑贱的阶层中的一个少女。

这个欢乐的节日持续了几天。晚间，送葬的火炬燃烧在死去公民的基地上空，墓碑前装饰着永垂不朽的花圈；塞纳河上在举行划船比赛；在爱丽舍宫的草坪上可以看到具有丹麦民族特色的运动会。巴黎的所有剧院都向公众开放，甚至在中午还举行露天演出，人人都可以随便进出。有时人们打断悲剧和歌剧的演出，开始唱起《巴黎人》和《阿隆斯儿童们》来。晚间，冲天炮和焰火在空中闪亮，噼噼啪啪地爆响着。教堂和公共建筑物上张灯结彩，灿烂辉煌。

我第一次在巴黎的观光就这样结束了，结局不可能比这更喜庆、更欢乐了。

至于法语，我在这儿度过的将近 3 个月里，没有多少进步。丹麦人的弱点是他们在异国聚居在一起——孤傲地在一起，我也陷入同样的情形。我觉得需要多学点儿这种语言，因此决定暂时在瑞士的一个僻静地方食宿，这样就不得不说法语；但是人们告诉我，这样的逗留对我来说花费是很大的。

"假如你愿意屈尊观光汝拉山上的一个连 8 月份都下雪的小城市，你会发现那个小城的费用很便宜，而且还会找到许多朋友。"一个瑞士人对我说，我是在哥本哈根他的家中与他相识的。在巴黎玩乐过后能在那些荒僻的山中逗留一下，会使我心旷神怡的。我想安安静静地在那儿写完此刻盘旋在我脑子里的一首诗。这个计划拟订下来之后，我便确定了取道日内瓦和洛桑去汝拉山中的莱洛克尔小城的路线。

我的一些住在巴黎的同胞中，有两个人是丹麦的著名人士，他们两人都曾热诚地接待过我。其中一位是《冯斯与旺斯》和《魔灯》的作者——诗人彼得·安德烈亚斯·海伯格。他的处境与我们大不相同，他是在某个时候从丹麦被流放出来的，他选择了巴黎为他的第二故乡；他的一生在整个丹麦是尽人皆知的。我找到了他，他住在一个小旅馆里，是个上了年岁、将要双目失明的人。

他的儿子——我们的现任戏剧导演约翰·卢德维格·海伯格，那时刚刚与丹麦人约翰尼·路易丝结婚。而且我敢说，路易丝是当代最受尊重的女演员之一。老海伯格听说她的情况，很感兴趣。可是对于风景艺术家，我知道他仍坚持过时的或巴黎式的意见。他不乐意让儿媳受着他认为是暴君似的剧院导演管辖，同时很高兴从我这里，就像他说的从所有丹麦人那里听到她是这样一个具有真正才华的、有名望的姑娘。遗憾的是，他自己从未从研究中得知她的才能、她在丹麦舞台上的重要地位以及她的高尚品德。他似乎很孤独，这位快失明的男人在著名的王宫连环拱廊中摸索着行走，也的确可怜。在我临行时，他在我的题词簿上写道：

　　请接受一个盲人的友好告别！

P. A. 海伯格

1833 年 8 月 10 日于巴黎

　　另一位关照过我的丹麦人是参议员布龙斯特兹。我结识他是在海军上将伍尔夫家里。他从伦敦来，在那里他曾读过我写的《一年的 12 个月》。在这之前没读过我的任何作品，对我的诗，他倒很欣赏。他逐渐对我发生了兴趣，并成了我的知识向导和好友。在我离开巴黎前几天的一个早上，他送了我一首他写的诗。

　　此刻我已经在旅途中行走几个昼夜了，挤在肮脏的公共马车里。旅行生活像是为我安排了一些小小奇遇，我还记得几件，我愿在这里讲一讲。

　　我们离开法兰西的平原后到达汝拉山。深夜，在这儿的一个小村庄里，管理员帮助两个农民的年轻女儿进入仅有我这唯一旅客的马车里。

　　"如果我们不让她们乘我们的车，她们就只好在荒无人烟的路上步行两个钟头了。"管理员说。她们两个叽叽喳喳地边耳语边傻笑，知道马车里有一个绅士，但看不见。她们终于鼓起勇气问我是不是法国人。当听说我是丹麦人时，她们要我相信她们了解那个国家。她们想起地理书上说丹麦和挪威一样。她们不会发"哥本哈根"这个音，总是说成"科波拉尔"什么的。

　　她们问我是否年轻，结婚没有，长相怎样。我一直躲在一个黑暗的角落里，尽可能把自己描述得使她们称心如意。她们知道这是开玩笑，所以当我反过来问她们的容貌时，她们也把自己说成道地的美人。

当我们到达下一站时，她们催我亮相，我不肯满足她们的要求，所以她们也用手帕蒙着脸下了车，嬉笑着向我伸出了手。她们都很年轻，身材苗条。这两个不相识的、看不见容貌的快活姑娘留给了我旅途生活中可笑的形象。

这条路沿着深深的悬崖峭壁伸展着，山谷下面的农舍如同玩具一般，森林则像一片白薯田。骤然在两块巨大的山崖之间展现出一片景色——颇似模糊不清的造型或者飘浮在空中的山。这是我初次见到的阿尔卑斯山和勃朗峰。路始终沿着悬崖峭壁下行，宛如我们在空中往下降，像鸟瞰一样把一切尽收眼底。一股浓烟从遥远的山下冉冉升起，我以为那是一个煤矿，其实是一块云朝着我升上来，当它升腾得接近我们时，我们面前就出现了日内瓦、日内瓦湖及整个阿尔卑斯山脉——蓝色薄雾中的山峦，山顶上陡峭而阴暗的形影以及在阳光中闪烁着的冰川。那是一个礼拜天的早晨，在这个宏伟的大自然的教堂里，一种神圣的宗教感情充满了我的心。

我知道普拉里老人一家住在日内瓦，他作为移民在哥本哈根待了几年，因此总是很好地接待丹麦人。我在街上向一个人打听普拉里的家，碰巧他是普拉里的一个朋友，立即陪我到他家去。那一家人心地都善良，普拉里的女儿们讲丹麦语，我们的谈话自然转到丹麦上来。亨利·赫茨是普拉里的门徒，而且因《死者的信》取得了巨大成就和声望，他在这里很引人注意。普拉里谈到他在哥本哈根逗留时做五金生意兼教法语的情形，还谈起路易·菲利普作为植物学家，在去北海角途中以穆勒先生的名义暂住在商人戴·科灵克家里。有一天，普拉里被邀到宫里同他一起进餐，没有侍者在场，餐桌上的事全由路易·菲利普自行安排，等等。

阿尔卑斯山好像就展现在离这个城镇很近的地方，这使我产生了一个念头：清晨上山去散步。可是这山好像总在向后退似的，我走着，走着，时至中午以后才到达山脚下的第一块岩石，傍晚还没有回到日内瓦。

途经洛桑和韦维，我到达了希隆这个风景如画的老城堡。这个城堡过去曾因拜伦的《希隆的囚徒》一诗引起我很大兴趣。这个国家给我留下这样的印象：虽然我面前的萨瓦山由于积雪而银光闪烁，但还像置身在南方一样——山下城堡所在地有一个深绿色的湖，湖边是连绵不断的葡萄园和玉米田；老栗树投下阴影，它那茂密的树枝弯垂在水面上。我从吊桥上走过，进入城堡里有些阴暗的庭院里，发现墙上有些小孔，从前人们从这些小孔向进攻者倾倒滚烫的油和水。

城堡的房间都设有活板门，一踩到它们，它们就来回夹击，于是可怜的受害者猝然被抛进深海中或给铁钉刺穿在下面的岩石上。地下室的铁圈已生锈，铁圈上有拴囚徒的锁链。有一块平坦的石头是囚徒的床。拜伦曾在1826年在这儿的一根柱子上刻了他的名字。担任我的向导的是一位妇女，她说她不认识拜伦，那时曾试图阻止他这样做，但没有生效，而今人人都在观看那些字，因为"那位先生是如此非凡的人物"，她说着，意味深长地点了点头。

从希隆开始攀登汝拉山，一鼓作气，越爬越高，直到抵达我的新家——制造手表的莱洛克尔城。

这个小城坐落在汝拉山的山谷中，古时候，这儿曾是海，如今仍可见到鱼化石。在我们下面常有浮云飘动，阴暗的松树林中一片宁静，嫩绿的草地周围闪烁着绚丽的紫罗兰色的蓝红花。农舍是洁白的，每家都有人打更。那结着一串串鲜红果实的覆盆子灌木丛，使我回忆起一本初级读物里的图画；浆果红艳艳的，也使我想起我的家。

莱洛克尔是一个相当重要的城镇，在这里我发现一个幸福、温暖、待人友好的家庭，这就是富裕的钟表制造人乌里埃的家。此人是我们已故的能工巧匠乌尔班·龙尔根森的内弟。我被当作近亲款待，他们不肯听我说一句付钱的话。"这是邀请。"这对夫妇说。他们紧紧握住我的手，我便成了他们全家的好朋友。

家里有罗莎莉和莉迪亚两位老大娘，让我用法语和她们谈论丹麦和她们亲爱的妹妹。因为这位妹妹自很年轻时跟丈夫出走后，她们一直没再见到她。她们只讲法语，不懂别的语言，这对我来说倒是一个练习法语的机会，虽然我的法语讲得很不好，她们倒都能听懂，我听她们的话也是这样。

虽然是 8 月天气，他们却每天早晚给我生火炉。有几天下了雪，但我清楚汝拉山下仍然是温暖、美妙的夏季天气，那里离这儿只有两小时的路程。

傍晚，山上万籁俱寂，从河对岸的法国边界传来了晚钟的声音。离这城市不远的地方，有一座孤零零的房屋，粉刷得雪白，修整得干干净净；穿过这房屋的两间地下室往下走去，可以听见水车轮子的响声以及把这里与外界隔绝的河水的奔流声。我常到这个地方去观看不远处一个美丽的"道布瀑布"。

政治动荡也波及了这个封锁在深山密林中的小城——我的这个安静的家。纳沙特尔州属于普鲁士，本来是友好的近邻，农民中普鲁士一方和瑞士一方互相反对，互相回避，双方都唱自己的歌。有时甚至互相嘲笑。有一个纯血统的瑞士人，他的卧室里有一幅镶着镜框的画，画面是威廉特尔①从他儿子头上一箭把苹果射下来。我听他说，有一个普鲁士人故意用胳膊肘压碎了镜框的玻璃，这幅版画就这样被毁了。"他是蓄意这么干的！"他说。所有这些政治阴云在我头上只不过轻轻地一掠而过。我在这里是贵宾，过的是快活的家庭生活。我比一般旅行者对这个国家的家庭生活和风俗习惯的了解要

---

① 传说中的瑞士爱国者。

深透得多。

此外，我正忙于写一首新诗。在我离家后的整个旅途中和在巴黎逗留期间，有一首诗的构思在我脑海里愈来愈定型了，我希望在这首诗全部定稿的时候，用它来和我的敌人和解，并以此使人们承认我是一个真正的诗人。古老的丹麦民歌《艾格尼特和默尔曼》是我打算探讨的题目。

在巴黎我写完了这首诗的第一部分，在莱洛克尔完成了这首诗并把它寄回国内。我给它附上了序言性的评论——现在我就不能像那时那样写，也不能像那时那样探讨艾格尼特的主题了。序言颇具那个时候我的特性：

还在我的儿童时期，《艾格尼特和默尔曼》这个代表陆地和海洋两个世界的古老的故事就吸引了我。长大以后，我带着未满足的心愿和对另一种新的生活方式的不可思议的渴求，又从这个故事中看到了生命的伟大形象。很久以来我就想表现如此充满我的灵魂的东西。在巴黎，当我情绪兴奋时，祖国的古老歌曲常在我耳边回响；当我置身于华丽的布宫瓦拉和卢夫勒的艺术宝藏之中时，这歌曲常伴随着我。这是发自我内心深处的东西，以后我才意识到它。

远离巴黎，在具有北方气候的汝拉山的深山中，在死一般寂静的阴暗的松树林里，艾格尼特就出生在这里。但他在心灵上、精神上都是丹麦的。我把我心爱的作品寄给它应有的归宿——我的祖国。请热情地收下它吧！它也给你们大家带去问候。

因为所有在国外的丹麦人都成了朋友、兄弟，所以这首诗也回国探亲访友。雪落在我的窗前，阴沉的冬云在松林上空浮动，可山下却是夏天，是葡萄和五谷。明天，我要穿越阿尔卑斯山去意大利，在那儿也许我会做一个美梦，然后我愿把这个梦送给我亲爱的丹麦，因为儿子是必须把他的梦告诉母亲的。再见！

H.C. 安徒生

1833 年 9 月 14 日于汝拉山中莱洛克尔

我的诗寄到哥本哈根出版销售了。人们讥诮《艾格尼特》序文中这句话："这是发自我内心深处的东西，以后我才意识到它。"这首诗遭到了冷遇。人们说我写这话是模仿曾一度把杰作寄回国内的奥伦什拉杰尔。《艾格尼特》出版的同时，帕卢丹·穆勒也出版了他的对每个人都有感染力的诗《阿莫尔和赛克》。

与这首诗相比，我的诗中流露出的弱点被发现得更多了。

然而，我的诗《艾格尼特》，算上它的全部缺点，总还是前进了一步。我具有完全主观的诗人气质，却试图在这首诗里客观地表现自己。这首诗结束了我的抒情阶段，使我处在过渡时期。在丹麦，近来有人评论说，尽管这首诗刚发表时还不如我早些时候那些不大成功的作品那么引人注意，但它却具有了比我以前发表的作品更深厚、更丰富和更动人的特点。

第二天我动身到南方去，向意大利进发，我在那儿生活的新命运就要开始了。在我和莱洛克尔的亲爱的居民告别时，孩子们哭了。虽然我不懂得他们的方言，我们却成了朋友。他们对着我的耳朵大声叫嚷，当我听不懂他们的话时，他们却以为我是个聋子，连仆人们也一边落泪一边紧紧握住我的手。老大娘为我织了羊毛袖口，以便在经过辛普龙的寒冷通道时穿用。

《艾格尼特》和我在莱洛克尔的逗留结束了我的部分诗人生活。

第三章

意大利之旅：亲历火山爆发

1833 年 9 月 5 日，我穿过辛普龙向意大利进发。此次踏进了我向往已久的、被我理想化了的幸福国家。

我乘坐由一组马拉着前进的、负载沉重的马车，沿着石子路慢慢地移动着。天气越来越冷了。羊倌们裹在牛皮筒子里，那些客栈里的炉火还燃得旺旺的。可不过几分钟，马车就在一棵棵栗树下滚滚向前，那长长的绿叶在和煦的阳光下闪闪发光。多莫多索拉的市场和街道在我们面前展现了一幅小规模的街区人民生活的画面。

在深蓝色的群山之间有许多美丽的小岛，像花束般漂浮在水上。天色是阴沉的，天空像丹麦一样灰暗。夜幕来临时，阴云又被吹散了。放晴后，天空仿佛比国内高两倍。沿路垂悬着长串长串的藤蔓，像迎接节日一般。我从来没有见过如此美丽的意大利。

米兰大教堂是我在意大利所看到的第一件艺术品。我爬上了由人工挖空的许多拱门和大理石雕像。站在月光下，从那儿眺望有许多冰川相间的阿尔卑斯山和郁郁葱葱的、肥沃的伦巴第区全貌。人们仿照拿破仑的名字而取名的森皮恩港仍然在建造中。拉斯卡拉剧院 ① 在演出歌剧和芭蕾舞，一切我都观光过了。米兰大教堂是这样一个地方：在那儿谛听美丽的教堂音乐可使我的精神在虔诚的宁静中升华。

我和两个同胞一道离开了这个宏伟的城市。马车夫带领我们穿过

---

① 米兰的世界大歌剧院之一，始建于 1778 年，在第二次世界大战中被炸毁，1946 年重建。

跟我国的绿岛一样平坦、肥沃和美丽的伦巴第大区。富饶的玉米地、美丽的垂柳对我们来说都显得新奇。然而，在饱览阿尔卑斯山之后，我们所经过的这些山，就显得微不足道了。我们终于见到热那亚了，也见到了自我离开丹麦以来还没见过的大海。丹麦人对大海的感情，如同山民对他们的山一样深厚。从阳台上我可以瞭望那新奇而又熟悉的一片深蓝色的海洋。

傍晚，我到热那亚唯一的一条最宽阔的大街上去找剧院。我想剧院是一座巨大的公共建筑，一定很容易找到。但并非如此，一个比一个宏伟的建筑物并排耸立着。最后，一座雪白发亮的大理石太阳神雕像才给我们指出了剧院的所在地。

第一次上演一出新的歌剧，那就是多尼采蒂[①]的《爱的灵药》。随后演出芭蕾舞喜剧《魔笛》，长笛的声音使大家起舞，最后连最高市政会本身和市政厅墙上所有的古画都起舞了——我后来把这个想象运用到喜剧《老卢科伊》中了。

海军部的书面许可证准许我们进入兵工厂，当时大约 600 名苦工在那里干活和居住。

我们参观了监狱内部，沿墙有一间大的宿舍，里面摆满了兵营里的那种床铺，宿舍里备有铁链子，以便在囚犯睡觉时把他们拴住。连病房里的有些囚犯也被拴在床上。

3 个脸色发青、怒目而视、痛苦万分的囚犯给我留下了可怕的印象。他们在观察我的表情，其中一个囚犯以凶恶的目光瞧着我。我理解他的心情，我不过是出于好奇到这儿来看看他们的苦难罢了。他突然粗声粗气地笑起来，一面从床上半撑着身子，以邪恶的目光恶魔般地凝望着我。这里还有一个满头白发的瞎眼老人戴着沉重的铁链子躺着。

工场里有着不同的工作间，几个苦工一对一对地拴在一起。我看

---

① 意大利作曲家（1797—1848）。

见一个囚犯，他的穿着当然跟别人一样：白裤子、红衬衫，但衣料稍好些。他是个年轻人，没戴镣铐，据说是城里人，做过大生意，但偷了一大笔钱，还诈骗了市民，现在他被判处做两年苦工。不过他不劳动，白天也不戴镣铐，只是在夜间才同其他囚犯关在一起，与他们一样拴在床上。他妻子常寄钱给他，他在围墙内过的是豪华生活，但他总是和这些犯人在一起，又怎能不听他们的下流话和刻毒话呢？

从热那亚出发沿着海滨南行的第一天路途，是人们所经历的最美丽的旅途之一。热那亚在山坡上，被绿色的橄榄林包围着。果园里悬垂着无数橘子和石榴；一个个草绿色的亮晶晶的柠檬传来了春天的信息，而北国的居民此刻却在等待冬天的来临。

一幅美景接着一幅美景，一切对我都是那么清新和醒目。我还看见覆盖着常青藤的一些古桥、头戴尖帽的托钵僧，以及一群群戴着红帽子的热那亚渔民。

有着无数美丽别墅的整个海滨和装点着无数水手、轮船的一片白色的大海，对人们产生了强烈影响。后来我发现远处淡蓝色的山，它们归拿破仑的发祥地科西嘉岛所管辖。

在一座古塔脚下的树荫底下，坐着3个老太婆在纺纱。长长的白发披散在她们褐色的肩上。路边长着一棵棵巨大的沉香树。

在叙述我的一生时，我花了太多的篇幅谈意大利的自然景色了，而且也许有理由认为我的旅途报道尽是些景色的描写，如此我也许会受到责备。但人们很快就会看到，萦绕在我心头的人物比事情多。另一方面，在这初次观光意大利期间，大自然和艺术在我头脑里所占的位置是最突出的。

我在塞斯特里－迪－莱万特度过了一个多么迷人的夜晚呵！旅馆紧靠着大海，巨大的浪花一个接一个扑打着岸边。火红的晚霞映得天空一片辉煌，山峰变换着各种新奇的色彩，树林像一些大水果篮子，仿佛盛满了从蔓延的葡萄藤上摘下来的沉甸甸的葡萄似的。当我们往山上爬得更高一些时，景色忽然变了。好一阵子一切都是枯燥、难看的。这使人有一种幻想，似乎把意大利造成一个异常美丽的花园，而把所有杂草都从花园里扔到了这个地方似的。几棵稀疏的树木光秃秃的。这儿既没有岩石，也没有沃土，只有泥、沙砾和石块，又像用了什么魔法，使一切都伸展在西方的秀丽景色中似的，在我们的面前展现了斯培西亚海湾。

迷人的蓝色山峦悬垂在非常肥沃、美丽、似乎过分富饶的盆地上。在那些成荫的林木周围，悬挂着沉甸甸的多汁的葡萄；橘子、橄榄枝与葡萄混在一起，葡萄蔓郁郁苍苍地低垂着从一棵树缠绕着攀向另一棵树。没有猪鬃的黑亮黑亮的猪，像山羊一样东跳西跳，它甚至使一个带大绿伞的托钵僧骑着的一头笨驴直踢腿。

我们在莫德纳公爵的生日那天到达卡拉拉，所有的房屋都挂满了花环，士兵们的帽子上插着山桃枝子，大炮轰鸣着。但我们想看的是大理石矿，它们在城外。路旁有一条清澈的小河，从洁白晶莹的大理石上潺潺流过。

这是白色和灰色大理石矿，其中有水晶。据我看好像是一座着魔的山。古代的诸神和女神过去被封锁在山上的石头里，这时他们正等待着某个强有力的魔术师——托瓦尔森[1]或者卡诺瓦[2]释放他们，并听凭他们在天地间驰骋。

虽然大自然的一切是这么新奇与美丽，我和我的旅伴们仍每每以魔鬼的精神[3]在意大利继续前进。旅行的方式与我们过去所经历的迥然不同。我们不断地欺骗旅店，他们不断地查我们的护照，几天之内就检查、签署了护照15次以上。我们的马车夫不识路，我们迷路了，没有在白天到达比萨，而是在半夜赶到那里的。在被搜查和打扰之后，

---

[1] 丹麦雕刻家（1770—1844），1797年去罗马，新古典派领导人之一。

[2] 意大利雕刻家（1757—1822），新古典派代表。

[3] 执拗的意思。

我们乘着马车穿过没有街灯的黑魆魆的街道。我们仅有的灯光是一支点燃着的大蜡烛，那是我们的车夫在城门口买的，这时他把它举在面前。终于到了目的地阿尔伯戈－德尔－乌萨罗。"有一天，我们像乞丐一样躺在贵族的城堡附近的一个粪堆上。"我在给国内的信中这样写过。这儿就是贵族的城堡。

我们需要休息，需要真正地舒展一下，然后才能开始参观这个城市的名胜古迹，诸如教堂、洗礼堂、墓地和斜塔等地。

我们的戏剧布景画家通常在《魔鬼罗伯特》一剧的修道院大厅的布景中描绘墓地。在拱道上立着一个个墓碑和浅浮雕——其中之一是托瓦尔森的作品，他表现了"托拜厄斯的康复"①，艺术家把他自己描绘成为年轻的托拜厄斯。

斜塔并不十分吸引人们去攀登，可我们还是顺着台阶登了上去。那是被台柱围起来的圆柱体，顶上没有栏杆。塔的朝海的那一边，由于海风的作用已处于倾斜的状态。塔上的铁已碎裂，石灰也已风化，整个塔呈肮脏的黄色。从这里我可以瞭望到与里沃恩一般远的平原地带，如今乘火车到那儿去，只需很短的时间。那时没有铁路，我们不得不乘一辆四轮马车去。向导不过是个蹩脚的家伙，他什么都不知道，他不能向我们介绍我们想知道的事情。

"那儿，"他说，"住着一个土耳其商人，可是他的商店现在关闭了。有一个挂着许多美丽的画的教堂，这些画现在都被拿走了。刚死去的那个人是我们的最有钱的商人之一。"他告诉我的每一件事差不多跟事实一样没趣。然后他带领我们去参观"欧洲最漂亮最华丽的"犹太人教堂。那儿根本没有给我们留下宗教的印象。教堂内部颇像一个交易厅，礼拜者戴着帽子互相高声交谈，那种奇怪现象很令人讨厌。肮脏的犹太孩子们站在椅子上；一些老教士正在布道坛上咧着嘴笑，

---

①　希腊神话。

津津有味地用稍嫌古老的希伯来语念着什么；他们在神殿上方的两旁互相推挤，整个教堂是一片混乱，毫无做礼拜的气氛，也做不好礼拜。在楼上宽阔的走廊里，妇女们大都躲在一个细密的窗框后面。

我在里沃恩看到的最美的景色是一次日落：云彩像火焰发出灿烂的光辉；大海和山峦光耀夺目；它很像这个肮脏城市周围的一幅刺绣——发出意大利式光辉的一种装饰品。然而，由于我们已来到佛罗伦萨，这种光辉很快变成了艺术的华丽。

我不会鉴赏雕刻作品，在国内几乎没有见过雕刻作品。在巴黎我的确见过许多塑像，那时我曾目不转睛地凝望着它们。可是，在这儿参观这些华丽的美术馆和带纪念像的富丽堂皇的教堂时，我学会了理解造型美，它们用形态揭示人物的心灵。我站在"美第奇的维纳斯"①雕像面前，感到那大理石的眼睛仿佛获得了视力，一个新的艺术世界展现在我的面前，使我不能离开它。

我每天都参观美术馆，一个新世界向我开放了。我到桑托克教堂的次数最多，那儿有许多优美的大理石纪念像。摆在米开朗基罗②棺材周围的雕刻作品、绘画作品和建筑物都是拟人化的。但丁③的遗体被保存在拉文纳，意大利人指着诗人的大塑像，而诗神则俯在他的石棺上悲叹。这儿有卡诺瓦雕刻的阿尔菲里的纪念像，装饰着面罩、七弦琴和桂冠。伽利略④和马基雅维利⑤坟墓虽不那么引人注意，但仍不失为神圣的地方。

有一天，我们三个丹麦同胞去寻找第四个丹麦人——雕刻师索恩。

---

① 美第奇指科西莫·德·美第奇（1389—1464）或洛伦佐·德·美第奇（1449—1492），都是意大利佛罗伦萨的政治家、文学美术的保卫者。维纳斯指（罗马神话中）爱和美的女神。
② 意大利雕刻家、画家、建筑家与诗人（1475—1564）。
③ 意大利名诗人，《神曲》的作者（1265—1321）。
④ 意大利天文学家（1564—1642）。
⑤ 意大利政治家兼历史学家（1469—1527）。

到了据说是他住的地方时，我们大声交谈着。这时一个穿着一件衬衫、围着一条围裙的男人来到我们跟前，用丹麦语问我们："先生们，你们找谁呀？"他是哥本哈根的一个锁匠，在这儿安家落户，娶了一个法国姑娘，已经离开丹麦9年了。他向我们谈了他的历史，我们也告诉了他国内的情形。在美丽的佛罗伦萨他仍然非常想念"蒙特尔街"。

离开佛罗伦萨时我们想取道特尔尼去看瀑布，并从那里去罗马。那是最恶劣的时令：白天阳光炽热，傍晚和夜间苍蝇和毒蚊很多，加上那位不合意的马车夫和他给旅客添加的烦恼。

在我们看来，我们看到的那些写在窗玻璃和旅馆墙上的颂扬意大利的美丽的句子实在滑稽。那时我并不认为我的心多么热烈地依恋那个难忘的美丽的国家。还是在佛罗伦萨，当进入马车夫为我们弄来的四轮大马车时，我们讨厌的事便开始了。在马车面前移动着一个人影，他像约伯①用陶器碎片刮毒疮一样刮伤了自己。他靠近马车面前时，我们摇头了；他绕到另一边去，受到了同样的警告；他又回来，又被打发走了；最后我们的马车管理人出现了，他告诉我们，这个人是个过路人，罗马的一个贵族。这使我们吃了一惊，于是我们让他上了车。

然而他的全身和衣服是那么肮脏，终于使我们决心告诉马车管理人，我们绝不能跟他坐在一个马车里旅行。在谈了好多话、打了好多手势之后，我们看见这位"贵族"向马车夫那里爬去。外面下着瓢泼大雨，我觉得很对不起这个可怜人，但我们收容他进来的确是不可能的，只好让雨把他洗个干净罢。

一路都是传奇式的美，但太阳是火热的；苍蝇在我们周围嗡嗡地叫着，我们试着用山桃树枝保护自己，几匹马被苍蝇围攻，就像围攻死尸似的。那天晚上我们是在莱瓦内的一所可怕的房子里度过的。我

---

① 圣经中的酋长，忠信不渝敬畏神的人。

瞧见这个"贵族"站在火炉旁边烤他的衣服，还帮助旅店老板娘把我们要吃的鸡的毛拔了。他一直在发泄他对我们的怒气——管我们叫英国的异端分子，要立即对我们惩罚。正是在这天夜里我们确实受了这种惩罚：我们打开窗户放进点新鲜空气，结果受到苍蝇蚊子的围攻，弄得我们的脸和手红肿流血。我的一只手上不少于57处被叮伤，痛得很厉害，而且我还发起烧来。

第二天我们经过卡斯蒂奥内①，穿过极其美丽的橄榄林和葡萄树区。那些可爱的、半裸体的孩子们和白发苍苍的老太婆们牧放着他们那黑亮黑亮的猪。在汉尼拔②打过仗的特拉西梅内湖的路旁，第一棵月桂树映入我的眼帘。这时我们已步入罗马教皇国。在海关检查过护照和行李之后，我们欣赏了最美丽的日落。我永远不会忘记如此绚丽的光彩。但我们住的旅馆是可怕的：门廊的地板破烂，门外横七竖八地堆放着一堆废料；老板娘穿着一件龌龊的睡衣，像个丑八怪似的，龇牙咧嘴地笑着走过来，她每给我们端进一碟肉，都往地板上啐一口唾沫。

我曾在《走运的套鞋》中回忆过那个地方，并给它画过一幅画，在"美丽的意大利"，它使人感到多么不协调呵。第二天上午我们到达佩鲁爱。这个城市是当年拉斐尔给佩鲁吉诺③当学生的地方，在那儿我们还参观了师徒俩的作品。

我们欣赏了广阔的橄榄林的美丽景色，这是拉斐尔以及奥古斯塔皇帝游玩过的地方。那时用砂石造的凯旋门是为皇帝建立的，如今仍然像是昨天才完工的样子。

傍晚我们到达福利尼奥，这个城市由于不久前发生过地震而处于

---

① 属阿尔及利亚。

② 北非古国迦太基的名将（前247年—前183年），曾进入意大利打败罗马人。

③ 意大利画家（1445—1523）。

破烂不堪的状态。大街上几乎所有的房屋都只由房梁互相支撑着，墙上有许多大的裂缝，有些房屋简直就躺在废墟中。开始下雨了，旅店不过是一个很可怜的避雨处而已。即使由于长期断食，快要饿死，我们也吃不下肉。

　　你是知道这块土地的。

　　一个年轻的德国人拙劣地模仿着唱。风雨摇撼着破旧的窗户。我们自言自语地说："假如这时再来一次地震，那么整个城市都将倒塌了。"但是地震没有再发生，于是我们安然入睡了。

　　第二天下午我们已在特尔尼了，在充满月桂树香气的瀑布旁，遥望着伸展在意大利的壮丽景色之中的大橄榄林。一条小溪从岩石中湍急地流过，如此而已。但这却是最迷人的景色，水花四溅，烟雾般飞向空中，落日的余晖把一切映红，后来太阳落下去了，天色顿时黑下来。

　　我离开同伴们，和一位活泼的美国年轻人一起穿过黑暗的橄榄林时已是深夜。这位美国人向我谈到了尼亚加拉、库珀和大草原。

　　第二天是雨天，道路泥泞。郊区没有什么引起我们兴趣的新鲜事，我们累得要死。这肮脏的地方只能给我们提供一个肮脏的旅馆。可是，傍晚散步时，我偶然走进城外的一些废墟，那儿有一道瀑布喷溅着泡沫倾泻而下，流进一个深渊里。我曾在《即兴诗人》这篇小说中回忆过这个情景。安东尼奥就是在那儿最后一次见到富尔维阿的容貌的。

　　我们观光罗马的日子终于到来了。我们途经以贺拉斯①的诗闻名的"索拉克特山"，穿过罗马平原。可是，我们当中谁也没有感受到它的壮观，也无心观赏这锦绣山峰和它那美妙的轮廓。我们只是考虑多

---

　　① 古罗马抒情诗人（前65年—前8年）。

快才能到达那里，以及到达后我们得马上休息。我们必须承认，当到达拉斯托塔山丘时，我们的心情是多么激动呵！但这却不是诗人的情绪，因为一见罗马和圣彼得教堂我就惊呼："谢天谢地！现在我们马上就可以弄点东西吃了！"

罗马！

10月18日中午时分，我到达罗马这个"都市中的都市"，我很快就觉得好像是出生在那儿，像在自己家里似的。我在这个城市目睹了一桩最稀罕的事件——拉斐尔[①]的第二次葬礼。圣卢卡研究院多年来保存了一个被断定为拉斐尔的脑袋的头盖骨。近年来，由于此事的真实性受到怀疑，罗马教皇格雷戈里十六准许把在伟人祠的坟墓（或今天称为圣玛丽亚－德拉－罗图恩达的地方）挖掘。发现死者安然无恙，遗体将再次寄存在教堂里。

当坟墓打开，现出尸骨时，画家卡穆西尼获得唯一的许可证，准许他描绘整个场面。住在罗马法兰西研究院而且对此事一无所知的霍雷斯·维纳特[②]，也拿出他的铅笔写生。在场的罗马教皇的警察阻止他这样做。他吃惊地注视着他们，很温和地说："可是，记得在国内我是可以写生的呀！"谁也没有说一句反对他的话，因此从中午12点到傍晚6点，他作了一幅优美而又非常真实的画（后来又把它做成雕刻品）。可是画板立即被警察夺过去，没收了。于是维纳特写了一封激烈的信，要求他们在24小时内把画板交还他，指出艺术品不是像盐和烟一样的专利品。他们还给了他。维纳特把画板折成几块，连同一封言辞激烈的信送给卡穆西尼，告诉他可以从这件事知道自己并不打算利用这幅画来损伤他。卡穆西尼又把画板拼在一起，附上一封非常友好的信，送给霍雷斯·维纳特，声明他已完全放弃了发表他的画的

①　意大利画家（1483—1520）。
②　法国画家（1789—1863）。

打算。从那以后，人人都被许可画这个坟墓，结果出现了一大批画。

我们的同胞们给我们弄来了入场券，因此我们刚刚来到罗马就参加了拉斐尔的葬礼。

在铺着黑布的祭坛上停放着一口盖着锦缎的棺材。牧师们唱了赞歌，棺材打开了，里面存放着朗读过的关于死者的报告书。

一支看不见的歌唱队发出了异常悦耳的歌声。这时仪仗队在教堂里的四周行进，最著名的艺术家和显贵们跟在后面。在这里，我第一次见到托瓦尔森。他跟别人一样举着小蜡烛一步一步地前进。然而，他们竖着抬棺材以便通过一条窄小的通道，显得有点漫不经心，多少使这肃穆的场面有些骚乱，使我们甚至听到了人们的骨骼和关节咯咯作响。

我非常幸运，终于来到了罗马。在我的所有同胞当中，雕刻师克里斯坦森十分厚道地接待了我。过去我们私人之间并不认识，但是我的抒情诗使我和他亲近起来了。他马上带我去见托瓦尔森，后者住在维亚费利斯的故居。托瓦尔森那时正忙着搞他的浅浮雕"拉斐尔像"。我们发现拉斐尔正坐在废墟上，在那里我们还看见美惠三女神^①的浅浮雕；拉斐尔正在写生，爱神为他拿画板，同时递给他芙蓉红。这是他早死的一种象征。手持火炬的守护神悲哀地望着他，胜利女神正把一顶花冠往他的头上戴。

托瓦尔森兴致勃勃地谈到他的构思，谈到昨天的筵席，谈到拉斐尔、卡穆西尼和维纳特。他把在世的名家们许多优美的画给我看，那是他过去买来打算在他们死后送给丹麦的。这位伟大艺术家的平易、正直和热忱使我深受感动。向他告辞时，我几乎流下眼泪，虽然他说现在我们两人必须天天见面。

---

① 希腊神话中象征美丽、温雅、欢喜的三女神。

在直接同我交往的另外一些同胞中有路德维格·伯特克[①]，我在他那里看到几首属于意大利感情的赞美诗。他在罗马过隐居生活，热衷于艺术、自然和知识分子的舒适。他在这儿已度过了许多年，了解一切令人发生兴趣和美好的事情。我发现他是一个有才智有知识的向导。

还有一位和我有着更加真挚的友情，那就是画家库赫勒。他那时还年轻，体魄强健，精力充沛，不是没有火气的人。那时我预料不到以后发生的事情，没有预见到他会在西里西亚的一个小修道院里做托钵僧了结他的一生。几年以后，在我第二次访问罗马时，他那年轻人的性格便不复存在了，很少再发脾气。1841 年我在第三次访问罗马时，他已成了罗马天主教徒。这时他只画了一些祭坛画和宗教画。据我们所知，他被皮奥·诺诺任命当了两年的托钵僧，而且作为这样一个托钵僧，赤脚走遍德国，一直走到普鲁士各邦的每一家蹩脚的修道院。他不再是画家艾伯特·库赫勒，而是方济会修士皮特罗迪桑特·皮奥了。愿上帝赐予他和平与幸福。那是他误解了亲爱的上帝而确实在为难的处境中追求即将得到的东西吗？

这里的气候，像国内最美好的夏季一样，虽然光怪陆离的罗马对我来说完全是陌生的，但我还是忍不住在这样迷人的天气去欣赏一下乡村景色。我们一致同意到山上去旅行。库赫勒、布伦克、费利[②]和博德克，像本地人一样担任向导。他们对意大利人民和这个国家的风俗习惯的了解，不仅使这次旅行花销便宜，而且也使我对于自己精神上已适应了的一切，获得了明确而深刻的了解，在我内心播下了描写意大利的大自然和生活的种子。它后来在我的《即兴诗人》中萌发了出来。我却还没有想到写这样一本书，连旅途随笔也没有想到要写。

---

① 丹麦抒情诗人（1793—1874）。
② 挪威风景画家（1802—1842）。

这一个星期的闲逛是我在那迷人的乡间最幸福、最愉快的时刻。穿过意大利台伯河东南的大平原，从古代的坟墓、风景如画的沟渠和赶着一群群牛的牧童旁边经过之后，我们继续向阿尔巴尼亚山区前进。那蓝色的、令人陶醉的呈波浪形的群山轮廓在半透明的空气中仿佛近在眼前。

我们在弗拉斯卡蒂吃早点时，初次见到一种真正的"大众"酒店。那儿挤满了农民和牧师，母鸡和小鸡在地板上乱跑，炉子里燃着火。衣衫褴褛的男孩们把驴子牵到门口，我们骑上驴，小跑赶路，有时也听任它们缓步而行，一直往山上爬，途经西塞罗①的别墅遗址到达古代的塔斯库伦②。现在展现在人们面前的不是房屋，而是铺砌过的街面，还有月桂和栗子树中间的断壁残垣。

我们参观了蒙特波齐奥。那儿有一口能发出回声的井，仿佛隐藏着音乐的源泉——罗西尼③，曾从那发音的深处倾泻出他那欢乐的凯旋曲，而利尼则在那儿挥泪向全世界发出他忧伤的曲调。

我们有幸目睹的民众生活情景，比现今的旅客们可能看到得多。我们看到了佩戴着金黄色饰带的杜尔卡马拉本人，他和护理人员一起在医疗车上，打扮得像要参加化装舞会似的，正在发表江湖医生的演说。

还碰上一些由宪兵押送着、用链条拴在一辆牛拉的双轮马车上的土匪。又瞧见一列送葬队伍，尸体外露着躺在棺材架上，晚霞映照在那苍白的两颊上。儿童们拿着纸跟车跑着，搜集僧侣们的小蜡烛滴下的蜡油。钟响了，歌声回荡，男人们在玩意大利豁拳④，姑娘们用手

---

① 古罗马的雄辩家、政治家、哲学家（公元前106年—前43年）。
② 古代的拉齐奥城，古罗马贵族避暑的地方。
③ 意大利作曲家（1792—1868）。
④ 此种拳的玩法是：一人举起右手，伸开指头，立刻收回，叫人猜伸出的指头数。

鼓伴奏，跳起了萨尔塔列洛舞①。我从未见过意大利比这更欢乐、更美丽的场面，仿佛皮格内莱的画在大自然和现实中展现在我们眼前。

我们返回罗马，回到了它那宏伟的教堂、辉煌的长廊和一切艺术珍品面前。虽然这时是 11 月中旬，可是绵延不断的明媚的夏季风光，使我们又回忆起山上的情景，于是我们又动身去蒂沃利了。

这平原早晨的气候跟深秋一样寒冷，农民们生起了取暖的火。当遇见骑着马、穿着宽松的黑羊皮大衣的乡下人时，我们就像置身于霍屯督②的乡村似的。可是太阳一出来，又温暖如夏了。城蒂沃利瀑布四周的空气是清新的，柏树枝和葡萄红叶交织在一起，像天然织成的无数花束点缀着橄榄林。

大瀑布像许多云块似的向着绿色草原滚滚地流下。那天很热，我们早就想在埃斯泰别墅③的喷泉下面洗一次淋浴。这里长着意大利最高的柏树，跟东方的柏树一样粗大。我们在黑夜中来到倾泻而下的瀑布的低处，我们的火炬摇曳的火光照在细密的月桂篱笆上，我们倾听着奔腾而过的河水的隆隆声。那深渊看起来不但比它实际的大，而且更近些。我们点燃了几捆草，照亮了锡比尔古庙，它的廊子成了颤抖的火焰的背景。

再次来到罗马，这里人民的生活如同歌德时代一样忙碌，艺术家们的聚会比我以前所知道的更为友好与亲切。斯堪的纳维亚人和德国人形成了一个圈子，在贺拉斯·维纳特指导下拥有自己研究院的法国人形成了另一个圈子。在莱普雷酒店的宴会上，每个民族都有自己的餐桌。晚上，瑞典人、挪威人、丹麦人和德国人一起来参加社交活动。在这儿见到的仍然是从前的一些知名人士。我见到两位老风景画家——

---

① 意大利的一种舞蹈，每拍都用一只脚弹跳一步。

② 指西南非洲的科依 - 科依族。

③ 意大利威尼斯贵族埃斯泰家族所建别墅，系古迹之一。埃斯泰是威尼斯的一个镇，公元前 10 世纪至前 2 世纪的文化中心之一。

莱因哈德和科克，还有托瓦尔森。

圣诞节是我们最美好的节日。我曾在《一位诗人的市场》中提到此事，但没有哪个圣诞节像 1833 年这样喜气洋洋，这样晴朗和明媚。因为不允许我们在城内欢聚，我们便在竞技场附近的博尔格斯别墅的花园里租了一间大屋子。花卉画家詹森、纪念章雕刻家克里斯坦森和我一清早就到了那里。我们只穿着一件衬衫，在温暖的阳光下，我们扎了一些花环和花冠。我们把一棵果实累累的大橘子树当作圣诞树，我得到了刻有"1833 年圣诞前夜于罗马"字样的银杯。这份最佳奖品使我十分高兴。每个客人都带了一件礼物，同时又为自己挑选了一两件有趣的东西。我曾从巴黎带来一副黄色的大项圈，没有什么实用价值，不过是联欢时的玩物，我希望能给这副项圈派上用场。哪知我的这番玩笑竟然引起了争吵和怒气，因为我不知道除了在场的最著名的人物托瓦尔森的意见以外还有另一种意见：我应该带来一个花环。这副光彩夺目、令人艳羡的项圈是我开玩笑随身带来的。现在我才从蒂莱所写的《托瓦尔森的一生》中得知，人们对于比斯特龙和托瓦尔森各自的才能曾有过争论。这些在当时我是不了解的。比斯特龙认为托瓦尔森只在浅浮雕方面超过他，而在群像雕塑方面却没有超过他。托瓦尔森被激怒了，他大声嚷道："你可以捆住我的双手，我用牙齿咬大理石也比你用刀刻的强！"

圣诞节那天托瓦尔森和比斯特龙两人都在场。我为我的伟大同胞托瓦尔森做了一个花环，并写了一首小诗。这礼品是送给他的，但这礼品旁边的金色项圈则是送给凭抽签得到这包东西的任何人的。比斯特龙中了签，优胜者所得到的诗的内容是："你可以收下你所羡慕的金色项圈，可是你必须把花环传给托瓦尔森。"这种没有礼貌的做法立即使全场骚动起来，但当人们发现这包东西是我送的，而且是偶然落进了比斯特龙的手中时，一切纠纷都平息了，恢复了愉快的气氛。

我很少接到国内的信，来的信除了一两封以外全是存心教育我的，而且往往很轻率。它们不能不使我伤心，对我的情绪也很有影响。以致我在罗马所喜欢的并与之有交往的丹麦人总是大声嚷道："你接到国内的信了吗？要是我，可不愿读这样的信，我宁愿抛弃那些只是使我痛苦和烦恼的朋友！"是的，我需要受教育，他们掌控了我，但太苛刻、太严酷了。他们没有考虑，一句轻率写成的话多么伤我的心，像敌人狠狠地用鞭子抽打你时，朋友的鞭子便无异于蝎子。

我还没有听到《艾格尼特》的消息。有一个"好朋友"对这首诗写了第一篇评论文章。他对这首诗的评价会使人对于当时的我有个恰如其分的看法：

我几乎敢说，你的反常的敏感和孩子气使你我之间的差异变大——我必须告诉你，我也曾对你有过一些期望，期望你具有另一种精神面貌、理想和形象，至少像亨宁那样的性格。一句话，《艾格尼特》好像你的其他诗（注意：像你最好的诗）一样，虽然我曾希望从各方面观察旅行使你精神上发生的一些变化。

我曾同××谈到此事，他也同意我的看法。他不仅是你的朋友，而且是你的良师益友，既然他已给你写信谈到此事，我要忠告你……亲爱的朋友，充分利用你现在的旅行赶走为金钱烦恼和思乡的情绪吧！多一点大丈夫气概和力量，少一点孩子气、怪癖和伤感；多学一些，学得深一些——我将在安徒生回国时向他的朋友们祝贺，并且祝贺丹麦欢迎她的诗人归来！

这篇文章是我的一位心爱的人写的，他是我真正的朋友之一，比我小几岁，处于顺境而且有才能。他是很有礼貌地表示自己的意见的人之一，他说我是"如此敏感，如此孩子气"。我感到惊异。他和另外那些懂道理的人竟然希望发现在旅行的影响下，我的《艾格尼特》一诗将表现出我的重大变化。这个变化，如我从前所说，仅仅存在于我乘轮船从哥本哈根到基尔、乘公共马车到巴黎以及尔后到瑞士的旅行中。我刚出发4个月就把这首诗寄回国内。要看出我旅行的效果需要更多的时间。在一年当中我又发表了我的《即兴诗人》这篇小说。

这篇文章和其他一些更加讨厌的信使我沮丧到了绝望和几乎忘掉上帝、抛弃上帝以及全人类的地步。我想到异教徒方式的死亡。也许你会问我，那时是否有人对我的《艾格尼特》这首发自真心的诗，不像他们信上说的什么"轻率地粗制滥造出来的"，而是公道地说一句善意的、鼓励的话呢？有的，有一个人，那人就是拉索埃夫人。下面就是她信中的几句话：

> ……我必须承认，《艾格尼特》没有获得很大的成功，但你听说的有人把它说得一无是处，却是存心不良的。这首诗中有许多美好动人的东西，但我认为你在处理那个主题上犯了一个大错误。艾格尼特是个轻浮的人，我们可以尽情地看她，但不可以接触她。你很轻快地处理了她，你用一些粗俗的人物包围了她，而且使她的圈子小得没有活动余地。

当我因国内给我的多数评价郁郁不乐时，传来我母亲去世的噩耗，这件事是科林通知我的。我的第一声惊叫是："噢！上帝！我感谢你啊！如今她穷到头了，而我又不能消除她的穷困！"我哭了，但我想不通，我这样一个也有亲友的人，为什么此时此刻在世界上连一个爱我的人都没有？这种新的想法使我泪如泉涌，我感到她的去世对她来说是最美满的了。我从未能使她晚年幸福和无忧无虑。她在欣然相信我的成功、相信我已成名中死去了。

诗人亨利克·赫茨是最近到达巴黎的人们之一。他是曾经在《死者的信中》猛烈抨击我的人。科林写信告诉我赫茨要来，并说他将高兴地听到我们一见如故的消息。

有一天我在格拉科咖啡店时，赫茨进来了。他热情地和我握手，我很喜欢跟他交谈。他一发觉我的忧伤，觉察到我的痛苦，就极力安慰我。他谈到我的作品，谈到他对这些作品的意见，暗讽《死者的信》。说也奇怪，他还请我不要忽视严厉的批评，声称我生活圈子中弥漫的浪漫气息使我放肆起来了。他喜欢我对大自然的描写，其中特别显露了我的幽默。至于其余的作品，他相信那一定对我是一个安慰，即几乎所有的真正诗人都经历过和我同样的危机。在这暂时的苦难之后，我就会开始意识到什么是艺术领域的真理。

赫茨和托瓦尔森一起听我朗读《艾格尼特》，说他们虽然还不很理解全诗，但已经发现那些抒情段落很成功。赫茨认为用处理戏剧的手法来处理传奇故事是失败的，这在国内叫作形式方面的错误。托瓦尔森说话不多，但在我朗读时他带着认真的沉思的表情聚精会神地坐着听。我们的目光相遇时，他总是宽厚而愉快地点点头。他紧紧握住我的手，赞赏这悦耳的音调。"这是十分地道的丹麦语，"他说，"来源于国内的森林和海洋。"

我初次认识托瓦尔森是在罗马。多年前，在我到哥本哈根不久，作为一个穷孩子打街上走过的时候，正值托瓦尔森也在那儿，那正是他第一次回国的时候。我们在街上相遇。我知道他是艺术界的名人，两眼盯住他点了点头，他继续往前走，然后忽然回头来到我跟前说："从前我在什么地方见过你呢？我想我们彼此是认识的。"我回答说："不，我们完全互不相识。"此刻我在罗马向他讲这段故事时他笑了，紧紧握住我的手说："可是我们在那时就觉得我们应该成为好朋友啊！"我读《艾格尼特》给他听。使我高兴的是他对于此诗的评价。

他断言："就像我在国内的森林中散步，看见丹麦的湖光水色似的。"于是他亲吻了我。

有一天，他看出我是那么苦恼，我便把我在巴黎接到国内寄来的讽刺诗文的事告诉他。他顿时发了火，狠狠地咬牙切齿地说："是的，我知道这些人，要是我留在那儿，我的情况也不会更好些，甚至也许不准许我设置一个模特儿。幸亏我不需要他们，他们只知道折磨人和使人烦恼。"他希望我保持愉快的心情，那样，事情就会顺利起来。他附带向我诉说了他自己一生中走过的某些黑暗的道路，那时他同样也受到压抑和不公正的责难。

狂欢节①后，我离开罗马到那不勒斯，赫茨和我一起旅行。同他的交往对我有很大的价值，而且我感到我又有了一位宽宏大度的批评家。越过阿尔巴尼亚的山岳，穿过庞廷草地，我们到达特拉契纳。那儿结满橘子，在大路附近的果园中，我们又看见头等的棕榈树，岩石上到处都撒了印度无花果的叶子。那里有西奥多里克城堡的废墟，到处都是大墙、月桂树和山桃。我们从莫拉迪加埃塔的西塞罗的别墅看见开放着的结满金色苹果的苹果园。在和风中我漫步在一大片柠檬树和橘树下面，把橙黄色、亮晶晶的水果扔进迷人的蓝色大海里，它们闪烁了一下随即消失在微波中。

我们在这儿逗留了一天一夜，到达那不勒斯正赶上观看维苏威火山大爆发。熔岩像从一棵烟雾弥漫的松树中喷射出来的长长的火带，不断地向阴暗的山下倾泻。

我和赫茨以及另外几个北方人一起去参观了火山爆发。有一条曲折的路穿过葡萄园，从一些幽静的建筑物旁边经过，草木很快变成了不屑一顾的东西。夜晚无限美丽。

我们从修道院漫步上山，火山灰尘没脚。我的兴致极高，大声歌唱韦斯的一支曲调，首先到达山顶。月光直接照在火山喷火口上，从那儿升起一股漆黑的烟雾，无数火红的石头被抛向空中，又几乎是垂

---

① 在四旬节前三日或六七日。

直地掉下来。山在我们的脚下震动着。每次喷火时，月亮都被烟雾遮住。因为那是一个黑夜，我们不得不停下来在大熔岩块旁边等一等。我们发觉山下的天气渐渐暖和起来。新的熔岩流从山上喷出流向大海。我们很想到那儿去看看，这就不得不越过新近凝固的熔岩流，它只有最上面一层在空气中变硬了，裂缝里都还跳跃着火舌。我们在向导的带领下，在那隔着靴底还觉得热的熔岩流的表面上行走。要是那外皮突然裂开，我们准会落到火红的深渊中去。我们不声不响地前进，来到被抛落在一起的熔岩区，在那里和许多旅客不期而遇。我们从这里瞭望那正在喷出的滚滚向下的熔岩流——某种燃烧着的粥一样的东西！硫黄气味很浓，我们几乎忍受不了脚下的高温，不能在那儿多站几分钟了。目睹的这一切给我们留下了不可磨灭的印象。我们环视四周的大海，从喷火口发出嘘嘘的声音，好像一大群鸟正在从树林中起飞似的。

因为灼热的石头像雨一样不断地降落，登不上真正的火口峰。我们艰难地、气喘吁吁地攀登上去找立足的地方，已用了大约一个钟头，下山却只消10分钟。我们飞快地下山，为了避免朝前跌倒，必须用脚后跟触地不断前冲，我们往往脸朝天摔倒在柔软的尘土里。在微风中下坡是愉快的。那天的天气迷人、平静，熔岩像巨大的星星般在黑土里闪光。月光照得大地比国内北方阴暗的秋天中午还明亮。

来到波蒂奇时，我们发现所有的房门都关闭着，路上不见一个行人，也没有公共马车，所以我们这一伙都步行回家。可是，赫茨由于下山时跌伤了脚不得不落在后面了。我留在他身边，陪着他慢慢地走着，不久我俩都感到十分孤寂。一些白顶的住宅在皎洁的月光下发亮，我们既没有遇上也没有看见一个人。赫茨说，看来我们似乎在经过《天方夜谭》里的已经消逝了的城市。

我们谈诗谈吃。的确非常饿，每个小酒馆都关了门，在到达那不勒斯以前，我们不得不忍着饥肠辘辘的痛苦。房屋轮廓在月光下像巨大的起伏的波浪，显得支离破碎。维苏威火山喷出了火柱，宛如蓝色的火焰，熔岩倒映在静静的大海中像一根深红色的带子。我们几次停下来静静地欣赏，但话题总是一再转到一顿美味的晚餐上——那天深夜整个是一席精神会餐。

后来我参观了庞培①、赫尔库拉尼乌姆②和帕斯通的希腊寺庙。在那里我遇见一个衣衫褴褛的可怜的小姑娘，但她的形象是美好的，神情活泼，还是个孩子。她的黑头发上戴着一些蓝色的紫罗兰，我印象中那便是她的全部装饰，好像她是来自美丽世界的天使似的。我没有钱给她，只能恭恭敬敬地站着注视她，她好像是坐在寺庙台阶上的野无花果中间的女神的化身。

那些日子虽在三月份，但却像北方美丽的夏天。大海看上去很吸引人，我和同伴们乘一只空船从萨莱诺③到阿马尔菲④和卡普里岛⑤。后者是若干年前发现布鲁洞穴的地方，如今这里对游人具有极大的吸引力。这个地方叫作巫婆洞，已经变成了奇妙的仙女洞。我是首先描写这个洞穴的人之一。从那以后多少年过去了，风暴和波涛一直阻止了我再次参观这个美妙的所在，但一经见过它，便永远不能忘怀。我不太迷恋伊斯基亚岛，在以后的参观中我一直认为它不能和台伯河上的岛屿——木鞋式的卡普里相媲美。

马利布兰住在那不勒斯。我在歌剧《诺尔马》、《理发师》和《拉普罗瓦》中领略过她的歌声。因此意大利从音乐界的角度向我展示了

---

① 被维苏威火山灰埋掉的意大利古城。
② 意大利南部一座古城，位于维苏威活火山山麓的那不勒斯湾，公元79年毁于地震，1709年首次发现古城遗址。
③ 意大利萨莱诺省首府。
④ 意大利坎帕尼亚大区的一个镇，建于山坡上。
⑤ 意大利坎帕尼亚大区的一个火山岛，以风景闻名，系游览胜地之一。

一个奇迹。听到她的歌声，我又哭又笑，异常激动。在热烈的鼓掌中我听见有人向她发嘘声——仅仅一次嘘声。拉布拉凯[1]在歌剧《赞帕》中扮演赞帕与观众见面，但他曾演过费加罗，那么活泼，那么轻快，使人难忘。

3 月 20 日，我们回到罗马过复活节。山岭披上了冬装。我们到了卡塞塔去参观那里的宏伟的皇家城堡，其中有富丽堂皇的大厅和自穆勒时代以来的名画。我们又去参观卡普亚[2]的圆形剧场，剧场里有许多地下室和设有各种机械装置以便人们上下走动的大通道。我们把一切都看遍了。

复活节把我们留在罗马。当圆屋顶大放光明时，我却与同伴们分了手。一大群人领着我和他们一块儿过安吉洛桥，走到桥中间时我几乎昏倒了，周身发抖，双脚打战，再也支撑不住身子了。大伙快步前进，我却哆嗦得厉害，眼前发黑，有一种被人踩在脚下的感觉，我使尽全身力气坚持下去。这确实是个可怕的时刻，它比节日的壮观和华丽使我记得更清楚。

一会儿工夫，我到了桥的另一头，觉得好多了。布伦克的画室就在附近，前面是安吉洛城堡，从这里一眼望尽的是我前所未见的最精彩的旋转焰火。巴黎七月节的焰火比起罗马的壮丽的瀑布形焰火不知要逊色多少。

在小酒馆里，我的同胞们为我的健康干杯，向我告别，还唱了旅行歌。托瓦尔森紧紧拥抱着我说，我们将在丹麦或罗马再见。我在蒙特菲亚斯科度过了 4 月 20 日。一对非常和蔼可亲的意大利夫妇是我的旅伴。因为据说乡下不安全，这位年轻妻子很怕强盗。残留着一片黑色树桩被烧过的树林地带，使景色毫无生气。山路是狭窄的，旁边是

---

① 意大利男低音歌唱家（1794—1858）。

② 意大利沃尔图诺河边的一个镇。

黑暗的深渊。这时暴风雨又来临，来势凶猛，使我们不得不在诺维拉的小旅店里避雨。狂风怒吼，大雨如注，整个情景像一个强盗故事，但强盗是没有的。故事的结局是我们平安地到了锡耶纳，然后又到了佛罗伦萨。佛罗伦萨这时已是我的老相识了，连同它所有的一切——甚至从铜猪雕像到教堂和美术馆。

我在维乌苏克斯的文学研究室主任那里听说并认识了一个人，他16年前一直在丹麦住在女作家布伦①夫人的家里。他认识奥伦什拉杰尔和巴格森，谈到他们，谈到哥本哈根以及那里的生活。在国外听人们谈起故乡时，是多么使我们感到故乡的可爱呵。然而我没有什么乡愁，在整个旅途我也没有这种感觉。我似乎随着回国的时刻的到来而焦虑不安，好像我就要从美梦中被唤醒回到沉闷的现实、苦恼和忍耐中去似的。但是此刻我面向着祖国。春天伴随着我，佛罗伦萨的月桂在盛开。春天就在我的周围，但它不敢进入我的心灵。我向北方前进，翻山越岭去波洛尼亚。马利布兰在这儿唱过歌。我打算参观拉斐尔的"圣塞西莉亚"，然后再经过弗拉拉去威尼斯——大海中凋谢的莲花。

如果人们参观过拥有宏伟宫殿的热那亚和拥有许多历史遗迹的罗马，曾在阳光普照的欢乐的那不勒斯徘徊并把它们视为掌上明珠的话，那么威尼斯将不过是一个被人鄙弃的继子罢了。这个城市很特殊，完全不同于意大利的所有其他城市，因此应当优先参观它，而不应在离开意大利做悲哀的告别时才走访它。歌德②谈到的威尼斯的狭长平底小船是个阴森森的怪物。那是一种轻便的、能游泳的"丧葬棺材"，被黑边、黑丝带和黑帘子装点得全身漆黑。在福西纳，我们登上了这样的小船，一篙一篙地撑了好长一段距离，穿过浑浊的水和比较清亮

---

① 德国女作家（1765—1835）。

② 德国诗人兼戏剧家、思想家，现代德国文学的奠基人（1749—1832）。

的水，我们才划进了这个宁静的城市。只有那斑驳的，具有东方式建筑的教堂所在地圣马克广场以及使人们记不清的奇异的多奇宫、监狱和恋人桥，才有熙熙攘攘的人群。希腊人和土耳其人坐着抽长烟斗，在那飘扬着伟大旗帜的胜利纪念碑旁的旗杆周围飞翔着许多鸽子。

看来，我似乎是在一只遇难的鬼怪似的船上，白天尤其如此。傍晚，当月亮升起时，全城似乎都醒来了。于是，那些华丽建筑物显得更加出色，看上去更加宏伟。

一只蝎子蜇了我的手，给我在这儿的逗留陡然增加了一桩苦恼事。手臂上的筋全都肿了，我突然发起烧来。幸好天气较冷，这一蜇没有多少毒，因此我乘这艘黑色的，阴森森的平底小船毫不遗憾地离开了威尼斯到另一个坟墓城市去。那是罗密欧与朱丽叶的坟墓所在地——维罗纳市。

我的同乡画家本兹，跟我一样出生在欧登塞，在年轻力壮时期离开了家。他的才能是人们所承认的，他有一个忠实的新娘。他高高兴兴地赶到意大利，爬上了阿尔卑斯山，艺术的乐土展现在他面前，但他却突然客死在维琴密。我寻找他的坟墓，可是谁也无法告诉我它在哪里。我记忆中的这位同乡兄弟的形象在这儿清晰地出现在我面前。据我看，他的命运很好，但愿我自己也能有这同样的命运！当我登上阿尔卑斯山向着北方回国的时候，我变得愈来愈消沉了。

我同一个年轻的苏格兰人、爱丁堡的詹姆森先生一起旅行。他发觉蒂罗尔山很像他自己的家乡的山那么高，由于思念家乡，他眼含泪水。我没有那种病，想到我就要遭遇的一切，预料我必定要喝下去的苦酒，我只觉得更加意气消沉，而且我自己肯定永不会再见到现在就要离开的这个美丽的国家了。

意大利以它的风景和人民的生活迷住了我的心灵，我感到怀念这个地方。我早年的生活以及在此以前的见闻掺和在一起成为一些形象——成为我不得不写下来的诗。虽然我确信，如果国内需要我发表它，它给我带来更多的麻烦而不是快乐。我在罗马已写了第一章，以后在慕尼黑写了其他章。这就是我的《即兴诗人》这部小说。我在罗马收到了 J. L. 海伯格的一封信，他说，我有点"即兴诗人"的味道，这句话激发了我给新作命名的灵感。

正如我曾经提到的，我小时候最初几次在欧登塞看的戏，都是用德语演出的。有一次我观看了《多瑙河的妇女》，公众为演出主要角色的女演员拍手喝彩。人们向她致敬，她获得了荣誉。我清楚地记得当时我想她该多高兴啊！多年以后，我作为大学生访问欧登塞时，参观过一个供可怜的寡妇们居住的救济院。在一个房间中，床一张挨一张地摆着，在一张床的床头挂着一幅镶金框的肖像。那是莱辛①的"埃米莉亚·盖洛蒂"，她正在扯碎玫瑰花。这幅画是肖像，它显得和它周围的贫困景象格格不入。

"这肖像画的是谁？"我问。

"呵！"老妇人当中的一个说，"那是这位德国女士的脸——曾经当过女演员的可怜女人！"原来她所指的是一个小巧的娇弱女人，她脸上全是皱纹，穿一件一度是黑色的旧丝袍。这就是从前的著名歌唱家，她像《多瑙河的妇女》一样曾受到人人称赞。这种情况给我留下了难忘的印象，使我经常想起它。

在那不勒斯我第一次听到马利布兰的声音。她的歌唱和演出，超过了截至那时为止我的所见所闻，这会儿我却想起欧登塞救济院里的那位贫困可怜的歌唱家。这两个人物糅合成为小说中的"安纳恩西阿塔"。把意大利作为体验生活和构思人物的背景。

我的旅行结束了。我回到丹麦是在 1834 年 8 月。在棱罗，我住在英格曼②家里，在屋顶的小阁楼中，在芬芳的菩提树丛中写了这部小

---

① 德国诗人、剧作家兼批评家（1729—1781）。

② 丹麦诗人、小说家（1789—1862）。

说的第一部分，完稿于哥本哈根。

　　书的题词是这样写的："献给参议员科林和他尊贵的夫人，我发现他们是我的父母，他们的孩子是我的兄弟姐妹，他们的家就是我的家，我在这儿献上我所有的最好的东西。"

第四章

游奥地利：趣闻趣事多

阿尔卑斯山横卧在我们的前面，巴伐利亚高原展现在我们的前面。5月底我到了慕尼黑，租了卡尔广场上的一间房屋。我在街上偶遇我的同胞伯奇。他娶了有名气的女作家兼女演员夏洛特·伯奇·法伊佛为妻。我从前曾屡次在西博尼的家里见过伯奇，他对我深表关切。我们常常见面，他是直率可亲的。

哲学家谢林那时正住在慕尼黑。我曾从 H.C. 奥尔斯特兹那里听说过许多关于他的事。在哥本哈根我的一个女房东曾对我说过，谢林在哥本哈根时曾住过她家。我没有介绍信，没有谁能把我介绍给他，我就这样不拘礼节地到他家去了，自我介绍了一下，便受到这位老人的友好接待。他长时间地同我谈意大利。我的德语讲得不好，丹麦习语一个接一个，但恰恰是丹麦习语使他最感兴趣——他说，丹麦语的成分始终显得突出，看来他对丹麦语既陌生又熟悉。他邀请我去看望他的家庭并且很亲切地和我谈话。几年以后我在德国博得名声时，我们在柏林就像老朋友一样相见了。

我在慕尼黑的逗留是很愉快的，但是回到我真正的家——哥本哈根的日子越来越近了。靠着省吃俭用，我试图延长我的逗留时间，因为我怕一回到家，我就得在那儿定居下来，海外就会把我遗忘了。

我从信里得知我是怎样被抛弃以及怎样被抹掉诗人身份的。《文学月报》公开陈述这个简单的事实。在我不在的时候，他们出版了我的诗集，获得巨大的成功。然而，《一年的 12 个月》却作为我的才智枯竭的证据。一个旅伴给我带来了《月报》，当然我能亲眼见到它，还是好的。

我离开了慕尼黑。在公共马车里有一个生气勃勃的男人，他打算到加施泰因浴室去，诗人萨菲尔来到城门口同他握别。我的旅伴很使人感兴趣，戏剧很快成为我们之间的话题。我们谈到最近《戈茨·冯·伯利钦根》的上演，我们几次高声谈论剧中埃斯莱尔扮演主角的事，但我告诉我的旅伴，他并不使我满意，并且说我首先喜欢扮演塞尔比茨的韦斯珀曼先生。"我感谢你的称赞！"这个陌生人大声说。原来他就是韦斯珀曼，我从前不认识他。和这位有才能的艺术家一道旅行是愉快的，这使我们更加接近了，这次旅行使我们成了朋友。

我们到了奥地利边境。哥本哈根发给我的护照是法文的，边境哨兵看了护照便问我的名字。我答道："汉斯·克里斯汀·安徒生！"

"你的护照里不是那个名字，你的名字是琼·克雷蒂恩·安徒生。你就是那样用别人的名字而不用你自己的名字旅行吗？"

这时便开始了好像很有趣的检查。我既没有带雪茄烟也没有带其他违禁品，但衣箱却被彻头彻尾地检查了一遍，我自己也受到了详细的盘问，我从国内寄来的全部信件都被从头到尾看完。他们让我宣誓，这些信件是否包括除了家事以外的别的事情。我宣誓以后，他们问我可以折叠的三角帽是什么，我答道："一顶社交帽。""哪种社交？"他们问，"秘密社交？"我从罗马的圣诞节得来的常春藤花环，在他们看来好像很可疑。"你到过巴黎吗？"他们再次问。"是的！"这时他们有意让我知道在奥地利一切都是照章办事的。他们不打算革命，却对他们的弗朗兹皇帝很满意。我向他保证我有同样的想法，他们才可以放心；我憎恶革命，而且是最好的一类臣民。他们什么也没有查出来，对我比谁都检查得严，唯一的原因是哥本哈根的官员把丹麦文名字汉斯·克里斯汀错译成了琼·克雷蒂恩。

　　我在萨尔茨堡①的住处附近有一所有许多画像和题词的老房子，西奥弗雷斯塔斯·邦巴斯塔斯·帕拉塞尔萨斯医生就死在那儿。旅店里的老女仆告诉我，她也出生在那所房屋，了解帕拉塞尔萨斯，他能够治疗那些有身份的、患痛风症的人，因此招致别的医生们的妒忌。给他吃了毒药，他知道服了毒，机敏得竟然知道如何解毒。他把自己锁在这房屋里，吩咐他的仆人在听到他的召唤以前不要开门，可是仆人很好奇，不到时候就开了门。这时帕拉塞尔萨斯还没有把毒药吐到喉咙部位，见门开了，便倒在地上死了。这便是我所了解的民间故事。帕拉塞尔萨斯在我心目中始终是个具有英雄气概的、有吸引力的人物，无疑可以在丹麦诗中加以运用，因为他的流浪生活把他带到了丹麦。在丹麦人们常常谈到他是盟军中的军医，人们还提起他在克里斯钦二世统治时期，曾给哥本哈根的西格布里斯老太太一小瓶什么药，那瓶子破裂后药水流出来，发出霹雳般的一声巨响。可怜的帕拉塞尔萨斯呵！他被人称为江湖医生，可他在当时是空前的艺术天才！可惜的是每个走在时代马车前面的人，都会被拉车的马踢倒或踩倒。

　　谁在萨尔茨堡，谁就一定要看看哈莱因。穿过盐场，打从煮盐的大铁锅的盖子上走过，林戈瀑布飞溅在一块块石头上，但除了一个孩子的笑脸外，我把一切印象都忘记了。我让一个小男孩当向导，他颇为奇怪地具有老头子的严肃，一种我们只能偶尔在孩子们当中看见的表情。这小家伙似乎浑身都充满着智慧，相当庄重，看不见他脸上有一丝微笑。只是当我们来到这水花四溅、倾泻下来的瀑布底下，瀑布声在空中回响时，他的眼睛才开始发光。小家伙非常愉快地笑了笑，自豪地说："那是戈林瀑布呀！"瀑布仍然泡沫横飞，我已经把它们忘了，但忘不了这男孩的微笑。常常发生这样的事，我们有时只注意到和只记得关于我们见到的地方的一些小事情，许多人可能把这些小事情叫

---

　　①　属于奥地利。

作无关紧要的或偶然的事件。多瑙河上庄严的莫尔克修道院连同它的壮丽景色和大理石的光彩，仅仅在我的记忆中留下了这样一个持久而鲜明的印象——地上有一个被烧过的大黑斑点，那是1809年在战争中产生的。当时，奥地利人驻扎在多瑙河北岸，拿破仑曾安营在修道院里。他一时生气点燃了一封急件，然后把它扔在地板上烧成了那个样子。

最后我来到能看见圣斯蒂芳教堂的地方。不久，我便站在这个庄严的城市里了。桑南利特勒家族的这所房屋当时是丹麦人真正的家。我们总是在这儿遇见同胞们，许多名人习惯于黄昏时候在这儿会晤：船长奇尔宁、医生本茨和图恩以及挪威的施韦加德。我不常上那儿去，因为戏院对我的吸引力更大。布尔格剧院是极好的。我看了安舒茨扮演戈茨·冯·伯利钦根，冯·韦森特恩夫人扮演《美国人》中的赫布夫人。这是什么样的戏呵！以后曾获得艺术家名声的年轻姑娘马蒂尔德·怀尔多尔，在那些日子里初次登台扮演《英格兰的印第安人》中的格利，在这里以精彩的演技演出了科奇布的几出喜剧。科奇布有良知，但没有很强的想象力，他是他那个时代的斯克莱布①，他可以写一些没有诗意的剧本，可是他的良知却使剧本中有极妙的对白。

在希特津，我观看了斯特劳斯的表演。他站在管弦乐队中间像有机的华尔兹舞的心脏一样，看上去，悦耳的曲调似乎从那里倾泻出来，然后从他的全体队员中间流出去。他的眼睛闪光，不难看出他是管弦乐队的生命和灵魂。冯·韦森特恩夫人在希特津有自己的别墅，我结识了这位有趣的女士。从那以后我曾在《一位诗人的市场》中把这个和蔼可亲又有才华的女士的轮廓勾画了几笔。她的《谁是新娘》和《斯特恩伯格的财产》两部喜剧，在丹麦舞台上取得了巨大的成功。我料

---

① 法国剧作家兼歌剧歌词作者（1791—1861）。

想我们比较年轻的一代不知道约翰尼·冯·韦森特恩。她是一个演员的女儿，几乎还是个孩子的时候她就登台演出。1809 年，她在舍恩布尔诺为拿破仑演过《菲德拉》，接受过他 3000 法郎的礼物。她 25 岁时打赌，在 8 天之内写出了剧本《德鲁森》。从那以后她写了 60 多个剧本。弗朗兹皇帝赐予她任何女演员都未曾得到的金质公民荣誉奖章，这使她进而获得了普鲁士艺术与科学金质奖章。她于 1841 年离开剧院，1847 年 5 月 18 日死在希特津。她的喜剧分了 14 卷出版。在她的希特津别墅里我初次和她谈话，她非常称赞奥伦什拉杰尔。他年轻时在维也纳，她就已听人说起他，并因此崇敬他，称呼他为"伟大人物"。她喜欢倾听我的关于意大利的故事，并且说我的话使她对那个国家有了一个明确概念，使她感到好像同我一起去过那儿似的。

在桑南利特勒的家里，我渐渐认识了写过《女祖宗》和《金羊毛》的格里尔帕泽尔① 先生。他以真正的维也纳方式握住我的手并把我当作诗人来迎接。

我经常见到卡斯特利②。他无疑是真正的典型的维也纳人，而且具有典型的维也纳人所独具的优秀品质——那就是善良的性情、才气横溢、幽默和对皇帝的忠实与虔诚。"善良的弗朗兹，"他说，"我曾以诗的语言向他书面表示，在我们维也纳人遇见他向他敬礼时，请求他在这寒冷的天气里不要脱帽答礼！"我瞧见了他的全部珍宝——他搜集的鼻烟盒，其中一个蜗牛形的原属于伏尔泰③！"向它鞠躬，和它亲吻吧！"他说。

在《孤独的流浪者》中，纳奥米出现在维也纳。我让卡斯特利扮演其中一个角色，以母亲开头的诗都是这位诗人在我们分别之前给我写的。

---

① 奥地利剧作家、诗人（1791—1872）。

② 奥地利记者、诗人和剧作家（1781—1862）。

③ 法国著名思想家，启蒙运动领袖（1694—1778）。

在维也纳度过了一个月之后，我开始经由布拉格回国，欣赏着人们所谓的"旅行生活诗集"。一群人挤在一块儿，马车猛地一动，咯咯作响，这倒使一些滑稽人物保持和助长了马车里的欢乐气氛。在另一些人中间有一位对什么都不满意的老先生。他是被敲诈勒索的受害者，不断地在算计已经花了多少钱，始终感到自己钱花得太多。首先，一杯咖啡就值不了那些钱，因此他为当今青年人的堕落而苦恼，说他们过问的事太多了，甚至过问起世界的命运来！坐在他身旁的一个肮脏的犹太人，一直在唠叨，10次谈起他去达尔马提亚的拉古萨①旅行的事！他说他不想当皇帝——太过分了，但他想当皇帝的仆从，像他所认识的一个人那样长得很胖，连路都不能走，自己倒必须有一个仆从。他浑身上下那么脏，却不断地侈谈清洁。听说在匈牙利，人们惯于用牛粪烧灶，他感到愤慨！他给我们讲了古老的逸事。忽然，他陷入沉思，从他的衣袋里取出一张纸，眼珠滴溜儿转，然后写作。他的灵感来了！他边说边求我朗读他写下的东西。

马车里没有预定的座位，我们必须商定怎么坐最合适，可是有两个最好的座位，被两个新旅客夺去了。他们是在伊格劳上车的，那时我们又困又饿，吃晚饭去了。这两个旅客是一对青年夫妇。我们再上马车时，那男的已经睡着了，那女的十分机警地照料他们自己，并且非常健谈。她谈到文学艺术，谈到高等教育，谈到阅读和理解诗人的作品，谈到音乐和造型艺术，谈到考尔德伦②和门德尔松③。有时她停一停，向把头靠在她身上的丈夫叹息着说："抬起你天使般的头吧，它压扁我的胸膛了！"接着她谈到她父亲的藏书室以及她就要与他再次见面的事。当我向她问起波希米亚文学时，她非常熟悉那个国家的所有著名作家——他们到过她父亲家里，她父亲的藏书室里有全套属于

---

① 属于现在的意大利。

② 西班牙剧作家（1600—1681）。

③ 德国作曲家（1809—1847）。

现代文学的书籍，等等。天亮时我发觉她和她丈夫是一对漂亮的犹太人。那男的醒了，喝了一杯咖啡，又睡着了，把头靠在他妻子身上，只开了一次口，说了一句陈旧的俏皮话，那个"天使"又睡了！

她想了解我们大家，我们的身份和情况。她听说我是个作家，对我很感兴趣。当我们在布拉格城门口互相介绍姓名时，一位耳朵聋的老先生说，他的名字是"齐默曼教授！"[1]"齐默曼！"她大叫道，"齐默曼的《隐居》！你是齐默曼？"她不知道她所指的作家已经死了很久了。聋子先生重复说了他的名字，于是她突然痛哭，只是在分别的时候她才知道跟她一道旅行的人是谁。

我告诉她我打算第二天清早去德累斯顿。她说她对此感到很遗憾，因为她本来要邀请我去见她父亲和他的藏书室，也许还要会见一些情趣相投的人们！"我们住在此地最大的住宅里！"她把旁屋指给我看，我瞧见她夫妇俩进那屋去了。告别时，她丈夫送我一张他的名片。第二天早晨我决定在布拉格逗留两天，以便能拜访我的旅伴们和参观波希米亚文学藏书室。

我向这对夫妇进去的那座大住宅走去。在一楼谁也不知道这家有什么藏书室；二楼照样；登上三楼，我提起听说的那个大藏书室，谁也不知道；我上了四楼，可是这儿也没任何迹象。邻居说这所房屋里除了我所见过的那两人以外，没有住过别家。诚然，在屋顶的两间阁楼里住了一位老犹太人，但他们确信我指的不可能是他。不过我还是上了顶楼——楼梯间的墙壁是用粗糙的木板构筑的，我敲的是一扇低矮的门；地板中间搁着一个装满了书的放换洗衣物的篮子。"那家人不可能住在这儿！"我说。

"天哪！"一个女人的声音从旁边的小房间里传出来。我朝那个方向望去，一眼就看见跟我一起旅行的那位女士穿着睡衣，在她脑袋

---

① 奥地利哲学家（1824—1898），所谓形式美学的创始人。

的上方平挂着她漂亮的黑色丝织旅行服以备再穿，在对面的寝室里，她的丈夫疲乏地打着呵欠，昏昏欲睡地点着他的"天使脑袋"。我站住吓了一跳。这位女士走了进来，她的衣服背面开了口，头上戴一顶解开的无边女帽，吃惊地羞红了脸。"安徒生先生！"她说，接着讲了一声"对不起"。这儿的一切都不顺当。至于她父亲的藏书室——她指着放换洗衣物的篮子，即在旅行马车上她夸耀的那一套已缩小成为一间阁楼和一小篮子书。

　　我从布拉格取道托埃普利茨和德累斯顿回丹麦，怀着悲喜交集的心情上了岸。我流的眼泪并不都是高兴的眼泪，但上帝与我同在。我不想念德国，我对它没有感情，我爱上了意大利，它是我失去的乐园，我再不会上那儿去了。我怀着畏惧而忧虑的心情期待祖国的未来。

第五章

初游瑞典：兄弟情深

1837 年，我首次参观了邻国瑞典。我顺着约塔运河去斯德哥尔摩。那时谁也不理解现在所说的斯堪的纳维亚的同情心。那儿还存在着古代战争遗留下来的两个邻国之间的某种不信任。人们对瑞典文学知道得很少，除了通过翻译之外，人们几乎不懂蒂格内尔的《弗里蒂奥夫与阿克塞尔》①。然而，我曾读过其他几位瑞典作家的作品，已故的不幸的斯塔格内利厄斯作为诗人比蒂格内尔更中我的意，他代表了瑞典的诗歌。但我感到在瑞典几乎和在国内一样：语言是那么相似，竟至两国的两个人当中，每个人都可以讲他本国的语言，而对方却能听懂。人民之间的血缘关系，通过多种方式愈益自我表现出来。我也强烈地感到瑞典人、丹麦人和挪威人是多么的相似。

我遇见那么多热诚、和蔼的人们，并且很容易地结识了他们。我把这次旅行看作我平生最愉快的旅行之一。我不了解瑞典风景的特征，所以特罗尔海坦②之行以及斯德哥尔摩的极其美丽的景色使我感到惊异。人们说轮船可以上行到山间的一些湖面上，从那儿可以看见山下的笔直的松树和山毛榉，这对没有去过那里的人来说，简直像神话。旅客们漫步穿过树林时，好几股从闸门泄出的水把船抬起又放下。

---

① 蒂格内尔系瑞典浪漫诗人（1782—1846），瑞典文学界所谓"哥特派"的主要代表人物，该派作品以恐怖、凄凉、衰败为特征。他的名著《弗里蒂奥夫与阿克塞尔》系根据斯堪的纳维亚传说而写的哥特式小说，被誉为哥特派传统的杰作。

② 约塔运河沿岸一城镇，其附近有维内尔湖。

瑞士的小瀑布也好，甚至意大利的特尔尼小瀑布也好，没有哪个像特罗尔海坦的景色这样迷人。不管怎样，它给我的印象就是这样。

在这次旅行中最后提到的这个地方，我很有趣地结识了一个人。这次结识对我不是没有影响的——那就是认识了瑞典女作家弗雷德里卡·布雷默①。我刚好同轮船船长和一些乘客谈论着关于住在斯德哥尔摩的瑞典作家们，又谈起自己想同布雷默小姐见面和谈话的愿望。

"你见不到她，"船长说，"因为她这时正在挪威参观访问。"

"当我在那里时，她就快回来了，"我开玩笑地说，"我在旅途中运气总是好的，而且我最希望办到的事总能得到满足。"

"然而这次很难满足。"船长说。

几个钟头以后，他笑着来到我跟前，手里拿着新到的旅客名单。"幸运的小伙子，"他大声说，"你走运了，布雷默小姐在这儿，她同我们一块儿乘船去斯德哥尔摩。"

我把这话当笑话听了。他把名册给我看，但我仍然觉得靠不住。在新来的人中我看不见一个像女作家的人。大约在午夜时分天快黑了②，我们还在维内尔湖上。我想在日出时眺望一下这个一望无际的广阔的湖面，为了这个目的我离开了客舱。正当我这样做时，另一个乘客也出了客舱——一个既不年轻也不年老的妇女，戴着围巾，披着斗篷。我暗自想，要是布雷默在船上的话，这人一定是她，于是我便跟她攀谈上了。她很有礼貌地答话，但仍然保持相当的距离，她不愿直接回答我关于她是否是那几本著名小说的女作家的问题。她问了我的名字，她知道这个名字，但是承认她没有读过我的作品。然后她问我有没有带几本在身边，我送了她一部《即兴诗人》，那是我预定送

---

① 小说家（1801—1865），其代表作是《日常生活见闻录》和《父与女》，拥护女权运动。

② 北极区附近，天要到午夜时分才会黑。

给贝斯科夫①的。她拿着书立即不见了，整个一上午再没有露面。

我再见到她时，她容光焕发，非常亲切，紧紧地握住我的手说她读了第一册的大部分。此刻她了解我了。

船载着我们飞奔似的过了山区，穿过好些平静的内陆湖和森林，直抵波罗的海。那儿像在多岛的海里一样，群岛星罗棋布。在那里，从光秃秃的绝壁到长满青草的岛屿以及树木与房屋林立的地方都发生了很明显的变化。无数的漩涡与白浪使得我们有必要带一名熟练的舵手上船，的确有一些地方，经过那里时每个乘客都必须静静地坐在座位上，而舵手的目光则集中在一点上。坐在船上的人们感到大自然的巨大威力，忽而挡住船的去路，忽而又撒手放它走。布雷默小姐讲了许多与这个、那个岛屿有关或与大陆上的那些农舍有关的传说和历史。

在斯德哥尔摩，同她的接触增加了，后来年复一年地在我们之间来往的信件加强了这种接触。

在我访问斯德哥尔摩之后，她用瑞典文翻译的我的小说才出版。有几位作家只知道我的一些抒情诗和《徒步旅行》这首诗，这些人以最高的热情欢迎我。刚去世没多久的，以幽默诗闻名的达尔格伦，那时还为祝贺我写了一首诗。总之，我受到了款待，我的脸上大放异彩。

我曾带着奥尔斯特兹的一封推荐信去见大名鼎鼎的伯齐利厄斯，他在乌普萨拉古城殷勤地招待了我。我从这里又返回斯德哥尔摩，城市、乡村的公众都对我很亲热。就像我前面所说的，据我看，我的祖国的疆界已经延伸了。我第一次感到三国人民的血缘关系，于是我以这种感情写了一首斯堪的纳维亚诗歌。这首诗里一点也没有政治，我与政治不相干。诗人是不为政治服务的，但却像预言家一样走在民族的前面。这是颂扬所有三国民族的赞歌，颂扬其中每个民族的特点和优点的赞歌。

---

① 瑞典戏剧家、诗人兼历史学家（1796—1868）。

"人们可以看出瑞典人是很重视他的。"这是我在国内听到的对这首诗歌的初次评论。

多年过去，邻国相互了解得更多了。奥伦什拉杰尔、弗雷德里卡、布雷默和蒂格内尔这些邻国作家相互之间要求读对方的作品。仅仅由于互不了解而形成的宿怨的残余消失。现在瑞典和丹麦之间充满着一片美好、诚挚的友情。在斯德哥尔摩建立了一个斯堪的纳维亚俱乐部，我也写了祝贺诗。随后他们说："这首诗将比安徒生所写的一切作品都流传得更久。"有人说这首诗是自我陶醉的虚荣心的产物，这个说法是不公平的。这首诗如今在瑞典以及丹麦都传开了。

在回国途中我开始刻苦攻读历史，同时使自己进一步了解外国文学。可是，使我最满意的书仍然是描写大自然的。在菲英岛的乡间别墅避暑期间，特别是在莱克斯霍尔姆非常富于浪漫色彩的场所，以及在我受到其主人最友好接待的华丽的格洛鲁普别墅。从我的游历中，我的确获得了比在学校里更多的知识。

我回到哥本哈根以后，才第一次真正体会到瑞典人是多么热诚地接待了我，在我的一些完全可靠的朋友中我感到了最纯真的同情。我看见他们眼睛里的泪水——为我获得荣誉而高兴的泪水。他们说，特别为我接受荣誉的态度而高兴。在极度兴奋中，我这颗怀着感激的心立刻飞向上帝。

有些人嘲笑我的虔诚，另一些人则喜欢把它当成笑柄。诗人海伯格冷嘲热讽地对我说："我去瑞典时你必须跟我一起去，这样我可以出点小风头！"我不喜欢这玩笑，回敬他："把你的老婆带去，你就更容易出风头。"

从瑞典只是传来对《黑白混血儿》的热情，而国内有些人却提高调门反对这出戏，说什么"材料纯粹是借用的，作者没有在扉页上说明"。那是偶然的错误。我曾在手稿的末页上写过说明，但是剧本的结尾刚好占完了印张，本来应该加一个新印张以便包括那个说明的。

我请教了我们的一位诗人，他认为那完全是多余的，因为小说《穷困潦倒的人》的读者众多、名声很大。当海伯格又一次改写蒂克的《仙女》时，他没有只字提及他的丰富资料的出处，但他却在这儿大肆攻击我。这篇法国故事被细心研究，并同我的剧本做了比较。《穷困潦倒的人》的一个译本被送到《画集》的编者那儿后，迫切要求发表。编者让我知道了此事，我当然请求他予以发表。这出戏在舞台上继续得到观众的喜爱，但批评却减低了我这作品的价值。我所受到的言过其实的称赞使我对别人的非难很敏感，我不像从前那样容易忍受了。我看得比较清楚，这种非难并非出于对这个问题的兴趣，只不过是发泄出来伤我的感情罢了。在新出版的《每日故事集》的小说中，作者也嘲笑了对《黑白混血儿》的赞美。我所流露出来的认为那是天才的胜利的想法，只不过被看作是无根据的幻想。

抛开这些，我的心情是轻松愉快的。这时我正好构思《没有画的画册》①，并且努力把它完成了。根据评论和出版的次数来判断，这本小书好像在德国最受欢迎。首先，登新书预告的人们当中的一位补充说："这些'画'中的许多张为故事和小说提供了资料——是的，有天赋和想象力的人都可以借助于这些材料创作传奇小说。"冯·戈伦夫人确实曾在她的第一部传奇《美女》中借用过《没有画的画册》的材料。在瑞典，我的书被翻译了，并题词献给我本人；在国内它却不那么受重视，就我记忆所及，只有西斯比先生在《哥本哈根晨报》上承认这本书还有几句好词。两种译本出现在英国。英国批评家们给了这小书很高的评价，称它是"小规模的《伊利亚特》②！"我先后在英国和德国见过这同一本书的精装本的校样，他们把《没有画的画册》变成了带画的书。

---

① 见叶君健译：《安徒生童话全集》之八。
② 《伊利亚特》系古希腊诗人荷马（纪元前9世纪）的叙事长诗。

　　在国内人们不大重视这本小书，他们只谈论《黑白混血儿》，最后只谈论这本书所借用的材料。所以，我决心写一个新剧本，其中主题和情节的展开，实际上每一件事我都得自己构思。我产生这个念头以后，便写了《荒郊少女》这部悲剧，希望通过它堵住我的所有诽谤者的嘴，以维护我作为戏剧诗人的地位。我也希望通过这笔收入连同《黑白混血儿》的收益，能够重新旅行一次，不仅去意大利，而且还去希腊和土耳其。我的第一次出国对我的知识增长起了作用，所以我非常喜欢旅行，我要努力去获取大自然和人生中更多的知识。

第六章

再游德国：专访门德尔松

在霍尔斯泰因，我同兰草·布雷藤堡伯爵住了一些日子，这是我第一次拜访他的世袭城堡。虽然时值晚秋，天气还是晴朗的。有一天我访问了邻近的蒙斯特多尔佛村，那是《林登山上的西格弗里》的作者伊泽霍·穆勒安葬的地方。

这时马格德堡和莱比锡之间的一条铁路修建起来了。这是我首次看见这样一条铁路，第一次利用这样的铁路旅行，在我的《一位诗人的市场》中，可以读到这件事留给我的深刻印象。

门德尔松住在莱比锡，我想去拜访他。科林的女儿和女婿——国务顾问德鲁森一年以前就已向我转致了门德尔松的问候。当他们在莱茵河上，听说他们了解并爱戴的作曲家门德尔松也在轮船上，便主动和他打招呼。他听说他们都是丹麦人，第一个问题就是，他们是否认识丹麦诗人安徒生。"我把他看作我的兄弟。"德鲁森夫人说。门德尔松向他们说，在他生病时就听别人给他读过我的小说《孤独的流浪者》。他请求他们向我转致他最美好的祝贺。接着又说，我如路过莱比锡时一定要去看他。此刻我到了莱比锡，可是只停一天，我立即去找门德尔松。他在"大剧院"排演节目。我没有通报我的名字，只是说有一个旅行者迫切希望拜访他，于是他出来了。但据我观察，他的神色不悦，也许他的工作有些不顺利。"我没有空，我的确不能在这儿同陌生人谈话！"他说。"你自己邀请我来的呀！"我回答说，"你曾转告我说我不能路过这个城市而不来看你呀！""安徒生！"这时他叫道，"是你呀？"于是他容光焕发，拥抱我，拉我进了音乐室，劝我出席贝多芬第七交响乐的排演。门德尔松想留我吃晚饭，可是我要和我的老朋友布罗克豪斯共同进餐。刚吃过晚饭，公共马车立刻向纽伦堡出发。不过我答应他在我回来时在莱比锡待两天，我实践了自己的诺言。

在纽伦堡我第一次看到用银板照相法拍摄的照片。据说这些照片是在10分钟之内拍摄的，在我看来有点像魔术。这种技术在那时是新颖的，和现在的照相不大相同。银板照相与铁路是那个时代的两朵新花。

我乘这条铁路的火车出发去慕尼黑看望老相识和老朋友。我在这儿遇见许多同胞：布伦克·基勒拉普、韦格纳、动物画家霍尔姆、马斯特兰德、斯托奇、霍尔比奇和诗人霍尔斯特，我打算同后者一起从这儿去意大利旅行。

我们在慕尼黑待了两个星期，并住在一起。他是个很好的朋友，温和可亲而又富于同情心。我有时跟他一起走访艺术家的咖啡馆——罗马生活的巴伐利亚①翻版，但没有酒，只有在杯子里起泡沫的啤酒。我在这儿并不太愉快，我的同胞当中没有一个人引起我的兴趣。以哥本哈根的标准，人们无疑认为我基本上是个诗人。

然而，他们对待霍尔斯特却好些。所以我经常孤孤零零地独自散步，但往往又对自己的能力丧失信心。我有某种研究人生的阴暗面，从中榨取苦味的嗜好——不过是尝尝而已。我很懂得怎样折磨自己。

如果说我待在慕尼黑那两个星期，几乎没有受到同胞们的注意的话；相反，我却深受外国人的注意。这里有好几个人知道我的《即兴诗人》和《孤独的流浪者》。像著名肖像画家斯蒂勒②找我做伴，欢迎

---

① 今德国的一个州。
② 德国画家（1775—1836）。

我去他家住。我在他那里遇见科尼利厄斯[①]、拉克内尔[②]和谢林[③]，他们是我从前的相识。没过多久，更多的私宅都欢迎我去住。我的名声传到了剧院经理的耳朵里，我便正好在索尔伯格[④]身边得到一个空位。

在《一位诗人的市场》中，我曾谈到我对艺术家考尔巴克[⑤]的拜访。那时他不大受别的艺术家的敬重，但如今全世界都已逐渐公正地把他当作大艺术家来尊重了。那时我从一幅漫画上看到他的壮丽画面《耶路撒冷被毁记》和写生画《匈奴之战》，他也给我看了他的极其精彩的两幅画《列那狐的故事》[⑥]和歌德的《浮士德》。

我高兴得像孩子一样同我的朋友 H.P. 霍尔斯特一道去意大利，因为我可以给他介绍那个美丽国家的宏伟与壮观，但在慕尼黑的我国同胞不让他去；他总是以这样那样的原因推迟出发的时间，甚至到了最后还不能告诉我他在何时出发。我只好一个人出发了，不得不放弃同这位诗人一起去我所热爱和熟悉的那个美丽的艺术之邦旅行的愿望。在此期间，我们约定他到达时与我一起住在罗马，一同去那不勒斯。

1840 年 12 月 2 日我离开慕尼黑，取道茵斯布鲁克[⑦]经过蒂罗尔[⑧]，穿过布伦内罗进入意大利——我热切思慕的国度。这样我是真正再次回来了，而且不是像人们曾经对我说过的那样，"我只有一次机会"。

我高兴得发抖。压在我身上的愁闷立刻消散了，我虔诚地祈求上帝赐予我健康和力量，让我作为一个真正的诗人而活下去。我于 12 月 9 日到达罗马，旅途中的美景和经历都反映在我的游记《一位诗人的市场》中了。在到罗马的当天，我同一些经过净身礼的高雅人士搞到

---

① 德国画家（1783—1867）。

② 德国音乐家（1807—1895）。

③ 德国哲学家（1775—1854）。

④ 瑞士出生的钢琴大师兼作曲家（1812—1871）。

⑤ 德国画家（1805—1874）。

⑥ 中世纪叙事诗，列那狐是诗中的著名英雄。

⑦⑧　在奥地利境内。

一个舒适的住所。那是一大套房间，我整整占了一层楼，供我和霍尔斯特住。我预料他很快就会来的。

可是他长时间没有来，所以我不得不独自在那大而空的寓所里徘徊。这房间的租金很低，由于天气很坏，加以恶性病流行，这年冬天只有很少的人待在罗马。

我这房屋有一个小庭园，园中有一棵结满果实的橘树。每月开一次花的玫瑰繁茂地蔓延到墙上，修道士的歌声庄严地从方济各派托钵僧的修道院里传出来——那正是我曾经使《即兴诗人》度过他童年的地方。我又一次参观了教堂和美术品陈列馆，再次观看了全部艺术珍品。我会见了几位老朋友，过了一个圣诞前夜，虽然不像第一流节日那样欢乐，但总还是罗马的圣诞节。我又一次经过卡尼瓦尔和莫可利，可是不只我一个人病了，对周围的大自然似乎也感到恶心。既没有初次在罗马逗留时那种宁静的气氛伴随我，也没有那种清爽的空气。这天发生了地震，台伯河①河水上涨，淹没了街道，人们在街上划船，恶性病夺走了许多人的生命。几天之内博尔格斯亲王②丧了妻子和三个儿子。天气是雨雪加上风暴，总之是阴郁的、凄凉的。

许多个傍晚我坐在大房间里，冷风从门窗的缝隙里钻进来，壁炉里燃着不充足的柴火，炉火的热度只使一边温暖，而另一边却是冷空气。我披上斗篷，穿着暖和的旅行靴坐在室内。此外，我还受到了几个星期最剧烈的牙痛的折磨，这是我曾试图在《靴子》这篇故事里嘲笑的东西。

到了1841年2月份狂欢节的前几天，霍尔斯特还没有到达这里。我在体力上和精神上都吃了苦头，但是他对我很表同情，那是对我的真正祝福。

---

① 在意大利境内，横贯罗马市。
② 意大利贵族（1775—1832）。

风雨交加。这时从国内寄来了一些信。这些信告诉我，《荒郊少女》曾经演了几场，然后就无声无息地停演了——正如事先料到的，只有少数观众到场，因此经理把这出戏搁在一边了。

我们在罗马的同胞们收到的从哥本哈根寄来的其他信件热情地谈到海伯格的新作品——一首长篇讽刺诗《死后的灵魂》。他们写道，这首诗不过是刚发表，哥本哈根全市的人都读到了，其中公开谈到了安徒生。

这本书是很好的，我在书中被写成可笑的人物。这就是我听说的一切，我所知道的一切。没有人告诉我书中实际上怎么谈到我的，其中有娱乐活动和滑稽角色。当我莫名其妙地被嘲笑时，那真是双重的痛苦！这个消息像撒进伤口的盐一样，使我痛苦万分。没等回到丹麦，我就读了这本书，发现书中讲到我的地方的确没有什么值得放在心上的。"从斯科纳①到洪斯吕克②"是对我的名声的嘲笑，但这并没有使海伯格满足。总之，他又把我的《黑白混血儿》和《荒郊少女》抛进了地狱，在那儿——那是最妙的幻想——已被定罪的人注定要在一个晚上观看这两出戏的演出，然后他们才可以离开和静静地安息。至于其他情况，我发现海伯格这本诗集精彩得几乎引起我写信向他回敬我的谢意。我躺着胡乱想了一个通宵，但当我起来比较冷静的时候，我担心这样的谢意会被误解，因此放弃了我的打算。

如我所述，我在罗马没有见过这本书。我只听见射箭飕飕的声音，见到它们造成的创伤，但我还不知道箭里隐藏着什么毒素。据我看，罗马不是带来欢乐的城市，我从前在那里的时候，也度过一些暗淡而痛苦的日子。我生平第一次病了，身体真的出了毛病，我得赶快逃走。

在接近狂欢节高潮的时候霍尔斯特到了，和他一起来的是我们的

---

① 瑞典地名。
② 德国地名。

朋友，现在哥本哈根妇女教堂的牧师康拉德·罗瑟。我们三人便一道在 2 月份去那不勒斯旅行。

在罗马的外国人中有一个传说：你在离开罗马的前夕，必须到德尔·特雷维泉去喝泉水，那样，你就必定会再次来罗马。我第一次离开这里时，不知什么事妨碍了我去喝那里的泉水，那时我曾通宵想过它。早上来了一个给我运行李的人，我跟在他后面意外地经过德尔·特雷维泉，我用指头在水里蘸了一下，尝了尝，于是有了信心——"我将再到这儿来！"而且我果然又来了。这次我们出发时我不顾这种迷信了。由于我们打算邀请修道院的一位牧师同行，又正碰上从伊尔·科尔索来的四轮马车，我们便马上出发了。我们再次路过德尔·特雷维泉，这就算我第三次来罗马吧。这位牧师是一个小教堂的负责人，一个活泼的人，他在阿尔巴诺湖①扔下了牧师衣服，成为一个快活而又文雅的绅士。H.P. 霍尔斯特曾在他的《意大利见闻录》中介绍过此人的性格。

那不勒斯很冷，维苏威火山和附近的小山都盖满了雪。我发烧了，精神上和肉体上都感到难受。几个星期以来的牙痛，弄得我神经过敏。我尽量坚持着和我的同胞们一道乘车去赫尔库拉尼乌姆。然而，当我们在这个被发掘出来的城市里散步时，我却烧得受不了，动弹不得。碰巧我们赶错了火车，才得返回那不勒斯而没有去庞培。我觉得自己烧得精疲力竭，只有放血才能救我的命。过了一个星期我明显地好转了，于是我搭乘法国军舰"利奥尼达斯"号②去希腊。人们在岸上唱"永久快活"！是的，永久快活！但愿我们如此。

这时仿佛新的生命已出现在我的面前，实际上正是这样；如果说这没有明显地表现在我后来的作品中，却在我的人生观和整个心理发

---

① 在罗马东南阿尔巴尼丘陵地上。

② 利奥尼达斯系斯巴达国王，曾抗击波斯军侵略，死于公元前 480 年。此军舰以他的名字命名。

展上表现出来了。当我看见我的欧洲故国远远落在我背后时，我似乎感到一切惨痛的记忆都被忘却了、湮没了；我觉得我的血液是健康的，我的思想是健康的，我勇敢地重新抬起了头。

那不勒斯沐浴在阳光下，数不尽的云朵悬挂在维苏威火山周围直到山下冷落、僻静的茅舍上空，大海几乎是平静的。第二天夜里我被叫醒去观看斯特隆博利岛火山喷发和倒映在水中的景色。

早晨我们经过查里布迪斯^①，亲眼见到锡拉岩礁^②上的碎浪。在低矮的岩石丛中的西西里岛，连同它那烟雾弥漫的、白雪夹杂其间的埃特纳火山呈现在我们面前。

我曾在《一位诗人的市场》中谈到这次沿海岸航行和在马耳他岛的停留，以及在平静的地中海上度过这些辉煌的日日夜夜。海中巨浪在夜间闪闪发光。灿烂的星光使我感到惊讶，使我赞叹不已。维苏威的火光就像我们北方的月光，使万物投下阴影。大海豚翻腾在水面上，船上一片欢乐。我们嬉戏、歌唱、跳舞、玩纸牌并在一块儿聊天，我们当中有美国人、意大利人和亚洲人、主教与和尚、官员与旅客。

海上的几天共同生活使我们之间建立了亲密的友谊。我就像在家里一样，因此在锡拉岛下船对我来说倒是件真正伤心的事情。

---

①② 　锡拉是意大利墨西拿海峡上的岩礁（对面有大漩涡查里布迪斯），传说因荷马史诗《奥德赛》中的六头女妖锡拉而得名。

第七章

希腊、土耳其：横渡多瑙河

从马赛到君士坦丁堡（今伊斯坦布尔）的法国轮船航线在锡拉岛与亚历山大港和皮雷埃夫斯港之间的航线交叉。所以我必须在锡拉岛搭上从埃及开来的船。

这个城市像个帐篷城——像个野营地——因为许多遮太阳的大帐篷张开在一所房屋与另一所房屋之间。经常来往于锡拉岛与皮雷埃夫斯港之间的一艘希腊轮船正在修理，所以我登上了那艘刚从亚历山大港来的轮船，这就免得在船到皮雷埃夫斯港之后留下来进行两三天的隔离检疫了。在《一位诗人的市场》中我曾对这次航行做了一连串的描绘：我们在皮雷埃夫斯港抛锚，办完了检疫手续，一艘满载丹麦人和德国人的小艇划到轮船跟前。《阿尔格迈因报》曾把我要抵达此地的消息告诉他们，他们便划船前来欢迎我们。办完船舶检疫手续之后，他们便在码头上大声呼喊着要我下船。于是，我们跟一位着民族服装的希腊官员一道乘车穿过橄榄林到雅典去。那儿的莱卡贝托斯山①和阿克罗波利斯山②我已经望见好久了。荷兰驻雅典领事特拉弗斯兼任驻丹麦领事讲一口丹麦话。国王的牧师卢思是荷尔斯泰因人，他娶了一个弗雷登斯堡的丹麦女人，也是我的新朋友之一。

卢思告诉我他曾通过阅读我的《即兴诗人》的原文学习丹麦文。我在这儿遇见我们的同胞凯彭、建筑师汉森兄弟和荷尔斯泰因人罗思教授。在希腊的第一流城市听见人们讲丹麦语，香槟酒为丹麦也为我

---

①② 在希腊境内。

而开。

我在雅典待了一个月。我的朋友们本打算在 4 月 2 日我的生日那天借游览帕纳塞斯山的机会为我安排一个宴会。可是冬天来了，下了大雪，便在阿克罗波利斯为我祝寿。我在雅典认识的那些亲爱、有趣的人们当中，有在当时已经以其《埃及和小亚细亚回忆录》与《圣地游记》闻名的奥地利公使普罗克什·冯·欧斯登。特拉弗斯领事把我们介绍给国王和王后。从这里出发我做了几次很有趣的旅行。我在这儿度过了希腊的复活节和自由节，这些我曾试图加以描写。

希腊展现在我们面前，像又一个瑞士一样，比意大利更加崇高、更加圣洁。大自然给我留下了深刻而神圣的印象。我感觉仿佛置身于这个巨大的世界战场上，在这个战场上，国与国之间曾经互相斗争过、曾经彼此消灭过。仅仅一首诗包含不了它全部丰富的内容。每一条干涸的河床、每一座山、每一块石头都有讲不完的经历。在这样一个地方，日常生活的差异显得多么小啊！我心潮澎湃，思想丰富得非笔墨所能形容。我决定表现一种思想，即在这个世界上，上帝的存在是为了维持竞争，这种竞争虽迟缓，但还是世世代代被胜利地向前推进，我在《流浪的犹太人》这篇传奇中吐露了表现这个思想的根据。这篇传奇在我脑海里一直酝酿了 12 个月。它的确经常使我感到满意，有时候我仿佛觉得跟炼金术士们一起挖到了珍宝，然后那些珍宝忽而又沉没了，我便丧失了能够把它再挖出来的信心。我感到有许多种知识是首先必须获得的。在国内常有这样的情况：我虽熬夜从黑格尔的《历史哲学》里学习历史，还不免遭到人们的责备，说我缺乏他们所认为的学识。对此我没有说什么，否则按照一位有教养的女士的意见，立刻会谈到要我学别的东西，她说人们抱怨我学习得不够是正确的。"你的确没有关于神话的书，"她说，"在你的全部诗篇里好像没有出现一个神。你必须研究神话，你必须读拉辛和科内尔的书。"她把这叫作学习。然而每个人都同样具有可介绍的特点。为了写我的《泽尔克西斯》一诗，我读过许多书并写过许多笔记，但还不够。在希腊，我想这全部思想观念都可以条理化。诗还没有写成，但我希望它将给我带来荣誉；因为这是精神的孩子的诞生，与尘世的孩子一样，边睡觉边成长。

4月21日，我又乘船从比雷埃夫斯港到锡拉港，在那儿我转乘法国轮船"雷姆斯"号从马赛到君士坦丁堡。群岛正遭狂风暴雨的袭击。我担心轮船会失事带来死亡，但在深信一切都会平安无事之后，我的心充满了奇妙的轻松的感觉。我躺在铺位上，而周围的人却呻吟着、祈祷着。在一片噼啪声和砰砰声中我睡着了。当我醒来时，我们平安无事地到了士麦那①。展现在我面前的是地球的另一面。我确实感到踏上这个区域时发自内心的一片虔诚，就像我进欧登塞古老的圣克鲁德教堂时那一片赤诚一样。我想起牺牲的基督，想起荷马，他的诗歌今后将永远在这个世界上激起回响。亚洲沿海的一些国家向我布道，也许比任何教堂的任何说教更加令人难忘。

士麦那的红色尖顶屋显得非常雄伟，就像我们北方的城市一样。城市里只有几座清真寺，街道像威尼斯的街道一样狭窄。一只鸵鸟和一匹骆驼在街上走过，为了躲开它们，人们不得不靠边走进那些敞着门的房子里。街上是蜂拥的人群，有只露出眼睛和鼻子尖的土耳其妇女，戴白色、黑色帽子的犹太人及亚美尼亚人。其中有些帽子的形状像颠倒的罐子。领事馆门前挂着各自的国旗，港湾里停泊着一艘冒着烟的土耳其轮船，那绿色国旗上是一弯新月形图案。

傍晚时分，我们离开士麦那，新月的光辉洒在特洛伊平原阿基里斯的坟堆上。早晨6点钟我们进入达达尼尔海峡，在它的欧洲一侧是一个红色屋顶的市镇，镇上有一座漂亮的堡垒和无数风车；在它的亚洲一侧是一个较小的堡垒。世界上这两部分之间的距离，在我看来好

---

① 现土耳其伊斯密尔省首府，港口城市。

像赫尔辛格^①与赫尔辛堡^②之间的海峡宽度一样。船长估计这个海峡有半英里或四分之三英里宽。在加利波利，我们进入马尔马拉海^③，这个港口完全是北方的阴郁的样子：有许多带阳台与木制平台的古老房屋，周围的岩石不高，显得光秃秃的、荒无人烟的样子。海面上波涛汹涌，将近傍晚时，下雨了。第二天早上，雄伟的君士坦丁堡城——从海上升起的"威尼斯"展现在我们面前。一个比一个壮丽的清真寺尽收眼底，土耳其皇宫里射出的光辉使人头晕目眩。太阳突然升起，照耀着亚洲海岸上我所见到的第一个柏树林，照耀着斯库台的清真寺的宣礼塔。景色实在迷人！拥挤在漂荡、摇摆的小船里的人们发出一片喧嚣声，神态庄重的土耳其人在给我们搬运行李。

我在君士坦丁堡度过了 11 天有趣的日子。由于旅途中我的运气好，在那儿逗留期间正好碰上穆罕默德^④的生日。我目睹了那张灯结彩的热闹场面，完全被它带进了《一千零一夜》中。

我们丹麦的大使住在离君士坦丁堡几里路远的地方，所以我没有机会和他见面，但我受到奥地利使节斯特默男爵的殷勤招待。我同他过了一段时间德国式的家庭生活和朋友生活。我打算折回去取道黑海，沿多瑙河而上。然而乡村秩序动乱，据说有几千名基督教徒被杀害。在我住的旅馆里，旅伴们放弃了这条我迫切想走的多瑙河路线，他们一齐劝我也放弃这条路线。可是，假如这样，我就必须再返回希腊和意大利——这是一个尖锐的思想矛盾。

我不属于有胆量的人，特别是遇到一点小危险，我就感到害怕；但是处于大的危险中，当我就要取得优势时，我便有一种随着年龄的增长变得愈来愈坚强的意志。我可能担忧，可能害怕，但我仍然做我

---

① 丹麦港口。

② 瑞典港口，与赫尔辛格遥遥相望，中有厄勒海峡。

③ 在土耳其西北。

④ 伊斯兰教创始人。

所认为最应当做的事情。我不以承认自己的弱点而感到羞愧。我认为当我们从自己真正的信念出发，违背我们先天的恐惧心理时，我们就算是尽了天职。我迫切希望了解这个国家的内部情况，所以横渡了多瑙河最宽的江面。我拿不定主意，我的想象力向我暗示了最可怕的环境，那是一个令人忧虑的夜晚。早上我同斯特默男爵商量，他认为我可以着手这次航行，我便下了决心。从下决心的时刻起，我就毫不动摇地信赖上帝，平心静气地依赖命运了。5月4日，我登上了停泊在土耳其皇宫的御花园旁边的快艇。

凌晨我们起锚时，听到了曾期待来接我们的那艘奥地利大轮船前一天夜里在黑海的雾中航行时触礁全船覆没的不幸消息。我们穿过景色绮丽的博斯普鲁斯海峡，经受了汹涌的波涛和浓雾天气。有一天借宿在科斯腾什城的倒塌了的特拉詹堡垒附近，乘坐白公牛拉着的几辆竹篓做的大马车，沿着野狗乱窜的荒凉的土路前进。只有两个倒下的墓碑告诉我们，这儿曾是1809年的战争中被俄国人烧毁的一些城镇。这是多布罗加城。我们花了两天越过俄（罗斯）土（耳其）战争的整个著名战场。因此在我头脑里便留下了我所能得到的多瑙河流域的最清楚的印象——一些破烂的小城镇和被毁坏了的炮台。我看见用泥土和竹篓筑成的全部防御工事遗迹。在我们到达清真寺宣礼塔塔尖林立的鲁斯特楚克以前，我们没有听见乡间的任何骚动。岸边挤满了人。两个法兰克人打扮的青年被扔进多瑙河，他们朝陆地游去，其中一人上了岸，另一个挨了石头，边向我们游来边大声呼喊："救命啊！他们要弄死我！"我们停在河心，拉他上来，放了一炮作信号。这个城市的长官来到船上，把这可怜的法兰克人带走保护起来。

第二天我们从船上看见白雪覆盖着的巴尔干山脉，在这些山脉与我们所在地之间常常发生造反事件。晚上我们听说，一个从威丁传送信件和急件公文到君士坦丁堡的武装鞑靼人受到袭击，被杀害了；另一个人也遭到同样的命运；第三个人在他被打散的卫队护送下幸免了，然后顺多瑙河而下，躲在芦苇中，一直等待我们的轮船到来。这个穿羊皮衣服的刚从泥潭里出来的人，正像我们所说的：武装到了牙齿。我们在灯光下瞧见他登上船，显得很可怕，他和我们一起在多瑙河上旅行了一整天。

我们在威丁城的坚固的土耳其堡垒所在地上岸，但在没有受到烟熏消毒前不许我们上岸，唯恐我们从君士坦丁堡带来任何传染病。居住在这儿的帕夏侯赛因给我们送来了最后几份《阿尔格迈因报》，以便我们从德国方面获得关于这个国家情况的最好报道。塞尔维亚看上去像一片原始森林。我们坐在小船里游览了一段汹涌奔腾的多瑙河路程，通过他们称为"铁门"的那段河流。这些我曾在《一位诗人的市场》中加以描写。

第八章

法国：和雨果、大仲马看戏

靠我最近的几部作品，同时靠我省吃俭用，我已攒了一小笔钱，我将用这笔钱重新去巴黎旅行。1843 年 1 月底我离开哥本哈根。考虑到季节的变迁，我取道菲英岛，途经石勒苏益格 – 荷尔斯泰因[1]。

乘火车到蒙斯[2]途中，我紧靠着车门向外遥望。由于门没有上锁，自动打开了，要不是我身旁的人立即紧紧抓住我，我准被甩出车厢。法国的春天，田野碧绿，阳光和煦，圣德尼斯[3]像出现在我的视野，经过巴黎的新防御工事，我很快就已经坐在瓦洛瓦斯旅馆我的房间里了。

马尔米耶[4]已在《巴黎评论》上发表过《一个诗人的一生》的文章来评论我。他也曾把我的几首诗译成法文，而且还赠给我一首发表在上述《巴黎评论》上的诗。于是我的名字很快地传到了文学界一些人的耳朵里，我在这儿受到意外友好的接待。

我常去拜访维克多·雨果的家，并承蒙厚待——奥伦什拉杰尔在他的《生活》一文中抱怨没有受到的那种招待，因此我应该感到偏爱了。雨果邀请我在法兰西剧院观看他被挨骂的悲剧《卫戍官》。这出戏每天晚上在较小的剧场里挨嘘，表演得很糟糕。他的夫人温文尔雅，

---

① 现在德国的一个州。

② 在比利时境内。

③ 法国的守护圣徒。

④ 法国文学家（1809—1892）。

具有法国妇女所特有的那种和蔼可亲的性格，使其他外国人同他们在一起时感到无拘无束。

我常常看见快活的大仲马①，他甚至在中午过后很久还躺在床上，和纸、笔、墨水躺在一起写他的最新的戏剧。有一天我看见他这样躺在床上，亲切地向我点头说："坐一会儿，我的文艺女神刚拜访过我，她正好要走了。"他继续写，大声讲话，高呼"万岁！"从床上跳下来说："第三幕完成了！"

他住在里歇鲁大街的"太子饭店"，他的夫人在佛罗伦萨，他的儿子小仲马②从那时起就亦步亦趋地追随着他。小仲马在城内有自己的房子。"我真像个孩子，"大仲马说，"所以你对于这一切必须有耐性！"一天晚上他陪同我到各种剧院去，使我可以参观后台生活。我们在"皇宫"剧院同德耶泽③和阿奈斯谈天，然后手挽手沿着华丽的大街漫步到圣马丁剧院。"现在他们正好穿着短裙子！"大仲马说，"我们可以进去了！"我们便进去，在后台徘徊，像经过《一千零一夜》中的海洋一样。这一大群人中，有的是机械师，有的是唱诗班歌手和舞蹈演员……大仲马把我带到嘈杂的人群中间。当我们沿大街回家时，遇见一个青年男子挡住了我们的路。"那是我的儿子！"大仲马说，"他是在我18岁时④出生的；而今他已经是我当时的同样年龄，只是还没有儿子！"他就是后来知名的小仲马！

我也得感谢他使我认识蕾切尔⑤。当大仲马问我是否想结识她时，我还没有看过她的演出。一天晚上她正要演费德拉⑥时，他领我到法

① 法国小说家、剧作家（1802—1870）。
② 法国剧作家、小说家（1824—1895），大仲马的私生子。
③ 法国女演员（1797—1875）。
④ 原文如此，应为22岁。
⑤ 法国女演员（1820—1858），擅演悲剧。
⑥ 法国剧作家拉辛的名剧《费德拉》中的主角。

兰西剧院的舞台前。演出已经开始，在后台用屏风围成的一个房间里摆着一张桌子，桌子上摆着茶点，还有几张长椅，这位年轻姑娘就坐在那里。如同一位作家所说，她懂得如何用拉辛和科内尔的大理石毛坯镌刻生动的雕像。她面容清瘦，身段苗条，看上去很年轻。她在那儿很注意我，尤其是后来在她自己家中穿着丧服的形象更是如此，像一个年轻姑娘刚刚哭诉过自己的伤心事，又强作镇静的样子。她走上前来以深沉、有力的声调温和地跟我们谈话。在同大仲马交谈时她忘了我。我站在那儿完全像一个局外人。大仲马注意到了这点，说了我几句好话，因此我大胆参与了他们的谈话，虽然我站在这两位也许是全法国讲法语最漂亮的人面前有些自惭形秽。我说我的确见过许多令人愉快的有趣的事情，但我还不曾见过蕾切尔，我特地为了她把最近工作的全部收入用来作巴黎之行。最后，我为自己的法语表示了歉意。她笑了笑说："当你向一个法国妇女讲你刚才对我讲的这种客气话时，她总会相信你的法语讲得很好的。"

当我对她说她的名声已传到我们所在的北欧时，她声称她打算去圣彼得堡和哥本哈根。"在我来到你的城市时，"她说，"你一定得做我的保护人，因为你是我在那儿唯一的相识。为了能使我们熟悉起来，也由于你说你是特地为我而来巴黎的，我们必须经常来往。你今后不要客气。每礼拜四我都在家会见朋友，都是些礼节性的拜访。"她说着伸出手来与我们握别，深情地点了点头，然后便站到离我们几步远的舞台上去了。在那里她显得高一些，完全是另外一副样子，带着她固有的忧伤、沉思的表情。欢快的喝彩声传到了我们的座位。

作为北欧人，我有些看不惯法国式的悲剧表演。蕾切尔也以这种方式表演，但她显得很自然，好像所有其他演员都在努力模仿她似的。她自身就是法国的悲剧诗人，其他演员不过是微不足道的人。蕾切尔一表演，人们就认为一切悲剧必须这样表演。她的表情真实而自然，但却不同于我们在北欧所熟悉的另一种表演方式。

　　她家里什么都是鲜艳、华丽的，也许太珍贵了。最里面的房间是淡绿色，布置着有灯罩的灯和法国作家们的小像。在客厅里，老实说，地毯、窗帘和书橱几乎都是深红色。她穿一身黑衣服，大体上跟她的一幅有名的英国钢板雕像一样。她的客人都是绅士——大多是艺术家和学者，我听说其中有几个贵族。衣着华丽的用人们宣布来宾名单。大家喝茶、传递点心。总之，德国风尚多于法国风尚。

　　维克多·雨果①对我说他发现她懂德语。我问她，她用德语回答："我会读，我的确出生在洛林，你瞧，我这儿有德语书。"她把格里尔帕泽尔②的《萨福》拿给我看，然后转而继续用法语交谈。她表示乐于扮演萨福，然后谈起席勒的《玛丽·斯图尔特》，她曾根据法语译本扮演过这出戏中的一个角色。我看过她演这个角色，她以特别沉着的态度和悲剧情绪演最后一幕。她很可能是用德语演戏的最佳女演员之一，然而法国人却最不喜欢她演的这一幕。

　　"我的同胞们，"她说，"不习惯于这种表演手法，而这个角色又只能这样演。当一个人悲伤得几乎心碎，或者即将和他的朋友永别的时候，他是不应该胡言乱语的。"

　　她的客厅大部分摆着装帧精美的书，这些书排放在镜子后面的漂亮书橱里。墙上挂着一幅表现伦敦剧院内景的画，画里她站在舞台前面，人们越过乐队席向她投来无数鲜花和花环。这幅画下面是一个精致的小书架，其中摆的全是我称之为"最高尚的诗人"——歌德、席勒③、卡尔德隆④、莎士比亚⑤等人的作品。

---

① 法国诗人、小说家兼戏剧家（1802—1885），法国积极浪漫主义运动领袖。
② 奥地利剧作家（1791—1872）。
③ 德国戏剧家、诗人、启蒙运动理论家（1759—1805）。
④ 西班牙剧作家兼诗人（1600—1681）。
⑤ 英国文艺复兴时期戏剧家、诗人（1564—1616），对欧洲文学和戏剧的发展有重大影响。

她问我许多关于德国和丹麦、艺术和戏剧的问题。当我的法语讲得结结巴巴，不时稍停片刻使自己平静下来以免太难受时，她用带着亲切的微笑鼓励我。

"尽管讲吧，"她说，"你的法语确实讲得不好。我曾听见许多外国人讲我国话讲得比较好，可是他们的谈话几乎都没有你的那么有趣。我完全理解你讲话的意思，那就是使我对你发生兴趣的主要的东西。"

我们最后一次会面告别时，她在我的题词簿上写了如下的话："艺术就是真实！我希望安徒生这样闻名的杰出作家不要戏弄这句格言。"

我发觉阿尔弗雷德维尼[1]性格温和。他娶了一位英国女士，两国最好的东西似乎都在他家合二为一了。我在巴黎度过的最后一个晚上，这位在知识界既有地位又有钱的人，差不多在午夜才来到里歇鲁大街我的住所。他腋下夹着他的作品，一步步登上高台阶给我送来。他眼睛里闪烁着热诚的表情，似乎对我满怀仁爱，这使我有依依惜别之感。

我也结识了雕刻家戴维[2]。他的举止和坦率的态度使我回想起托瓦尔森和比森[3]来，特别是比森。我和他没有再次见面，直到我离开巴黎。他为此惋惜地说，假如我在那儿多逗留些日子，他愿给我雕一个半身像。

我说："可是你对我作为诗人的情况并不了解，因此不能说我配不配这个半身像。"这时他诚挚地瞧了一下我的面庞，拍了拍我的肩膀说："然而，我曾读过阁下的书。你是个诗人。"

在博卡姆伯爵夫人家里，我遇见了巴尔扎克[4]。在那儿我看见一位老太太，她脸上的表情引起了我的注意。那表情里透露着生气勃勃、

---

① 法国文学家（1797—1863）。

② 法国雕刻家（1788—1856）。

③ 丹麦雕刻家（1798—1868），托瓦尔森的学生。

④ 法国作家（1799—1850），对世界现实主义文学的发展影响很大。

非常亲切的味道，使每个人都愿意聚集在她周围。伯爵夫人把我介绍给她，我才知道她是《穷途潦倒的人》的作者雷鲍德夫人，我曾利用这篇小故事编写过《黑白混血儿》这出戏。我把这事以及这出戏的演出情况全告诉了她，这使她很感兴趣，所以从这天晚上起她成了我的特殊的女保护人。一天傍晚，我们一块儿外出散步，交换着意见。她纠正我的法语，还让我重说在她听起来似乎不正确的话。她是个智商很高、有才干、有教养的妇女，洞悉世事，对我表示了母亲般的慈爱。

如上所述，我在博卡姆伯爵夫人的客厅里认识的巴尔扎克是一位文雅、衣着整齐的绅士，他晶莹的牙齿在他的红唇之间闪发着白光。他似乎兴致很高，但却是个不善言谈的人，至少在社交方面是如此。一位写诗的女士抓住我们，拉我们到一张沙发上，她自己坐在我们中间，她说坐在我们中间她显得多么渺小。我掉过头去在她背后与巴尔扎克的笑脸相遇。巴尔扎克半张着嘴，以奇妙的态度噘了噘嘴。那便是我们的第一次正式会晤。

有一天我在卢浮宫①里走过，遇见一个男人，体态、步履、相貌都跟巴尔扎克一模一样，但他穿着一件非常褴褛的甚至相当肮脏的衣衫。他的靴子没有刷，裤子上溅了泥，帽子也揉皱了，破旧了。我吃惊地停下来，这人盯着我微笑，我打他身边经过——太相像了！我不禁回过头来，追着他问："您不是 M. 巴尔扎克吗？"他笑了笑，露出他的白牙齿，只说了一声："明天巴尔扎克先生要动身去圣彼得斯堡！"他紧紧握住我的手，他的手柔软而纤细，点了点头，走开了。他不可能是别人，准是巴尔扎克。也许他穿的是过去作家们在巴黎进行社会调查时穿的衣服；也说不定就完全是另外一个人，他知道自己与巴尔扎克极相似，因而想瞒住陌生人。几天以后我和博卡姆伯爵夫人交谈时，她带给我巴尔扎克的口信——他已动身去圣彼得斯堡了。

---

① 建于 12 世纪末，现为巴黎三大艺术博物馆之一。

　　我也再次遇见了海涅。上次我来这儿以后他结婚了。我发现他健康情况不大好，但精力充沛，而且对我的态度非常友好而自然，使我毫不胆怯地、如实地向他表白了我自己。一天，他用法语向他妻子讲了我的《坚定的锡兵》的故事。当他谈到我就是这个故事的作者时，便把我介绍给她。

　　"首先，你打算发表你的游记吗？"他问道。当我回答"不"时，他继续说："那么你见见我的妻子吧。"她是个活泼、年轻的漂亮女士。在他们屋里有一群孩子正和他俩一起玩，海涅说："这些都是从邻居家借来的孩子，没有一个是我们自己的。"这时海涅给我抄出了他最近诗作中的一首。

　　我没有发现他那使人痛苦的讥笑，我只听见一个德国人的心脏在他的诗歌中跳动，而且将永远跳动。

　　由于我在这儿认识了许多人，如卡尔克布伦纳[①]、盖锡等，在他们的帮助下，我的巴黎住所给弄得很舒适而且富于乐趣。在那里我并不感到自己是个陌生人：我与最伟大、最优秀的人物受到同样的友好款待。这就像是预料到我有才能而支付的报酬似的，他们付这份报酬，指望总有一天会证明他们没有错看我。

　　我在巴黎的时候收到一份从德国寄来的令人欢欣鼓舞的友好信件：我的几部作品已被翻译成德语，并被传阅。我所认识的最有教养、最可亲近的德国家庭之一，曾津津有味地读了我的作品，特别是《孤独的流浪者》前面的传略，对我表示了最诚挚的友谊。他们写信给我，表示对我的作品的感谢，因为他们从这些作品中得到了乐趣，并热烈欢迎我在回国途中访问他们。这封信里有一种非常诚恳、自然的味道，我在巴黎第一次接到这种信件，这与1833年我初次在这儿时从祖国给我寄来的信形成了鲜明的对比。

---

　　① 德国钢琴家兼作曲家（1785—1849）。

自那以后，我非常乐于到那里去，我知道我在那儿不只是作为诗人而且作为名人受到宠爱。在异国有多少我未能亲身经历的这种友好的实例呵！我愿讲一个特殊的例子。

在萨克森①住着一家有钱的慈善家。女主人读过我的《孤独的流浪者》这篇故事，这本书对她竟发生了这样的影响：她发誓在她的一生中倘若遇见具有非凡的音乐才能的穷孩子，她绝不允许他像可怜的"流浪者"那样夭折。不多久，一位听过她这话的音乐家给她带来两个穷得身无分文的男孩子，向她担保他们的才能，并提醒她履行诺言。她果然说话算数：两个男孩都被她收留、教养，如今都在音乐学院上学。其中年龄最小的一个在我面前表演过，我见他面带喜悦的神色。没有我写的书，也可能发生同样的事情，这位杰出的女士也可能照顾这两个孩子。尽管如此，我的书现在仍然是这件事的链条中的一个环节。

我从巴黎回国途中沿莱茵河而行。我知道曾接受普鲁士国王津贴的诗人弗里利格拉斯正住在莱茵河岸边的一个镇上。他的诗的形象化的特征很符合我的意愿，因此我希望同他谈谈。我曾在莱茵河上的几个市镇停留过并打听过他的消息。在圣戈尔有人指给我他的住址。我见他坐在写字台旁，似乎为受到陌生人的打扰而烦恼。我没有讲我的名字，只是说我不能经过圣戈尔而不问候诗人弗里利格拉斯。

"谢谢你。"他语气冷淡地说，然后问我是谁。

"我们两人有一个共同的朋友沙米索！"我回答说。他听见这话欢喜得跳起来。

"那么你就是安徒生啦！"他嚷道。双臂抱住我的脖子，他那诚实的眼睛闪烁着快乐的光芒。

"那么你得在这儿待几天！"他说。我告诉他我只能待两个钟头，因为与我一起旅行的还有几位同胞，他们正等着我。

---

① 今德国萨克森州。

　　"你在小小的圣戈尔会有许多朋友，"他说，"不久前我还向许多人大声朗读过你的《O.T.》这篇小说，无论如何我必须把这些朋友找一个到这儿来，你也必须见见我的妻子。是的，你的确不知道你和我们的婚姻有些关系。"

　　于是他便向我讲我的小说《孤独的流浪者》是怎样引起他俩互相通信、互相认识的，这种认识终于使得他们成为伴侣。他把她叫出来，并向她讲了我的名字，让她把我当作老朋友一样看待。

第九章

波兰：应邀与国王同游福尔岛

1844 年夏天，我在一个暴风雨的日子途经什切青[①]回到哥本哈根，几天以后我出发到菲英岛的莫尔特克伯爵[②]家去愉快地消暑几天。在这里我收到内阁大臣兰草·布雷藤堡伯爵的一封信，他正在福尔岛的海滨浴场陪着丹麦国王和王后。他信中说，他有幸通知我有关国王和王后陛下邀请我去福尔岛的消息。这个岛屿，如人们所知，位于北海离石勒苏益格海岸不远的地方，与有趣的哈利格斯群岛毗连，在比尔纳茨的小说里把这些小岛描写得风光妩媚。

国王和王后的厚意使我无比荣幸，而且我也高兴与兰草再次亲密地在一起。唉！这竟然是最后一次了！

自从我这个穷小子孤苦伶仃地离家来到哥本哈根时起迄今 25 年了。我正好可以和国王、王后一起庆祝我的这个 25 周年的到来，我是他们最忠诚的臣民，而且正是在这个时候我才懂得用我的整个心灵去爱他们。我觉得自己似乎被一种观点指导着：从清楚地回顾到使我有所发展的 25 年，伴随好运气和幸福才能展望未来。现实常常超过最美好的梦。

我从菲英岛动身到坐落在大海湾中的弗伦斯堡[③]。那里有秀丽如画的森林和山峦，随后豁然现出一片石楠丛生的荒地，在明亮的月光下

---

① 现在波兰西北部一个城市。
② 丹麦政治家（1785—1864），曾任丹麦首相。
③ 位于现在的德国。

我漫游在这片荒地上。穿过荒地的旅行是沉闷的，只有云朵在飞驰，我们乏味地跋涉在深深的沙地上。在这灌木丛生的荒地中不时传出鸟的哀鸣，使人倍感凄凉。不久我们来到了沼泽地。连续降雨已使草地和麦田变成了一片汪洋，我们沿着堤岸行走，那堤岸简直是泥潭，马匹都深陷在污泥里。在许多地方，轻便马车不得不由农民帮忙才不至于掉在堤岸下方的村舍上面。每前进一丹麦里路都要花上几个钟头。北海和群岛终于展现在我们面前了。整个海岸筑起一道用草编织的堤，一直铺了好几里路，海浪扑打着堤岸。我到达这里时适逢涨潮，由于顺风，在一个钟头之内我便到达了福尔岛。经过这番艰难的旅行，福尔岛在我眼中宛如仙境。

最大的城市威克建得如同一座荷兰城市，那里有温泉浴场，房屋只有一层高，斜屋顶和山墙都朝着大街。许多外国人和达官贵人使这街道显得十分活跃。几乎从每个房屋都有一些熟悉面孔往外张望。丹麦国旗在飘扬，传来一阵音乐声，我好像在参加庆典似的。船上的水手们把我的行李运到旅馆。在离码头不远的地方，靠近国王和王后居住的一层住宅，我看到一幢大木房子，女士们在敞开的窗下踱步，她们把头伸出窗外高呼："欢迎，安徒生先生！欢迎！"水手们也脱帽鞠躬。我在他们心目中本来是个不知名的客人，此刻成了重要人物，因为向我致意的这些女士们是奥古斯丁堡公国的公主们和她们的大公母亲。我恰好坐在筵席桌旁，作为一个新客人，我是人们好奇的对象。这时一名宫廷男仆拿着国王和王后陛下邀请赴宴的请柬走进来，其实宴会已经开始，只因国王和王后听说我已到来，预先在宴会席上给我留了一个座位。

国王和王后陛下给我安排了住处。我在那里逗留的整个期间都是同王室和兰草·布雷藤堡一起进餐。那些日子对我来说是美好、愉快而富有诗意的，它们一去不复返了。在人们也许只指望看看国王的王冠和紫色披风时，而我却看到了那高尚人性的流露，真是太幸运了。

在私生活方面，很少有人能比那时当政的丹麦国王更厚道的了。愿上帝保佑他们，赐福他们，正如他们使我胸中充满幸福与温暖一样！好几个晚上我高声朗读我的一些小故事。《夜莺》和《牧猪人》似乎最使国王高兴，因而重复朗读了几个晚上。有一天晚上，我的即兴创作才能被发现了。一位朝臣开玩笑地为年轻的奥古斯丁堡公国的公主们背诵一种韵律简单的诗句。我站在他身旁也开玩笑地说："您没有正确读您的诗，这我知道得比较清楚，您必须读。"这时我吟了一首即兴诗，逗得他们哈哈大笑。笑声传到隔壁房间，国王正坐在那间屋子的牌桌旁，问起是怎么回事，我便重读了我的即兴诗。此时大家都试着作即兴诗，我便帮他们的忙。"难道我没有单独作过一首诗吗？"正在同国王玩牌的埃瓦德将军问道，"难道您不愿为我背诵一首我最好的诗吗？"

"埃瓦德的诗是国王所熟悉的，也是全国闻名的！"我说着转过脸去。这时卡罗琳·阿米利亚王后说："难道你不记得我想什么和喜欢什么吗？"我想背诵一些有价值的诗句，便答道："当然记得，王后陛下，我已经写了一点东西，明天带来。"

"我相信你是记得的！"她重复说。在他们的催促下，我创作了下面这首诗，如今已收集在我的短诗集中了：

祈祷

啊，上帝！当风暴猛烈袭击，

您是我们的靠山、太阳和庇翼！

在这动乱的年代里，

加强国王的权力吧，

因为丹麦在他身上将希望寄予。

愿他的手给花环挂上国旗，

尊重爱情和一切崇高目的。

当您再次欣赏这伟大世界时，

丹麦犹如一朵洁白的百合花，

在大海中挺立，傲然挺立。

　　我和王室成员一道航行到哈利格斯群岛的最大岛屿，这海岛上有一种埋在深草中用古代北欧文字刻成的东西，可证明那是一个沉没的国家。暴戾的大海已将陆地变为群岛，再把它们劈开，埋葬了多少人和村庄。逐年都有一部分群岛被劈开，半个世纪后，这儿将只剩下大海了。哈利格斯群岛而今不过是覆盖着一层暗黑色草皮的没有开发的小岛；只有几群羊在岛上吃草，涨潮时这些羊群就被赶进房子的顶楼上去，浪涛拍打着这离岸边几英里的小小地区。我们访问的厄兰德有一个小镇，镇上房屋一个挨一个并排立着，好像它们非常需要挤在一起似的。这些房屋全建在平台上，都有一些像船舱里一样的小窗户。一个小房间的女主人和她的女儿们在那里纺纱，一坐就是半年。但是许多人都发现那里有一间小藏书室，我从中找到丹麦语、德语和荷兰语的书籍。人们就在那里学习和工作。大浪冲击着这些房屋的周围，使这些房屋看上去很像在海中遇难的船只。偶尔在夜里一艘记错了灯塔方向的船只奔到这里，随即触礁。

　　1825 年，一次强大的风暴使海潮冲走了很多人和房屋。人们夜以继日地半裸着身子坐在屋顶上直到潮水退去，无论福尔岛或大陆都不能营救他们。教堂院子被冲掉了一半，海浪常常把破船和无数尸体暴露在人们面前，这种景象是惨不忍睹的。可哈利格斯岛的居民们却恋恋不舍他们的小家园，他们不能在大陆留下来，思乡病驱使他们重返岛上。

　　我们在岛上只看见一个男人，他是刚从病床上起来的，其他的男人都出门远航了。我们受到姑娘们和已婚妇女们的欢迎。她们在教堂前面用从福尔岛采来的鲜花树起一座凯旋门，但那凯旋门太小太低，人们只好从它旁边绕过去。尽管如此，她们还是用这座凯旋门表示她们好客的感情。她们砍倒了岛上唯一的玫瑰丛，安放在王后必须越过的沼泽地上，这使她深受感动。姑娘们都很漂亮，身着半东方式的衣服。她们是希腊人的后裔，半遮着脸，头戴希腊式圆筒形无边毡帽，帽上饰有亚麻布带，帽子下面露出的一圈头发编成的辫子。

归途中皇家轮船供应了我们晚餐，后来当我们在灿烂的落日余晖中航行在岛屿密布的海面时，甲板上举行了舞会。男女老少翩翩起舞；用人们频频端送茶点；水手们站在船头测量水深，不时传来他们报告水深的低沉的声音。月亮升起来了，又圆又大，在阿姆鲁姆海角隐约可辨覆盖着白雪的阿尔卑斯山的轮廓。

随后我就去观光阿姆鲁姆的荒凉的沙丘，正值国王到那里猎兔。许多年前这里曾有一艘船遇难，那船上有两只野兔幸存，这对野兔为阿姆鲁姆海角繁殖了几千只后代。落潮时，潮水从阿姆鲁姆海角与福尔岛之间退去，这时人们便可以从一个岛飞跑到另一个岛，但必须严格掌握时间和熟悉路程，否则跑到中途又遇涨潮便会丧命。只需几分钟以后潮水又涨起，大轮船又可以在这曾经干涸的地面上航行了。我们看到长长的一列运货马车从福尔岛向阿姆鲁姆海角行驶着，白色的沙地背景上衬托着蓝色的地平线。这一长列马车看上去似乎比它们本来的体积大一倍，在它们四周有一片汪洋，如同一张大网，好像这些马车坚守着沙滩，对一会儿涨起潮来可能给淹没满不在乎似的。这个海角勾起我对维苏威火山灰堆的回忆，在这里每陷下一步，就留下一个凹印，靠繁茂的野草是不能把这凹陷的沙坑填平的。太阳在白色的沙丘之间发射出灼人的光芒，使人觉得像在穿过非洲的沙漠。

在山谷和沙丘之间盛开着一种罕见的玫瑰花，丛生着石楠属灌木；别的地方则草木不生，只能见到浪涛留下了痕迹的潮湿的沙地，退潮时海水在那上面刻下了古怪的象形文字。我站在一个高处凝眸俯瞰着北海，其时正值落潮，海水向后退了大约一英里，无数船只死鱼般地躺在沙滩上，等待着潮水重来。有几名水手在沙滩上爬来爬去，有如几个黑点。在不断受海浪冲击的白色沙滩上形成了一道长长的沙洲，那在涨潮时是看不见的，沙洲上也因此发生过多次船只遇难的事。我瞧见这里的一座高耸的木塔，塔里的一个木桶总是盛满了水，一只篮子里备有面包和白兰地酒，为的是使在这里触礁的不幸的人们能在波涛滚滚的大海中间的这个地方栖身几天，直到得救。

当我离开这荒凉的地方返回王室餐桌旁，回到迷人的宫廷音乐会、海滨浴场的小型舞会以及宾客云集的月光晚会上，宛如置身仙境。这是多么奇妙的对比啊！

9月5日，当我为庆祝上述25周年纪念日在王室的宴会上就座时，那整个过去的生活一幕一幕地在我心头重新映现，我不得不抑制自己别哭出声来。这是我衷心感谢上帝的时刻，似乎想用双臂把上帝紧紧拥抱。此时此刻我深深地感到自己是多么渺小啊！一切都来自上帝！兰草深知这是一个多么使我感兴趣的日子。晚饭后国王和王后祝愿我幸福，态度是何等和蔼，真不知该怎么说，是何等亲切，充满同情啊！国王祝我一如既往不断得到幸福。他问起我刚刚步入社会时的情况，我向他述说了一些典型事件。在谈话过程中他问我有无固定的年收入，我向他报告了收入总数。国王说："收入不多啊！"

"但我不需要很多钱，"我回答说，"我的作品还有些收入。"

国王以最仁慈的态度进一步询问了我的情况，最后说："在任何情况下，假如我对你的文学工作能有所帮助的话，你就来找我吧。"

在那天晚上的音乐会上，又提起这次谈话。站在我身旁的一些人责备我没有利用这次好机会。

他们说："国王把实话送到你嘴边上了。"

可是我不能，也不愿那样做。"如果国王发觉我还需要些什么，他自己会情愿给我的。"

我并没有错。第二年，国王克里斯钦八世就给我增加了年薪，以便我用这笔钱和我的写作收入能体面地、无忧无虑地生活。国王拨给我的这笔钱全然出于他一片善良的心愿。国王克里斯钦是开明的、目光敏锐的、具有科学的卓识远见的，所以，他对我的命运的深切同情是对我的加倍鼓舞和抬举。

9月5日对我来说是个喜庆日子，连海滨浴场的普鲁士游客们也在水泵房为我的健康干杯。

有些人在议论，如此捧场，可能容易宠坏一个人会使他自以为了不起的。但是，不，他们并未宠坏他；相反，使他变得更好起来，他们使他的头脑更清醒，必然使他情不自禁地希望对于他所享受的一切，要做到当之无愧。当我拜见王后向她辞行时，她赠送我一枚贵重的戒指作为我们共同在福尔岛度过一段时光的纪念。国王再次表现了他满怀仁慈与高尚的同情。愿上帝赐福和保佑这对崇高的夫妇吧！

奥古斯丁堡公国的女公爵和她的两个女儿这时也在福尔岛。我这些天有幸每天同她们一起，她再三邀请我回国时取道奥古斯丁堡。为此目的，我从福尔岛去了阿尔斯——波罗的海最美丽的岛屿之一。那个小地方颇像一个盛开着花朵的花园。长势旺盛的五谷和苜蓿田被围在榛树篱笆和野玫瑰之中，农舍周围是一些果实累累的大苹果园，树林与山冈交错。映入眼帘的忽而是一片汪洋大海，忽而是狭窄得像一条溪流似的小海峡。奥古斯丁堡的城堡是宏伟的，花园里开遍了鲜花，一直向下伸展到海湾岸边。我受到最热情的接待，见识了公爵社交圈子里最亲切的家庭生活。我在这里度过了14天，出席了女公爵为期3天的祝寿活动。这些活动中有赛马，当时镇上和城堡里挤满了人。

快乐的家庭生活如同美丽的夏夜，我的心非常宁静，周围的一切都值得特别称颂。我十分激动地说："在这儿是美好的！"在奥古斯丁堡我深有此感。

第十章

德国：在奥古斯丁堡写下《卖火柴的小女孩》

    旅游所起的作用如同使人心旷神怡的沐浴，总是使人返老还童。我觉得应再为此旅行一次，不是为了找材料，我自身就存在着丰富的材料。这一生太短促，不能使我这年轻的经历成熟起来，为了把这经历成熟而生动地传到纸上，需要振奋的精神，旅行后我似乎会变得年轻些，强壮些。

    靠着节约开支，加上作品的稿酬，在过去的一年当中我有条件进行几次旅行。对我来说，最光彩的事莫过于我写的这些作品了，我于1845年10月离开哥本哈根。从前当我开始踏上旅途之前我总是想：上帝啊！您将允许我这次旅途上发生什么事呢？可这次我却这样想：上帝啊！在这么长的一段时间，国内的朋友会发生什么事呢？我感到一种真诚的焦虑。一年之中柩车可能多次开过门口，棺材上可能看到谁的名字？俗话说，当一个人突然打寒战的时候，总是说："死神正打我的坟头经过。"而当想到死神正在我朋友们的坟上走过时，寒战打得更厉害了。

    我在格洛鲁普的莫尔特克伯爵家里逗留了几天，在邻近的一个村镇里，一些流浪艺人正在演我的一些剧作，我没有去观看。这晚秋的天气富于诗意的美，当树叶飘落、阳光照耀着依然绿油油的草、鸟儿仍在叽叽喳喳地叫着时，人们往往以为这是春天里的一天。因此老人在他的暮年的确也会渴望恢复青春。

    奥古斯丁堡公国的公爵家族这时住在格雷文斯蒂恩城堡，他们听到我来到的消息，重复了过去在奥古斯丁堡对我的一切盛情款待，而且更有过之。我在这里逗留了 14 天，在这里的日子似乎是我到达德国大受欢迎的全部喜庆情景的预示。这里四周的乡村风景如画，有着一望无际的树林、四季如春的高地、弯弯曲曲的海岸和许多平静的内陆湖，就连秋雾弥漫也给这如画的景色增添了秀丽。这一切，对我这个岛民来说是奇异的。这里的每一样景物都比岛上开阔宏伟，里里外外绚丽多彩。我在这里写了一篇新的童话《卖火柴的小女孩》，这也是我此次旅途中的唯一作品。我怀着感激的心情离开我度过了这么许多愉快、欢乐日子的地方，临别时我接受了人们要我常来这里作客的邀请。

如今，旅客不必蜗牛似的爬行着穿过石楠丛生的荒凉的沙漠了，铁路在几小时之内就可以把人们运送到阿尔托纳和汉堡。近几年内我在那里的交游扩大了。我大部分时间都是和霍尔克伯爵、驻节公使比尔以及我的童话的优秀翻译家蔡斯一起度过的。他们都是我最要好的朋友。才华横溢的奥托·斯佩克特为我的童话所作的画是那么奔放、辉煌，使我震惊不已。他把这些画编了整整一个集子，其中只有六幅是我所熟悉的。他的每幅画都具有同样鲜艳的色调，都是一件件完整的艺术品，也都是他整个性格的写照。他似乎有一个可尊敬的家庭，他的亲爱的老父和天资聪颖的姐妹们都热爱他。一天晚上我想到剧院去，离歌剧开演不到一刻钟了，斯佩克特陪我去，路上我们走近一幢精致的房子。

"我们必须首先到这家去一下，亲爱的朋友。"这时他说，"这是一个富有的人家，他们是我的朋友，也是你童话的朋友，孩子们会高兴见到你的。"

"可是歌剧呢？"我说。

"只待两分钟！"他答道。于是他拉我进了屋，一提我的名字，便有一群孩子围着我。

"现在给我们大家讲个故事吧，"他说，"只讲一个！"

我讲了一个故事，然后匆匆到剧院去了。

"这是一次非同寻常的拜访。"我说。

"一次精彩的拜访，一次完全超出一般方式的拜访！"他非常兴奋地说，"只需要想一想孩子们很熟悉安徒生和他的童话，当他突然出现在他们中间，亲自讲了一个故事，然后匆匆离去！消失了！这本身对孩子们就像一个童话，这将鲜明地留在他们的记忆里。"

我也以此自我安慰。

在奥尔登堡，我自己那间舒适的小房间正等待着我。可以说，在我所有的外国朋友中霍夫拉恩·冯·艾森德克和他那学识渊博的夫人是最同情我的人，他们盼望我到来。我曾答应和他们一起度过两周，但我实际上待在那里的时间却长得多。城里最上流的、最有学问的人们聚会的地方是最适于居住的，我住的正是这种屋子。这小城市里的社交活动很广泛，剧院不是演歌剧就是演芭蕾舞剧，是德国最好的剧院之一。导演高尔的才能是颇有名声的，而诗人莫森的影响无疑是够大的，我得感谢他使我有眼福看到德国的优秀剧作之一《智者内森》。其中的主要角色由凯泽扮演，他的纯熟精湛的悲剧演技和他的学识一样出类拔萃。

莫森有点像大仲马，生就一副半非洲人的容貌，一双棕色的炯炯有神的眼睛，他身体虽多病，精神却十分饱满。我们很快便互相了解起来。他的小儿子的一个特点感动了我——当我朗读我的一篇童话时，他极其诚挚地倾听着。在我要走的那天向他们告辞时，孩子的母亲说，这小家伙欢迎我再来，还说也许要很久以后他才能再次见到我，说时孩子"哇"的一声哭了。当天晚上莫森来到剧院时对我说："我的小埃里克有两个锡兵，其中一个他让我转送你，为的是你可以在旅途中随身携带着。"

"锡兵"一直忠实地陪伴着我，它是个淘气的家伙，说不定有那么一天它会亲自讲述它的游历。

　　我在这里再次与梅厄相遇，他就是那个把那不勒斯和那里的人们描写得那么迷人的作者。我的童话颇使他感兴趣，他竟用法语写了一篇关于这些童话的评论性文章。卡佩尔迈斯特·彼得和我的同乡杰恩多夫是我早年的朋友。我每天都在结交新友，因为家家户户都通过我的东道主邀我去做客，连公爵也慷慨地邀请我参加宫廷音乐会，那是在我到达后第二天举办的。随后我又荣幸地应邀赴宴。在这个外国宫廷，我受到了特别的重视和意想不到的盛情接待。在艾森结克斯家，以及我的朋友博利乌和奥尔登堡公国的枢密顾问官的父亲家里，我不止一次听到人们用德语朗诵我写的童话。

　　我可以用丹麦语朗读得恰到好处，而且在朗读中能够把感情充分表达出来。丹麦语言里有一种非译文所能传达的精神力量，对于写我的这类童话，丹麦语特别适宜。这些童话译成德语我听起来感到有些奇特，朗读时我很难把丹麦语的神韵用德语表现出来。我的德语发音也不清晰，遇到特殊的词我不可避免地表达得非常吃力，然而，德国各地的人还是很感兴趣地听我大声朗读。我确信能用外国语读这些童话，我的发音还不成问题，因为在这种情况下，这种外国风格近似孩子气，它使朗读具有自然的色彩。我到处都拥有最有教养的男女名流欣赏者，他们都津津有味地听我朗读。人们都请求我朗读，我很乐于遵命。我第一次在外国宫廷中，用外国语读我的童话，而且是在奥尔登堡公国的公爵和少数精心挑选来的人群面前。

　　寒冬很快来临。在城市四周形成的一个个像湖泊似的草地水洼儿已经冰封，上面已有人在溜冰，而我还留在奥尔登公国我的殷勤的朋友之中。时间在飞逝，圣诞节快到了。我想到柏林去度过这个季节，这需要多长时间呢？乘蒸汽开动的火车从汉诺威到柏林，要一整天的时间！我必须辞别亲爱的人们，离开可以说和我心连心的孩子们和老人。

　　告别公爵时，我接受了作为他盛情厚谊的纪念品——一枚珍贵的戒指，这使我大为吃惊。我将永远保存它，像在我找到和拥有真正的朋友的这个国家的每件其他纪念品一样加以珍惜。

我之前在柏林时曾作为《即兴诗人》的作者被邀请参加意大利学会，只有访问过意大利的人才能被吸收入会。在学会里我初次见到劳赫[1]，他那头白发和强健的体魄很像托瓦尔森。没有人把我介绍给他，我也不敢冒昧自荐，所以只好像其他陌生人一样单独在他工作室周围散步。后来，我在哥本哈根的普鲁士王国大使官邸逐渐和他建立起私人交往。我现在急忙赶去拜访他。

我的童话深深地打动了他，他紧紧拥抱着我，表达了发自肺腑的高度赞扬。一位天才一时对我如此评价，或者说是过高估价，抹掉了我心灵上的许多阴影。我在柏林受到了劳赫的第一次欢迎，他赞叹我在普鲁士的首都交游广泛。我必须承认情况确实如此。他们的品德、高尚的身份，在艺术上、科学上都是一流人物——亚历山大·冯·亨博尔特[2]、拉齐维尔亲王、萨维格尼[3]以及其他许多人都是我永远不能忘怀的。

以前我曾拜访过格林兄弟[4]，但那时我没有和他们进一步结交。我没有随身带着给他们的推荐信，因为人们都向我说过，我自己也相信，如果在柏林有什么人认识我的话，那一定是格林兄弟。我因此径直拜访了他们的寓所。女仆问我想同格林兄弟中的哪一位讲话。

"同写作品最多的那位讲话。"我说，因为那时我还不知道他们之中谁对"童话"最有研究。

"雅各布最有研究。"女仆说。

---

① 德国雕刻家（1777—1857），其作品受托瓦尔森影响。
② 德国博物学家、旅行家兼科学探险家（1769—1859）。
③ 德国律师兼法学史家（1779—1861）。
④ 雅各布·格林（1785—1863）和威廉·格林（1786—1859），德国语言学家，世界著名童话作家兄弟。

"噢，那么带我去见他吧！"

我进到屋里，雅各布·格林站在我面前，面部表情机警而沉着。

"我到府上造访，"我说，"没有带介绍信，因为我料想您不至于完全不知道我的名字。"

"您是谁？"他问。

我告诉了他，雅各布·格林话中流露出为难的语气："我不记得听说过这个名字。您写过什么作品？"

这一下轮到我十分尴尬了，于是我提到我写的一些小故事。

"我不知道这些故事，"他说，"还是向我谈谈你的其他作品吧，也许我曾听人们谈起过它们。"

我说出几篇作品的名称，可是他摇了摇头，真叫我扫兴。

"我作为完全陌生的人来到府上，自己列举自己的作品，"我说，"您会怎样看我呢？您想必知道我吧！丹麦已出版了一部奉献给您的各民族的《童话集》，其中至少有一篇是我的。"

"不知道，"他心情很好地说，但像我一样难为情，"我甚至还没有读过，但认识您我很高兴，让我介绍您认识一下我的弟弟威廉吧！"

"不必了，谢谢您！"我说，只想告辞而去，我同他兄弟之中的一位打交道已经够窘的了。我紧紧地握了一下他的手，匆忙离开了他家。

就在那个月，雅各布·格林到哥本哈根去了。这位和蔼可亲的人刚到哥本哈根，还没有脱下旅行服，就匆匆赶到我这里，这时他知道我了，热情、诚挚地特意来看我。当时我正站着收拾衣箱行李准备下乡旅行，只同他谈了几分钟的话，我如此接待他正如他在柏林接待我一样简单。

然而，当我们再次在柏林相会时已是老相识了。雅各布·格林的性格属于那种人人喜欢、个个依恋的类型。

一天晚上，当我正在俾斯麦·波伦伯爵夫人家里朗读我的一篇小故事时，在场的人中有一个人神情特别，他以明显友好的表情倾听着，而且以特别精明的态度对故事的主题发表了意见，这就是雅各布·格林的弟弟威廉·格林。

"上次您在这儿时，如果来见我，我早就和您熟悉起来了。"

几乎每天我都和这才华出众、待人亲切的两兄弟见面。我被邀请去的那些场合他俩也都会参加。他们倾听我创作的童话并发表意见，这也是我的希望和乐事。只要人们谈德国的"民间童话"，总会提到他们的名字。

我第一次到柏林时，雅各布·格林竟不知道我，这事使我很难过，因而每当有人问我在这个城市里是否受到很好接待时，我就含糊其词地摇摇头说："可是雅各布·格林并不知道我。"

听说蒂克病了，不能会客，所以我只送了一张我的名片。过了一些日子，我在一个朋友家里遇见了蒂克，那天正值他们祝贺劳赫的生日，他告诉我他的兄弟为邀我一同进餐而等了我两个小时。我到他兄弟那里才知道他们曾送一份请柬给我，但送错了旅馆。我又接到一份新的请柬，这使我同历史学家劳默①和斯蒂芬斯②的遗孀及女儿一起愉快地度过了几个钟头。蒂克歌声的魅力、那双智慧的眼中流露出的灵性不仅不减当年，而且更增强了。也许仅仅《小精灵》这篇当代构思最优美的童话就足以使蒂克名垂千古了，且不说他还写了别的作品。作为一个写童话的作者，我向这位兄长和老师致敬。他是多年前紧紧拥抱我的第一个德国诗人，好像是鼓励我和他同走一条路似的。

老朋友个个都得拜望到，而新朋友每天都在增加，请柬一个接一个地送来。接受这么多的盛情邀请是需要相当体力的。我在柏林逗留了三周左右，时间过得一天比一天快，可以说盛情把我给征服了。

---

① 德国学者（1781—1873）曾任德国国会议员。
② 德国哲学家（1773—1845）。

终于，我无法休息，不得不坐到火车厢里逃出这个国家。

然而，在这些充满友情和关怀的欢宴的日子里，我也曾有一个空闲的晚上。这天晚上我突然感到寂寞难耐，这就是圣诞节前夕。往年的这天晚上我最乐意观看那些好玩的东西，情愿站在圣诞树旁分享孩子们的欢乐和目睹父母们兴高采烈地重新变成孩子。一个个待我如至亲的家庭都认定我应邀出去了，可我却孤零零一个人待在旅店里，思念着家乡。我坐在敞开的窗前，凝望着星空，那就是为我点亮的圣诞树。

"圣诞老人啊！"我像孩子般祈祷，"您赐给我什么呢？"

当朋友们得知我这么冷清地度过圣诞前夜时，第二天晚上便为我点亮了许多圣诞树。然而在几天之后的新年前夜，为我单独插了一棵小树，在树上张挂许多彩灯和美好礼物的却是珍妮·林德。她和她的仆人，加上我组成了一个小集团，因为我们是三个来自北方并在这里一起度过圣诞前夜的孩子，而我是得宠的孩子：圣诞树为我点亮。她满怀着姐妹的情谊为我在柏林的好运气高兴，而我能得到这样一位纯洁、高尚的女性的关怀简直感到骄傲。她不仅作为一个歌唱家，而且作为一个妇女对我的赞扬已传遍各地，这两种身份结合在一起，激起我对她的一种纯真的热情。

看到荣誉为人理解，自己被人钟爱，无论对心灵还是意志都有好处。在有助于她成功的一件小小逸事①中，我成了她的密友。

一天早晨，我凭窗眺望"菩提树下"街时，看见一个衣衫褴褛的人半藏在一棵树下，从衣袋中掏出一把梳子，梳理头发，然后把围巾弄整齐，同时用手掸外套。我很理解他由于衣衫褴褛而深感不安和自惭形秽的窘态。过了一会儿，便有人敲我的门：是他进来了。他就是描写大自然的诗人M——一个穷裁缝。然而，他具有一颗纯真的诗人的心。柏林的雷尔斯特布等人曾满怀崇敬地提到过他。他的诗里有某些健康

---

① 指安徒生鼓励她在哥本哈根举行首次演出。

的东西，可以发现几个虔诚的宗教人物。他听说我在柏林，此刻便来拜访我了。我们坐在沙发上攀谈起来，他是这样和蔼可亲、心满意足，他的心境是这样平静纯真，我很抱歉没有多余的钱帮点忙。我对自己尽其所能贡献给他的一点点而感到惭愧。我问他是否可以邀请他去听珍妮·林德的演唱，他笑着说："我早已听过她演唱了，我的确没有钱买票，但我跑到小配角的头儿那里去问过，我可否在某个晚上，在《诺马》这出戏中演个小配角。他们接受了我的请求。于是我穿上罗马士兵的衣服，佩带一柄长剑就到剧院去了。因为我这角色站得离她最近，所以听得比谁都清楚。她唱得多好，演得多棒啊！我情不自禁地哭了起来。这却惹恼了他们，头儿不允许我哭，不许我再露面了，因为不需要谁在舞台上哭泣呀！"

珍妮·林德介绍我认识了伯奇·法伊弗①夫人，她说："她教过我德语，待我像母亲一样好！你必须和她认识！"我很高兴这样做。我们乘一辆敞篷四轮马车穿过大街。享有世界声誉的珍妮·林德竟然乘敞篷马车！也许会有人说："珍妮·林德乘敞篷马车是不体面的，老规矩必须遵守！"正如在哥本哈根她有一次同一位年长的女士——她的朋友乘敞篷马车所遭受的非议一样。有些人对什么是合乎体统的事物持有多么奇怪的观点啊！有一次在尼索城，当我正搭公共马车进城时，托瓦尔森说："我和你一同去！"有人看到后惊叫着："托瓦尔森也乘公共马车！真不像话！""可是安徒生也和我一道呀！"他天真地说。"那完全是另一码事！"我向他说。既然托瓦尔森乘公共马车令人反感，珍妮·林德乘敞篷四轮马车也就难免招致非议，更不要说在柏林她乘坐的这种我们在街上雇来的马车了。我们就这样到了伯奇·法伊弗夫人家里。

我听说过这位艺术家兼女演员的才能，根据斯克莱布的作品，我

---

① 德国女演员兼剧作家（1800—1868）。

知道她具有用戏剧形式表现传奇式家庭生活的才能，但我不知道这位颇具才华的女士总是遭到苛刻的批评。起初我觉得这似乎使她常常面带一丝苦笑，后来我从她的称赞中得到了印证。她说："我还没有读过您的书，但是我知道舆论界对您有好评，这方面我对自己可没有什么好说的！"

"他对我像个善良的兄长！"珍妮·林德把我的手放在她手中，向伯奇·法伊弗夫人说道。伯奇·法伊弗夫人向我表示热烈的欢迎，显得十分活跃而幽默。我再次拜访她时，她正在读我的《即兴诗人》，我感到在女性当中我又有了一个朋友。

除了剧院以外，我很少有时间去参观任何一种美术展览馆或艺术学校，然而干练、和蔼的美术馆经理奥尔弗斯却为我安排了一次对一个艺术学院的简短而又极有趣的访问。奥尔弗斯亲自做我的向导，我们只在最令人感兴趣的东西前才停留一下，而这里这些东西也不少，他的一些品评使我顿开茅塞，为此我无限感激他。

我有幸多次拜访普鲁士王国公主。她居住的城堡的侧厅非常舒适，俨然如同一座仙宫。在盛开着鲜花的冬季花园里，在雕像脚下的青苔中间喷射着喷泉，在紧靠着花园的一间屋子里住着心地善良的孩子们，他们那温柔的蓝眼睛含着微笑。一天上午，我给她读了我的几篇童话，她高尚的丈夫热情地倾听着，当时帕克勒·马斯卡尔亲王①也在场。我向她告辞时，她馈赠我一本装帧精美的相册，在其中一张宫殿照片的下面，她签上了自己的名字。我将把这本相册作为精神财富保存起来，这不单纯是一件有价值的礼品，而且赠送这礼品的方式也是珍贵的。

我到达柏林后几天，荣幸地应邀赴盛宴。由于在那里的人们中我最熟悉亨博尔特，也由于他最关心我，我便在他身边就座。在我居住

---

①　德国作家兼旅游家（1785—1871）。

在柏林的整个期间，他之所以成为我亲密的朋友，不仅仅由于他具有高尚的精神面貌和友好的、彬彬有礼的举止，而且也由于他待我的一片仁爱之心。

国王陛下以最谦恭的态度款待我，并说在他逗留哥本哈根期间曾询问过我的情况。听说我正在旅行，他对我的小说《孤独的流浪者》显出极大的兴趣。王后陛下也和蔼可亲地对我表示好感。我有幸应她的邀请在波兹坦宫度过了一个夜晚，那是一个富于珍贵纪念意义和值得永远铭记的晚上！除了侍奉王室的女士、先生们，被邀请的客人只有亨博尔特和我。我被指定与国王、王后同席，王后说那正好是奥伦什拉杰尔朗读他的悲剧《黛娜》时坐的席位。我朗读了我的《枞树下》、《丑小鸭》、《陀螺与球》以及《牧猪人》。国王津津有味地倾听着，并不时地、饶有风趣地对主题发表他个人的意见。他谈到他认为丹麦的自然风景何等美，以及他亲眼见到霍尔伯格的一个喜剧演得何等精彩。

我在王宫里饱餐佳肴时，许多亲切的目光注视着我，我感到他们全在祝我安好。夜里当我独自一人在房间时，我的整个脑海都萦绕着这一夜晚的情景，兴奋得使我久久不能入睡。每件事对我来说都像一个神话。塔楼的和谐的钟声响了一整夜，空中的音乐和我的思绪融为一体了。

在我离开这个城市的前夕，普鲁士国王授予了我三级红鹰勋章，这是国王对我恩重情深的明证。我坦白地承认，我感到荣幸得无以复加。我深知这里面饱含着高贵、开明的国王对我的盛情，这使我心中充满了感激。恰好是在1月6日——我的恩人科林的生日那天，我接受了这个荣誉的标志。如今这个日子对我具有了双重喜庆的意义。愿上帝赐福给这位高贵的、想使我快乐的授予者吧！

我临行前夕的大半时间都消磨在一群热情的年轻人当中。大家向我敬酒，还朗诵了一首诗《童话大王》。还不到深夜我就到了家，以便清晨乘火车出发。我将在魏玛再次与珍妮·林德相会。

我在魏玛也受到如同在柏林受到的盛情接待。为了一个确定无疑的目的，我接受了相当大一笔来自许多人的赠款。捐赠的人很多，包括知识界和社交界的一些人士，诸如西奥多·马格[1]、格贝尔[2]、哈林[3]，等等。在我接受如此一笔巨款作为亲善的保证金之后，愿上帝给我以力量去完成如今我必须完成的事业。

经过一昼夜的旅行，我再次来到魏玛，与高贵的世袭公爵住在一起。我受到多么热情的招待啊！这位公爵心地善良，志向远大，风华正茂。我简直无法用言语表达在我逗留期间公爵一家每天对我的深情厚谊的款待，我只能报以一片赤诚之心。无论在宫廷的贺宴上，还是在他亲密的家族中，都有迹象表明我受到了应有的尊重。博利乌以兄弟般的慈爱照顾我。我简直过了长达一个月之久的安息日！我将永远不会忘记同他一起度过的那些安静的夜晚，我们无拘无束地促膝谈心。

我的一些老朋友也没有什么变化，其中包括聪明能干的舒尔[4]，还有有教养的、可尊敬的施温德勒夫人——琼·保罗，青年时期的亲密朋友——热情地、母亲般慈爱地款待我。她向我说，我使她回想起那位大诗人！她向我讲了许多我从前未曾听到过的有关他的事情。

琼·保罗的真名叫弗雷德里克·里克特[5]。年轻的时候很穷，不得不在村子里为农民写"村报"挣钱买纸来创作。她告诉我诗人格莱姆是第一个注意琼·保罗的人。格莱姆还写信告诉她关于这个天才的年轻人被他邀到家中，并接受了他赠予的500塔勒[6]的事。施温德勒

---

① 德国小说家（1806—1861）。
② 德国诗人（1815—1884）。
③ 德国历史小说家（1798—1871）。
④ 德国考古学家兼批评家（1805—1882）。
⑤ 德国幽默诗人（1763—1825）。
⑥ 德国的银币名。

夫人在魏玛的全盛时期就住在这里。她曾同维兰德[1]、赫尔德[2]、穆索斯[3]等人一道做过宫廷的宾客，对于这些人以及歌德和席勒，她有许多可谈的资料。她给我看了琼·保罗写给她的一封信。

珍妮·林德来到了魏玛，我在宫廷音乐会和剧院都听到了她演唱。我和她一起参观了一些由歌德和席勒而变得神圣的地方，我们一起站在他们的棺材旁，法官马勒为我们做向导。初次在这里遇见我们的奥地利诗人罗莱特就这个主题写了一首美丽的诗，那将作为我此时此地的见证。人们常把美丽的花朵夹在他们的书里作纪念，我在这儿却无法保存他的这首诗作：

> 神奇的玫瑰啊，你常溢芳香，
> 使我陶醉神往，
> 在这公爵和诗人们安息的地方
> 是你的花环装饰着死者的殿堂。
> 每具棺材旁边都有你，
> 还有一只忧伤的夜莺，
> 在这死样寂静的寝宫里
> 酣睡着和你在一起。
> 静穆冲我笑逐颜开，
> 一阵欣喜掠过我的胸怀，
> 那是诗人们幽暗的棺材
> 终于奇迹般地戴上了花冠，大放异彩。
> 你那夏日玫瑰的芳香，
> 在这幽暗的寝宫回荡，

---

① 德国诗人、散文作家兼翻译家（1733—1783）。
② 德国哲学家兼文学家（1744—1803）。
③ 德国作家（1735—1787）。

还有那悲痛的夜莺，

也在忧伤地歌唱。

1846 年 1 月 29 日于魏玛

　　我第一次遇见奥尔巴克是在才多智广的弗罗里亚普举行的晚宴上，他那时恰巧在魏玛逗留。他的《乡村传说集》引起我极大的兴趣，我把这集子看作年轻的德国文学中最富诗意、最健康和最令人愉快的作品。他本人也同样留给我一个愉快的印象。他的整个表情坦率、精明，我几乎可以说他看上去正像乡村传说里那种体魄强健、精神饱满的人——两眼神采奕奕，面带诚实的笑容。我们很快成为朋友了——但愿我们的友谊永远保持下去。

　　我在魏玛的逗留延宕了，这使我更加难于离开此地。这时正值公爵的生日，参加了所有邀我出席的庆祝活动之后，我才离去。我必须在复活节那天赶到罗马，于是清晨再次拜见了世袭公爵，满怀着激情向他辞行。在当今这个世界上我永远不会忘记他生就的高贵身份，但是我可以说——如果一个穷苦的人可以谈论一位王公贵族的话——我爱他如同爱我最心爱的人。愿上帝赐予他快乐，保佑他的崇高理想。

　　博利乌陪我去耶拿①。这儿有一个好客的家庭等着我，它充满着对歌德时代以来一切美好事物的回忆——这就是出版家弗罗曼的家。在柏林时，他亲切、诚挚的姐姐曾对我深表同情，这位弟弟对我的热情也毫不逊色。

　　荷尔斯泰因人米切尔森在耶拿具有教授职位。一天晚上，他邀集了一些朋友，合乎礼节地、热烈地为祝贺我而干杯，并表示他意识到丹麦文学的重要性和其中欣欣向荣的健康、质朴的精神。

---

　　①　今德国东北部一城市，位于莱比锡西南。

在米切尔森家里我还结识了哈塞①教授。一天晚上，哈塞在听了我的一些童话的朗诵之后，似乎对我满怀友好之情，就在这个时候他饶有兴趣地在一个题词簿上写下了几句话，充分表达了他的这种感情：

"谢林——不是现在住在柏林的那位，而是一位活在人们精神世界中的不朽英雄。他曾说过：'大自然是看得见的精神世界。有一种精神，有一种看不见的大自然。昨晚，通过你的童话再现在我眼前。如果你一方面深入掌握大自然，懂得鸟语花香的奥秘，知道万物似乎都在那里为自己的生存而奋斗，引起我们和我们的孩子们对它们的悲欢的共鸣；但另一方面，一切又都在人们的头脑中形成印象，人心为之激动不已。愿上帝赐予你这种诗人心中的喷泉一直喷射不止，愿德国民族记忆中的这些故事变成民间的传说吧！'"作为一个诗歌、小说作家，我此后须追求的目标已经包括在这最后几句话中了。

对于我的作品的德译本的出版，我非常感激哈塞和有才华的即兴诗人——耶拿的沃尔夫教授。

在我到达莱比锡时，下述一切都安排好了：在我旅行的生活方式中又增添了几个小时的忙碌，这个兜售书的城市向我献了花束和一笔钱。我又遇见了布罗克豪斯②，并和光荣的天才人物门德尔松愉快地度过了几个小时。我一次又一次地听他演奏，在我看来，他那双充满生气的眼睛洞察了我的心灵深处。很少有人比他更富于内在的热情。他那温柔、热情的妻子和漂亮的孩子们使他布置得富丽、精致的家感到更加幸福愉快。当他嘲笑我的作品里"鹳"出现的次数太多时，这位伟大的艺术家显得多么天真可爱啊！

我也曾再次遇见我卓越的同胞卡利沃达③，他的乐曲在德国一直很受欢迎。我给他带来了我写的一部原版新剧本，我希望在德国舞台上

---

① 德国古典文学家（1780—1864），希腊古文字学教授兼比较语法教授。

② 德国出版家（1800—1865）。

③ 丹麦作曲家兼音乐指挥（1817—1890）。

看到它的演出。卡利沃达曾为我的剧本《艾格尼特和人鱼》谱过曲子，还写过其他一些成功的曲子。我在这里又找到了奥尔巴克，他把我介绍给许多愉快的社交圈子。我和作曲家卡利沃达①相遇；也见到了库尼，他的可爱的小儿子立即赢得了我的心。

我到达德累斯顿后，立即赶去看望如慈母般待我的朋友德肯男爵夫人。她欣喜、热诚地欢迎我！我也受到达尔的同样热情的迎接。我不止一次会见我的罗马朋友——诗人赖内克，还遇见了好心的本德曼②。格雷尔教授为我画了像，然而，我没有见到老友之一——诗人布伦诺。他曾在摆列着美丽鲜花的房间里热情、亲切地接待过我，而今这些鲜花已长在他的墓碑前。这在我心底激起一股异样的情绪：人们在人生的旅途上一度相遇、相知并相爱，然后分别，直到双方的生命结束。

我同王室成员一起度过了使我极感兴趣的一夜，他们非常亲切地招待我。这里的家庭生活也是最幸福的，约翰王子一家里许多可爱的孩子都在场。最小的公主还是个小女孩，她知道我写的故事《枞树》，便开始亲密地对我说："上次圣诞节我们也有一棵枞树，就竖立在这间屋子里！"后来，当她比别的孩子先走出这间屋子并向她的父母——国王与王后祝晚安时，在半开着的门口她又转过身来，态度友好、亲昵地向我点头说我是她的童话大王。

我的童话《霍尔格·丹斯克》把话题引向北欧所独具的丰富的传奇故事，我讲了其中的几个，并解释了丹麦优美风景的独到之处。在王宫里我也没感到礼节的拘束，人们都温柔、亲切地注视着我。我在德累斯顿的最后一个早晨是同冯·康内里兹大臣一起度过的，在那里我同样受到最友好的接待。

---

① 捷克作曲家兼小提琴家（1801—1866）。
② 德国画家（1811—1889）。

当我溜出这个可爱的城市时，太阳正放出温暖的光芒，预示着春天即将来临。

布拉格没有我相识的人。但是德累斯顿市的卡勒斯[1]博士在给我的信中，向我透露了图恩伯爵一家是好客的。斯蒂劳也以最大的礼遇接待了我，我看出他是一个富于才智和勇气的年轻人。我走访了赫拉茨钦和沃伦斯坦的宫殿，但这华丽的宫殿已整个为犹太人所占据，真可怕！越往前走，街道越窄，模仿耶路撒冷圣殿修建的犹太教堂似乎挤在许多房屋中间。由于年久失修，教堂的墙上积了一层尘土，进去以前我不得不放慢脚步。这儿的天花板、窗户和墙壁无一不被烟熏得黑黑的，洋葱味混杂着别的臭气扑面而来，使我不得不到露天墓地去吸一口新鲜空气。许多刻有希伯来文的墓碑在一丛接骨木下杂乱无章、横七竖八地堆着，那片树林也是那么矮小、病弱，快枯死了。在死气沉沉的、昏暗的坟墓当中悬挂着黑纱线似的蜘蛛网。此外，我离开布拉格时适逢一个非常有趣的时刻：经年驻扎在此地的军队正匆忙乘火车开拔到爆发了动乱的波兰去。看来全城都为之骚动起来，人们都在向他们的部队亲友告别。运载成千上万的士兵穿过通往铁路的这些街道是困难的。火车终于开动了，那时整个山冈周围布满了人；挤在一起的男人、女人和孩子们，像一张最华丽的土耳其地毯上织成的人物，他们头挨着头，挥动着帽子和手帕。我过去从未见过偌大的人群，或者至少没有在一瞬间见到过这么许多人，这样的场面非笔墨所能描绘。

后来我乘马车奔驰着穿过山洞，越过旱桥，车窗"咔嗒嗒嗒"作响，吹起了信号哨，马儿在打响鼻。在这些声音的伴奏中，我终于睡着了。

在奥尔米兹我换了新马车，有人呼唤我的名字——原来是沃尔

---

[1] 德国物理学家、哲学家（1789—1869）。

特·歌德①！我们在一起旅行了一通宵，彼此都不知道。在维也纳，我们常常见面。歌德的孙子们——作曲家和诗人——都具有出色的才干和真正的天赋，似乎是受了他们伟大祖父的影响。李斯特②那时也在维也纳，曾邀我去听他的音乐会，否则我在那里连个座位都找不到。我再次听他即兴演奏《罗伯特》，再次听见他像暴风雨中的天使一样按键盘。他是一个善于对各种音调施加魔法、富于惊人的想象力的人。厄恩斯特也在这里。当我去拜访他时，他正握住小提琴，流着泪奏出人类心灵的隐秘。

我再次会见和善的格里尔帕泽尔，并且常和善良的卡斯特利在一起，他刚刚被丹麦国王授予丹麦勋章。对此，他高兴得无以复加，并请我转告我的同胞们，每个丹麦人都将受到他衷心的欢迎。后来，在某一个夏天，他邀请我到他华丽的乡间别墅去游玩。卡斯特利这人坦率、正直，加上性情温和，使得人人都喜欢他，依我看，他是个典型的维也纳人。他在送给我的照片下面以他自己独具的风格题了下面这首即兴小诗：

> 这帧照片将永远用爱恋的眼睛问候你，
> 你这面带笑容的朋友会在远方想念你，
> 至爱的丹麦人，和你相逢何等愉快！
> 你会永远受到尊敬和爱戴。

卡斯特利介绍我去见塞德尔③和鲍恩费尔德④，在丹麦大使洛温斯

---

① 德国作曲家（1818—1885），诗人、剧作家、小说家兼哲学家歌德的孙子。

② 匈牙利著名作曲家、钢琴家（1811—1886）。

③ 奥地利记者兼诗人（1804—1875）。

④ 维也纳剧作家（1802—1890）。

特恩男爵家里我又幸遇齐德利兹[①]。当我们在铁路上仰望教堂的塔尖时，我看见许多奥地利文学界的明星在我身边走过。我可以说，我见到了这个和谐的社会里的全部才子才女，这里有一大群年轻的、成长中的智者，他们全都是重要人物。在殷勤接待我的塞切尼伯爵[②]家里，我见到了他那从佩斯来的弟弟，他在匈牙利所从事的高尚事业是人所共知的。这次短暂的会晤，我认为可列入我在维也纳逗留期间最有趣的事件之中。此人显示了他的全部个性，他的眼睛定会使你感到他可以信赖。

在离开德累斯顿之前，我还要做一次访问，那就是拜望聪明的女作家弗劳·冯·韦森特恩。她刚刚离开病榻，还没有完全康复，但她想见我。她那样子仿佛已经站在阴间的门槛上了。她紧紧握住我的手说，这是我们最后一次相见了。她温柔地、慈母般地凝视着我，分别时她目送我到门口，目光是那么锐利。

此刻，我乘火车和四轮马车向的里雅斯特[③]进发。火车拖着一长串客车车厢在狭窄的岩石路上沿着弯弯曲曲的河流奔驰而去。奇怪的是，竟没有因为这样的急转弯撞到岩石上或跌进咆哮的河流中去，并且对顺利地完成这次旅行感到庆幸。但在慢腾腾的马车中，人们希望重新开始更快的旅行，并且不断赞美本世纪的蒸汽动力交通工具——火车。

的里雅斯特和亚德里亚海终于展现在我们面前，我的耳朵听到的虽是意大利语，但这里尚不是我所向往的意大利。这几个钟点我在这里只不过是个陌生人，我被介绍给我们的丹麦领事和普鲁士以及奥尔登堡的领事们，他们尽了最大的可能款待我。

在罗马我还遇见了另一位丹麦雕塑家，他名叫科尔伯格，是艺术

---

① 奥地利诗人、剧作家（1790—1862）。

② 匈牙利政治家（1791—1860）。

③ 现在意大利东北部边境一港口城市。

大师托瓦尔森的得意门生，迄今在丹麦仍有着很高的声誉，在罗马也同样受到重视。为向我表示敬意，他也为我塑了半身像。我也曾不止一次地同热情的库赫勒坐在一起，共同观赏他所创造的栩栩如生的油画形象。

我再次在有趣的木偶戏院里同罗马的市民们在一起，听孩子们欢笑、吵嚷。我在旅居意大利的德国艺术家中间如同在瑞典和我的祖国的艺术家中间一样受到热情的礼遇，他们满怀热情地为我祝寿。弗劳·冯·歌德当时正在罗马，恰巧住在我写完《即兴诗人》并使这部作品在那里度过了它童年时代最初几年的那间房子里，他从那里给我送来一大把地道的罗马花束，一件芳香的镶嵌工艺品。瑞典作家索德马克向他的朋友们提议为我的健康干杯，他们是邀请我去见过面的丹麦人、瑞典人和挪威人。从朋友们那里我收到许多精美的绘画和友好的纪念品。

我和在罗马结识的一家英国人在一起，我在靠海的地方——卡米罗的索伦郊区租了两间房屋，海浪常向我们小花园下面的洞穴滚滚涌来。炽热的阳光迫使我整天待在屋子里，在这里我写了《我的身世》[①]。在罗马，在那不勒斯湾旁，在比利牛斯山中，我写完了那些针对我德文版作品的、带评论意味的随感。我把这些文章一页一页地放在信封里寄往哥本哈根，那里有我一位有才干的朋友可以自由地处理这些手稿，他审读后寄给我莱比锡的出版家，途中一页也没有丢失。

我买了一张"卡斯托"号轮船的卧铺票去马赛。这艘船装载的旅客过多，整个后甲板，甚至最好的地方都被旅行马车占了。我在一辆马车下面安置了一个铺位，许多人仿效我的做法，后甲板上很快铺满了垫子和毯子。英国上流贵族道格拉斯侯爵及其夫人也在这艘船上。

---

① 用德文写成的概要本，《我的一生》英译本就是在这个概要本的基础上扩写而成的。

我们一起交谈着。他听说我是丹麦人但不知道我的名字。我们谈起意大利，也谈起描写那个国家的作品——我指的是斯特尔霍尔斯坦夫人①的《科琳娜》。他打断我的话说：

"你有一位同胞把意大利描写得更好啊！"

"可丹麦人并不这样认为！"我回答说。

他谈话中很赞扬《即兴诗人》及其作者。"可惜，"我说，"安徒生写此书时在那里住的时间太短！"

"他曾在那里住过许多年！"侯爵说。

"哦，不，"我向他担保，"只有10个月，我很清楚这件事！"

"我希望能认识那个人。"他说。

"那很容易！"我接着说，"他就在船上。"于是我告诉了他我是谁。

海风猛烈地刮着，越刮越大，在第二天和第三天夜里达到了最高峰，轮船左右颠簸着像一只桶在开阔的海面上摇荡。海水猛击着船舷，舷墙上腾起的巨浪像在俯瞰着我们似的。我们铺位上方的那些马车似乎要把我们压成碎片，要么就会被大浪冲走。人们都在唉声叹气，只有我静静地躺着，仰望飞驰的云朵，思念着上帝和我心爱的人。

最后我们到达热那亚时大多数旅客都上了岸。我本来情愿随他们一起上岸，以便取道米兰去瑞士，可是在马赛和西班牙某些海港银行有我的汇款，我不得不留在船上。大海平静下来了，空气清新。这是沿着美丽的撒丁海岸的一次极愉快的航行。

---

① 法国女作家（1766—1817）。

第十一章

西班牙：跨越比利牛斯山脉

我精力充沛、生气勃勃地到达了马赛。由于我此时心情比较舒畅了，便复萌了观光西班牙的愿望。当时去巴塞罗那的轮船刚刚起锚，另一艘船必须再过几天才能出航，所以我决定到法国南部旅游，还可跨越比利牛斯山脉。

在离开马赛前，我有个同一位从北方来的友人短暂地见面的机会，他就是奥利·布尔①！他刚刚从美国来，我俩都住在皇家饭店，便餐席间我们凑在一起。他说我的作品在美国也拥有许多读者，人们怀着极大的兴趣向他打听我的情形；《我的传奇故事》的英译本已经重印，并以廉价版本畅销全国。我的名字已飞越大洋！一想起这个，我便觉得自己是微不足道的，但仍很高兴，我为什么应优先于千百个人享受这样的荣誉呢？我过去感到、现在依然感到自己似乎是个接受恩赐的黄袍的贫穷农民青年。可是无论过去和现在，这一切都使我快乐！这是虚荣呢，还是我因这些快乐的表情显得爱慕虚荣呢？

奥利·布尔到阿尔及尔去了，我则向比利牛斯进发。

穿过普里瓦，我到了尼姆，这里宏伟壮观的罗马时代的圆形剧场使我马上联想起意大利，我从未听过人们对法国南部那些古代纪念碑的宏伟与数量之多给予应得的称赞。号称嘉利大厦的那座古代建筑物依然光彩夺目地矗立着，颇像雅典的提修斯庙②，而罗马并没有保存

---

① 挪威小提琴家（1810—1880）。
② 据希腊神话为纪念雅典王子提修斯而建。

如此完好的古迹。

在尼姆有个写了许多美妙诗篇的面包师里博尔，有些人却没有机会了解他，后来通过拉马尔丁的《东行记》都很熟悉他了。我在他家中找到了他，他正走进面包房，只穿着衬衫，正把面包放进烤炉里。他自我介绍说，他就是里博尔本人。他仪表堂堂，显出一副大丈夫气概，大大方方地接待了我。当我说出自己的名字时，他很有礼貌地说他是通过《巴黎评论》知道我的，并请我下午再来，那时他会很好地招待我。当我再来时，发现他在一间可说得上雅致的、点缀着绘画和书籍的小屋里。那些书籍中，不仅有法国文学，也有希腊古典文学译著，墙上挂着一幅描绘他最著名的诗作《快死的孩子》的画，其主题思想来自马尔迈尔的《北方民歌》。他知道我曾尝试过同样的主题，我告诉他那是我在学生时代写的。如果说早晨我曾发现他是个勤劳的面包师的话，那么此时他则完全是个诗人。他兴奋地谈到他祖国的文学，并表示他有去北方一游的愿望，希望领略一下那些使他感兴趣的风景和精神生活。我怀着崇敬的心情辞别了这位天赋不低的诗人。他不因别人的尊敬而飘飘然，有足够的理智继续坚持自己的正当职业。他宁愿在尼姆做一个最出色的面包师，而不愿因那一闪即逝的胜利去做个空头诗人，而后又在巴黎其他数以百计的诗人当中销声匿迹。

我此时借助于铁路取道蒙特佩里去切特旅行，火车以法国的最快速度载着人们，像和一个狂怒的猎人打赌似的往切特飞奔。法国边境地区的两排奇特的大字"通往铁路之路"使我偶然回想起在巴塞尔[①]有一条街的拐角处，从前是举行"死神舞"仪式的地方，那里现在仍写着"死神舞"几个着了色的大字。这里对面拐角处的"通往铁路之路"的大字却使我充分发挥了想象力，使我联想到汽笛发出的长鸣仿佛是舞曲信号，而在德国的路上，就不会引起谁这么胡乱幻想。

---

① 瑞士一城市。

　　岛上的人爱海犹如山民爱山！每个海港市镇，不拘大小，在我眼中都具有大海的特殊魅力。也许是大海，加上丹麦语在切特的两个家庭中在我耳边鸣响，使我对这个城镇有一种宾至如归的亲切感。我不明白，但我感到我不是在法国南部，而是在丹麦。当你离开你的祖国，走进一个家庭，那儿的主人、主妇，甚至仆人都像这里一样讲你自己的语言时，这些家乡话便具有一种真正的魅力，它可以像浮士德^①的披风一样立刻把你、这座房屋和一切都运送到你自己的国土上。然而，这里没有北方的夏天，只有那不勒斯炽热的阳光；它甚至可能烧焦过浮士德的帽子，太阳的淫威破坏了一切生命力量。多年以来这里还不曾有过这样的夏天，从附近的村子不断传来热死人的消息，到晚间气温也不下降。在我到西班牙旅行前人们早就告诉过我，说我受不了这次旅行，此次我总算可以亲身感受到了。即将开始的西班牙之行，就要成为我最美妙的旅程。我此时已见到比利牛斯，那蔚蓝色的山峦使我神往。在一天清晨我已置身于轮船上。

　　太阳越升越高，在浩瀚的大海上空燃烧着。运河里到处都是肉冻似的水母，阳光似乎使整个海洋的动物都在翻腾，过去我从没见过这种景象。在朗格多克运河里我们全都得上一艘大船，这种船大多是为了运货而不是载客的，甲板上堆满了箱箱柜柜，这些柜子和箱子上又挤满了打着伞遮蔽阳光的人们，简直无法走动。这一大堆箱子和人群周围没有栏杆，船靠系着几根长绳子的三四匹马拉着，船舱下面拥挤不堪，人们互相紧挨着，像糖杯子里的苍蝇似的。有一个因暑热和烟草味熏得晕倒了的妇女，被抬进来放在地板上仅有的一点空地上。她是抬进来吸点空气的，尽管许多人扇扇子，但这里也没有风。这里既没有东西吃，也没有别的水喝，除了运河供给的既热又黄的水以外。船舱窗户上面悬垂着一些穿着靴子的腿，它们遮住进入船舱的光线，

---

　　① 欧洲中世纪传说中的人物，学识渊博，精通魔术。

同时似乎也是令人窒息的原因。关在这个地方，人们还得忍受一个人絮絮叨叨的俏皮话，一连串的废话在他嘴边转悠，就像运河的水围着船翻滚一样。我挤进箱子、人群和伞中间，站在酷热的空气中。运河两边的景色完全一样：青草、绿树、水闸；青草、绿树、水闸。接连不断的单调景色，简直快把人逼疯了。

在离贝齐埃尔^①还有半小时旅程的地方我们登陆了，我几乎要晕倒了。公共马车似乎没有料到我们来得这么早，所以一辆也没有来，太阳射出恶魔似的光芒。人们都说法国南部是天堂的一部分，可在目前，依我看不如说是酷热的地狱的一部分。到了贝齐埃尔，公共马车正在等着客人，但所有最好的座位都已被占。我第一次在这儿走进这种车辆的后部，我希望是最后一次。一个穿拖鞋的丑陋女人，头饰有一码长，在我身边坐下来。这时又来了一位唱着歌的水手，准是喝了过量的酒，后来又走过来了两个脏家伙，他们的第一个动作就是脱掉既脏又臭的靴子和外衣，垫起来坐着。厚厚的尘雾在车中回旋，车外骄阳似火，弄得我两眼昏花。这较之前在纳尔榜^②更加使人不能忍受。痛苦中我试图休息一会儿，但是这时来了宪兵盘问我的护照。其时天色开始黑了，正是邻村将要炊烟四起的时候，突然响起了火警。救火机滚滚开动，好像把各种难闻的气味一股脑儿都放出来了。从这里到比利牛斯，总有人反复不断地盘问你的护照，实在讨厌，你在意大利根本不知道有这种麻烦。他们给你讲的理由是已接近西班牙边境，从那里来了许多逃亡者和在邻近地区发生了几起凶杀案。所有这些，都给我在当时的健康状况下所做的旅行增添了真正的麻烦。

我到达佩皮尼昂，这里的太阳同样驱走了街上的人群，只有晚上他们才走出来，但此时人流似怒吼的江河，仿佛要通过阵阵骚乱毁灭这个市镇似的。喧嚣声刺透了我的神经，后来的优美歌声都不能抚慰

①②　法国南部一城镇。

我的心。由于我病了，我便放弃了到西班牙旅行的想法。我要是有能恢复到达瑞士的足够精力该多好啊！一想起这次旅行的归途，心中便充满了恐惧。人们劝我尽可能快地赶到比利牛斯去呼吸充足的山区空气。据介绍，韦尔内特浴场是凉爽的，优美的，我有一封拜见那个机构负责人的介绍信。经过一夜和早上几小时筋疲力尽的旅行，我到达了那个地方。这里的空气凉爽宜人，比我几个月来呼吸的新鲜空气还多，在这里待了几天我就完全恢复了健康，我的笔又在纸上飞舞起来，心又飞向奇妙的西班牙了。

韦尔内特虽然具有一年到头供人游览的特点，却还不是一个著名的浴场。去年冬天的游客中最著名的人物是易卜拉欣·帕哈，他的名字仍然作为浴场的最大荣誉在女老板和侍者中间传颂着。他住过的那些房间被当作珍品，被首先介绍给游人参观；在流传至今的他的逸事中，有一件是他把两个法语词组"谢谢"和"很好"完全发错了音。

韦尔内特在各方面都还处于幼稚状态，只是在大肆宣传方面，负责人能够把它提到欧洲的一流水平。至于谈到休息，在这儿你生活在孤寂之中，它和别的浴场一样与世隔绝，客人们没有一点娱乐，在山间徒步旅行和骑驴旅行必然是这样，但这里的一切别具风味，加以变化万千，因而使人感到不太需要人为的娱乐。从某一地点可以浏览葡萄园，仰望那好像玉米大梯田似的山坡和竖着干草堆的青草地；从另一地点只能看到光秃秃的、含金属的岩壁，那上面伸出奇形怪状的狭长的巉岩，其形状似破碎的雕像或矿柱；你时而在白杨树下散步，穿过小小的草地，那儿生长着的香薄荷，完全是丹麦特产，好像是从谢兰岛砍来的；你时而站在岩壁的荫凉处，那儿的藤蔓中间长出一些柏树和无花果，从那里可以遥望意大利的一部分。但是那里的全部精华，却在于山脉中间许多人都能听见的脉搏——泉水。那川流不息的潺潺泉水洋溢着一派生机！处处都有它的踪迹，它在青苔上低语，在许多大山石上奔流而过。那股生动活泼的气象，是无法用言语形容的。在你的上下左右，仿佛可以听见多种弦乐器的持续不断的合奏；可以听见江中仙女们的牙牙学语声。

在高高的悬岩上，在陡峭的绝壁边，保留着摩尔人式城堡的遗迹；那朵朵浮云衬托着悬空的阳台，驴子走的小路现在可直通大厅。从这里你可以欣赏那条狭长山谷的全部景色，它好像一条树木之河在红色的、烧焦的岩石丛中蜿蜒前进；它像山丘上的地毯似的韦尔内特小镇，耸立在这绿色的山谷中间，只需要加上清真寺的宣礼塔，就显得更像一个保加利亚市镇了。一座破破烂烂的教堂，有两个长洞似的窗户，挨近它的是一座倒塌的塔，这一切构成了这个市镇的上半部分；剩下的便是暗褐色的屋顶和只有百叶窗的深灰色的房屋了。但这的确是别致的。

可是如果你走进小镇，那里有药店，也有书店，唯一的印象是贫穷。几乎所有的房屋都是用粗糙的石头一块叠一块建造的，两三个阴暗的洞形成门窗，燕子从洞里飞进飞出。无论进入哪间房屋，你能透过底层的地板看到下面是乱糟糟的，昏暗无光。墙上一般都挂着一点儿带皮毛的肥兽肉，据说这是用来擦鞋子的。卧室里非常耀眼地画上了圣徒、天使、花环和花冠的壁画，仿佛都是些在绘画艺术处于极不完美状态时的作品。

这儿的人奇丑。孩子们都是真正的矮子，稚气的表情也没使他们那笨拙的相貌显得柔和些。可是在山的另一面，即西班牙，几个小时的旅行却让我们发现了美丽的花朵——那儿的孩子们都闪烁着一双双快乐的棕色眼睛。我所记得韦尔内特唯一的富于诗意的画面就是这样：在集市上一棵粗壮的大树下面，一名流浪的小贩已摊开了他的全部商品——手帕、书籍和画片。简直是个廉价商店，他把地面当作柜台。镇上的那些被太阳晒黑的丑孩子们团团围住这些精致的东西。几个老太婆从她们那敞开的窗户往外眺望。去浴场的游客们，骑马的和骑驴的，女士们和绅士们，排成长队打他们旁边经过。这时候半躺在一堆厚木板后面的两个小孩在咕—咕—咕地学公鸡叫。

维尔弗朗什①的要塞远胜于一般城镇，适于居住，设备齐全，有路易十四时代的城堡，离这个地方有几个钟头的路程。经由奥利特到西班牙的道路要穿过这个要塞，这里也有一些做生意的人。许多房屋是用大理石雕刻的，精美的摩尔式的窗户一直吸引着你的目光。教堂被建成半摩尔式的，圣坛就像西班牙教堂中所见到的那样，圣母同耶稣站在那里，穿金戴银。我在韦尔内特逗留的头几天访问了维尔弗朗什，所有的游客都同我一起旅行。为了这个目的，各处的马和驴都给牵到一起来了。领队的是一位非常亲切的荷尔斯泰因人，这伙人中最高明的骑手、大仲马的朋友之一、著名画家多札茨。炮台、兵营和一些洞穴都暴露在外边，哥内利亚小镇连同它那令人饶有兴趣的教堂，都没有被我们放过，处处都可以发现摩尔人的影响和艺术的痕迹。在这个地区大多讲西班牙语，很少讲法语，因为这里的语言介乎西班牙语与法语之间。

在这明朗清新的山区自然景色之中，在我面临将去了解其好坏的国家的边境，我将结束我的笔记，它将以其成功与不足在我的生活中竖起走向未来的里程碑。在我离开比利牛斯以前，这些写好的笔记也将飞到德国，它记录的是我一生中很大的一个片段。我自己要继续走下去，一个新的未知的片段将要开始。

几天之内我将告别比利牛斯，通过瑞士回到可爱且友好的德国，我在那儿的生活曾充满了欢乐；在那儿我曾有很多同情者；在那儿我的作品受到热情的鼓励和欢迎；在那儿我写的这些随笔也将受到礼貌的批评。

当圣诞树上的灯点亮的时候，我将遵照上帝的意愿，又在丹麦和我亲爱的朋友们欢聚一堂。旅游之花在我心中盛开，使我身心都更健

---

①　法国一个城市。

康了。我的作品将要出版，愿上帝保佑它们！他会这样做的。一颗福星照耀着我，许多人远比我更配享受这种幸运。我总是想不通为什么我优先于其他许多人多次受到福星的惠顾。愿它继续高照吧！但是它会降落的，也许在我写完这些随笔的时候，它仍然照耀着，我已经得到了足够的幸福，让它降落吧！由此还会出现更美好的春天。我向上帝和人类表示我的感谢和崇敬！

第十二章

游荷兰：结识讽刺作家格拉斯布伦纳

1847年5月中旬，我由陆路从哥本哈根出发旅行，时值明媚的春天，眼见白鹳展翅从巢中飞出。我的旅行途经汉堡，在那里我结识了讽刺作家格拉斯布伦纳[①]和他的夫人——优秀的女演员佩罗尼·格拉斯布伦纳。一家哥本哈根报纸曾说过，这位快活的讽刺作家使我作为传奇作家的声誉有所下降，但我有一首他写的诗，从诗中我可以看出此人并不是很反对我！

拜访奥尔登的亲爱的朋友后，我继续向荷兰进发。马车拉着我们行驶在砖铺的道路上，沿途的房屋和市镇都是一幅幅富庶、清洁的画面。适逢德文特镇上赶集的日子，集市上架着许多像我从前在哥本哈根鹿园山上见过的那种帐篷；教堂的塔上响起谐和的钟声，荷兰的国旗在飘扬。

我乘火车在一个钟头之内从乌得勒支来到阿姆斯特丹，有人说"那里的人们像两栖动物一样，一半生活在陆地上，一半生活在水里！"不过据我看还不至于那样糟糕，因为它丝毫没有使我联想起威尼斯——拥有那么冷清的宫殿式水上城市。我在街上向所遇见的第一个人问路，他很清楚地回答了我，可是他说的是丹麦话！他是个法国的理发匠，学过一点儿丹麦语，并且认识我。当我走上前去跟他讲话时，他尽量用丹麦语回答我。

运河两岸绿树成荫，一条斑驳且笨拙的拖船上有一对夫妇和他们

[①] 德国作家（1810—1876），以描写柏林生活的幽默、讽刺随笔闻名。

一家。这船轻轻地驶过，妻子掌舵，丈夫坐着抽长烟斗。拥挤的街上有几个穿两种颜色衣服的小男孩很引人注目，衣服背面的一半是黑的，另一半是红的，裤子的两条腿的颜色也各不相同。这时走过来几个小女孩，她们也穿着不同颜色的衣服，十分像国内囚犯的打扮，以便辨别。我问这是什么意思，据说这些孩子是孤儿，在这里就是那样打扮的。

剧院里演戏用法语。我在这里逗留期间很倒霉，正值国家剧院停止营业，否则我很可能看到传说中真正的荷兰习俗：在整个的演出期间他们都吸烟，"约翰"几乎是荷兰所有侍者的称呼，他们往来如穿梭，点烟倒茶，人们把茶托里的茶也喝干了。喜剧还在进行时，就有人朗诵诗歌、抽烟袋，因此观众席上和舞台上烟雾弥漫。这是我从一些不同的荷兰人的口中听到的，我敢说这不是夸张。

在阿姆斯特丹第一次被人注意是在一家书店里，我去那儿买一本荷兰语和佛兰芒语诗集，跟我说话的一个男人惊讶地注视我，稍稍表示了一下歉意便跑开了。我不知道这是什么意思。我正要走的时候，从隔壁房间里又出来两个男人，他们也盯住我，其中一人问我是不是丹麦诗人安徒生。他们指着房间里挂的画像给我看，他们就是根据那张画像认出我的。一些荷兰报纸早已透露出预料我会来的消息。

一位丹麦绅士奈加德先生曾在荷兰居留过多年，在那里被人称为范·尼尤休伊斯，他曾把我的小说译成荷兰语。在我们到达荷兰之前，《我的一生》和我的几本童话集不久就在阿姆斯特丹转载和出版了。《德·蒂德》周刊的编辑新近去世，范·德尔·弗利特极为亲切地提到我的文学创作活动，我的画像曾出现在这个周刊上。

于是，不久我便听说并发觉自己在荷兰有许多朋友。H.C. 奥尔斯特兹曾给我一封致阿姆斯特丹的弗罗利克教授的信，是他把我介绍给著名的荷兰诗人、《德·鲁斯·范德卡玛》和《哈莱姆斯·弗洛辛》

的作者范·伦尼普^①的。这两部作品都被视为荷兰文学中最精彩的小说。范·伦尼普是个漂亮、和蔼的人，住在舒适、显得富足的家庭里。我在那里没有被当作陌生人，而是被当作受这个家庭欢迎的贵客来款待的。秀美的孩子们面带友好的表情聚集在我周围：他们知道我的童话集，特别是《红鞋》给一个小男孩留下了深刻的印象。这童话出乎意外地影响了他，因而他长时间一动不动地站在那里凝视着我。后来他把这本童话书拿给我看，书上的一幅画里鞋被画成红的，其他部分则没有涂颜色。最大的女儿萨拉是一个很温柔、活泼的姑娘，她马上问起我哥本哈根的妇女是否漂亮，我回答她："是的，她们跟荷兰妇女一样！"她喜欢听我讲丹麦话，我便把最令她高兴的几句写下来。在饭桌上，范·伦尼普问我是否能阅读荷兰文，然后他给我一张印了字的纸。那是他写给我的一首诗，他向周围的人大声朗读起来。我相信这首诗后来一定在《德·蒂德》周刊上发表了。

我乘火车从阿姆斯特丹到哈莱姆。我们跨过辽阔的北海与哈莱姆海之间的堤岸，我对抽干一个已经大大下沉的湖水这个庞大计划感到吃惊。当我走进哈莱姆政府机关的大厅时，那美丽的木质拱形圆顶下面的八千支金属管乐器正好在齐鸣。

那里的语言发音很奇特——一半丹麦语，一半德语。在几栋房屋上我看见刻有这样的字："他们从这儿走出去鼓舞人民。"老是听到教堂塔顶的钟声。据我看，这整个地区像个巨大的英国公园。

我和施莱格尔教授^②夫妇以及吉尔教授一起出发去参观莱顿的古玩珍品，还参观了在亨吉斯特和霍萨^③率领下盎格鲁－撒克逊人转移到

---

① 荷兰作家、诗人、律师（1802—1868），曾著《荷兰传奇集》等作品，并把莎士比亚及拜伦、索赛、坦尼森等诗人的作品译成荷兰文。

② 德国文学家、教授（1767—1845）。

③ 亨吉斯特和霍萨是两兄弟，五六世纪时率领朱特族（前日耳曼民族）入侵英国。

英国去时建造的护岸。在火车站的候车室里挂着许多画像和招贴，其中最大的一张是宣传范·德尔·弗利特主编的《德·蒂德》周刊。我的名字和画像竟然也在这里出现了，人们认出了这张画像和我本人，我感到相当窘迫，赶忙钻进马车里。我买了一张去海牙的火车票，这时我读到他们给我的那张纸上印有这个城市的荷兰语名称"斯格雷文哈盖"，我不懂是什么意思。火车开动了，我以为会开到另外一个我不打算去的地方。我从窗口上发现海牙街上的第一个人便是我在罗马熟识的一位朋友——荷兰作曲家维尔赫尔斯特。据说，我不是在相貌方面就是在步态和动作方面和他相像。我向他点头打招呼，他认出了我，但不曾想我会来到海牙。一个小时以后，当我走出车厢来到这个外国城市散步时，我遇到的第一个人又是维尔赫尔斯特，他是多么欢迎我呵！我们谈起罗马，谈起哥本哈根。我得告诉他哈特曼和盖德[①]的情况，他们的曲子维尔赫斯特是知道的。他赞美丹麦是因为丹麦有它自己语言的歌剧。我认为荷兰只有法国和意大利音乐。我陪同他到他那离城不远的家里，我们凭窗眺望清新的绿色草地和原野，真是一派地地道道的荷兰风光！附近一些教堂一齐鸣响着和谐的钟声，从旁边飞过一群鹳，这儿就是它们的家，连海牙的盾形徽章也是一只鹳。

我个人并不认识范·德尔·弗利特，可是他曾几次写信给我，把我的作品的译本和评介文章寄给我。我迈进他的房间，发现他是个年轻的、心地善良的人，真像个质朴的孩子。他热烈称赞我的全部作品，对于我的意外拜访感到惊讶——几乎是万分惊讶。他原来期望我到来前他会得到通知，曾计划让我在他那里逗留一些日子。他把年轻的妻子叫出来，她也和他一样年轻、和蔼，但她只讲荷兰话。当我们互相听不懂时，便亲切地点头或紧紧握手致意。这两位善良的人并未意识到他们正在为我做的一切好事。他们唯一的男孩还很小，据父亲说，

---

① 丹麦作曲家兼乐队指挥（1817—1890），门德尔松的弟子。

这孩子是以我和可怜的流浪者的名字"克里斯汀"命名的。他们那种似乎由于我的到来而引起异常高亢的情绪感动了我。这是一个充满了爱的家庭。然而，由于我打算只在海牙逗留几天，加上他们家的位置在有点不顺路的地方，我便决定住在城中心的旅馆里。夫妇俩陪我走到我住的旅馆门口，为的是我们可以在一起多待一阵子。

在异国受到如此热诚的接待是多么快活啊！我的到来对他们说像是幸福的祝贺，彼此的交谈一直是轻松活泼的，有说有笑。

我们分别后，当我正停留在旅馆的楼梯上时，一位穿黑衣服的绅士站在我面前，他告诉我他的名字。我知道，这是门德尔松的姐夫、门德·巴托迪的丈夫亨塞尔①先生。这位绅士的眼泪夺眶而出，这情景驱散了我刚才跟弗利特欢笑着告别时的愉快心情。他刚从柏林到达这里。医生们劝他出来旅行，使他开开心，转移一下他的极度悲痛。他那卓越的、天资非凡的妻子——门德尔松的姐姐——突然去世了。她是个真正的音乐天才，她的外貌和表情都和她弟弟很相似。在柏林的社交场合，我曾屡次碰见她和她的丈夫。她是朋友们中最有魄力的人，她有她弟弟的精神和胆识，像她弟弟一样有灵巧的演技和令人倾倒的表情。不久以前，她离开饭桌时还是健康的、愉快的，回到卧室以后只听她大叫一声，便断了气。亨塞尔先生而今已是个有名的肖像画家，他把她死时的脸色画得惟妙惟肖，并把随身带来的这幅作品摆在他房间的桌子上。高兴而来的我，眼见这身体强健的男子汉深深陷在烦恼和悲痛中，很受感动。第二年，正如我们现在所知，门德尔松也突然逝世，追随他聪明的卓越的姐姐去了。

我在海牙待了4天。星期天，我想去看法国歌剧，我的朋友们却恳求我放弃这个打算，要我去拜访聚集在欧洲饭店的朋友们。我边说边上楼："今晚这儿有舞会吧！怎么回事？"我的向导笑了笑答道："看

---

① 法国画家（1794—1861），擅长教堂画、历史画和肖像画。

来很庄重！正在举行宴会！"我走进大厅，对这大规模的集会感到吃惊。

　　他们介绍说："这儿是你的一些荷兰朋友，他们今晚为你而聚会！"我在海牙停留的短暂期间，范·德尔·弗利特等人已向荷兰全国各地的我的诗友们发函。他们商定，等我一接到邀请，他们就通知这些诗友们。连远在须德海北岸的范·内珀霍尔特、《青春文集》的作者也不惜长途跋涉专门为我而来。我在这里发现许多艺术家以及画家、演员等文艺界名人。席间，人们在用鲜花装饰起来的大餐桌旁频频举杯和发表演说。我尤其被范·德尔·弗利特的贺词所感动。他说："向哥本哈根的科林老先生祝贺，因为那位高尚的人曾收养安徒生为义子。"然后他转向我说："丹麦国王克里斯蒂安八世和普鲁士国王弗雷德里克·威廉曾各自赠你一枚勋章。有朝一日这些勋章放在你的棺材上时，愿上帝因为你的那些虔诚的童话而授予你一枚最漂亮的勋章——天堂中的永生。"有人因荷兰、丹麦两国的语言和历史而谈到这两个国家的关系。一位曾为我的《画册》画过一些优美插图的画家以艺术家的身份，提议为我干杯。内珀霍尔特用法语谈到形式自由和想象自由，唱了一些歌，背诵了一些幽默诗。由于我不懂荷兰喜剧和悲剧，海牙一位有名的悲剧家皮特斯先生表演了施拉文沃思的《塔索》中监狱那一场。我虽然一个字也不懂，但我能感觉到他的表演的真实性，他的模拟动作如同我从前见过的一样精彩。这位艺术家的脸色随着剧情一阵白一阵红，似乎他能控制住他脸颊上的血色，全场顿时爆发了一阵欢呼声。大家欢喜地唱了一些优美的歌，特别是荷兰国歌，以它那悦耳的曲调和美妙的构思鼓舞了我。这是我一生中最荣幸的夜晚之一。我以为我所感受到的深情厚谊，在瑞典和荷兰已达最高峰。了解我心情的上帝知道我是多么谦卑。上帝的赐福使我由于极度感谢与喜悦而哭泣。

　　第二天我是在野外度过的。内珀霍尔特带我去有舞会和音乐会的巴思旅馆时，路经美丽的绿色草地，走在田园诗般的大道上，路过一些富裕的农舍，眼见莱顿伸展在我们面前。我们快到了，于是驱车去斯赫维宁根村，那里高高的沙丘和堤岸防备着北海浪涛的袭击。这里又有一个小小的社交场合。在巴思旅馆的便宴上为艺术和诗歌干杯，为丹麦和荷兰干杯。沿岸停泊着许多渔船，演奏起乐曲来，好像海浪也随着节拍跳动。这美丽的夜晚很像在国内。次日清晨，我正要离开海牙时，老板娘给我捎来了好些报纸，其中提到为我举行的宴会。几位朋友伴送我到火车站，他们对我已依依不舍，我凄楚地和他们告别，此生能否再相见很难预料。

鹿特丹是我所见过的真正生气勃勃的荷兰城市，远远胜过阿姆斯特丹。许多大船正停泊在宽阔的海峡里。

最古老的荷兰轮船之一——"巴塔维尔"号第二天早晨起锚驶向伦敦，我买了船票。这艘船负载很重，盛满了樱桃的大篮子堆得高高的，超过了栏杆。许多去美国的移民都是甲板船客①。孩子们到处欢乐地嬉戏。一个像福斯塔夫②一样肥胖的德国人同他那几乎已经晕船的清瘦的妻子来回踱步，她很担心离开马斯河即将驶进辽阔的北海。她的那条狗虽然裹着一床毯子，套着大项圈，却也跟她一样发抖。开始退潮了，八个多小时后我们才到达北海。平坦的荷兰好像逐渐沉没在灰黄色的大海之中。太阳下山时，我便上床休息了。

---

① 自备床铺膳食的船客。
② 莎士比亚剧中一个肥胖、快活、滑稽的角色。

第十三章

初游英国：幸会挚友林德、狄更斯

早晨我们上甲板一看，已驶近英国海岸了。在泰晤士河口我们看见千百只渔船像一大群小鸡或散落的碎纸片，也像一个大市场或帐篷林立的野营地。泰晤士河确实能说明英国是海洋的统治者，所有这些数不清的船只都是她的仆人，每天从这儿飞出去；每分钟都有送急件的轮船鱼贯地来到这里，这些船的烟囱冒出浓浓的烟雾，烟囱顶上闪出红色的火花。

一只接一只的大帆船昂首挺胸像天鹅一样打我们旁边经过。我们看见许多游艇上载着年轻、阔气的绅士们。船一只紧跟一只。越往泰晤士河上游航行，人越多。我曾用心数了数我们遇到的轮船，但我数累了。我们在船上经过一个村庄旁边时，仿佛正在进入一片烟雾弥漫的着火的沼泽地，可那不过是轮船的蒸汽和从烟囱里冒出的浓烟散发在我们面前。这乡间好像即将有暴风骤雨来临，漆黑的天空闪起蓝色的电光，一列火车驶过，向空中喷出波浪形的蒸汽；雷声隆隆。

"人们知道你在这里，都想来欢迎你！"一个美国人开玩笑地对我说。我想：是的，上帝是知道的！

船行至此，泰晤士河已变得加倍令人不能置信的杂乱无章了：轮船、划艇、帆船应有尽有，简直像一条拥挤不堪的街道，我不能想象这些船开动起来怎能不互相碰撞。潮水正在退去，岸边露出了泥底，这使我想起了狄更斯《老古玩店》中的奎尔普[1]和马里亚

---

[1] 狄更斯的小说《老古玩店》中的高利贷者。

特^①对河上生活的描写。

在我们登陆的海关，我雇了一辆马车，想穿过那无边无际的城市。走着走着，人越来越多，两边的马车来来往往，一辆辆公共马车里里外外都是人，一辆辆像匣子的大货车，张贴着招贴画做广告，从人群中用杆子高举的大招牌上可以看到某些待出售或供观赏的东西。一切都在动，仿佛半个伦敦城都正在从这部分向另一部分移动似的。在一些街道的十字路口，有一块凸起的地方被大石头围着，人们从一条人行道冲过靠近的一条马车线路来到这里，在这个安全地带伺机穿过另一条马车线路，才能到达对面的人行道。

伦敦，城市中之城市！是的，我当即产生了这样的感触，后来我一天天地、渐渐地了解它。这儿是更具魅力的巴黎，这儿是没有那种那不勒斯的喧嚣。公共马车一辆接一辆地驶过——据说有 4000 辆。联畜马车、二轮轻便马车、出租马车、双轮双座马车和精致的四轮马车在咯吱咯吱地前进着、滚动着、行驶着，它们仿佛办完一件要紧的事又去办另外一件重要的事似的，永远在动，永远！当我们现在所见到的那些如此忙碌的人们死去后，人们的奔波忙碌以及四轮马车、双轮马车和运货马车波浪般地移动，仍然会在这儿继续下去。人们带着各种招牌，或放在前面或放在后面，有些招牌绑在竹竿上，有些则插在马车上，他们还带着推销气球、活动画景以及宣传布什门^②的自吹自擂的演讲人和珍妮·林德的广告。

我终于抵达 H.C. 奥尔斯特兹为我介绍的位于莱斯特广场^③的萨布洛尼埃旅馆，在那里租了一间房子，阳光洒照在我的床上，向我表明

---

① 英国海军指挥官，也是描写海洋生活的小说家（1792—1848）。
② 南非的一种游牧民族。共约五万人，身材矮小，皮肤呈黄褐色，宽鼻子，平耳朵，高颧骨。
③ 莱斯特系英国女王伊丽莎白一世的宠臣（1532—1588），此广场系为纪念他而建造的。

伦敦也可能有阳光。那阳光有点微红而呈黄色，仿佛是通过玻璃啤酒瓶子反射过来的。入夜，空气清新了，群星俯瞰着煤气灯照耀的街道，人们熙熙攘攘，或者惬意地哼着歌曲。我已经疲乏不堪了，还没顾上去看望我的熟人便入睡了。

我来到这里没有任何介绍信。在国内唯一被我请求过写一封介绍信的是个地位高的人，他在英国有些交往，通过他，我也许能一瞥伦敦的上层生活，可是他没有交给我任何信。

"你在这里不需要介绍信，"第二天上午我拜访我们的丹麦大使雷文特洛伯爵时他说，"你是靠你著名的作品而被介绍到英国来的。就在今天晚上，帕默斯顿勋爵要举办一个精彩的小型舞会，我将写信给帕默斯顿说你在这里，我相信你会接到请柬的！"

几小时以后，我果然收到了一封请柬，于是我和雷文特洛伯爵一道乘他的马车去参加舞会。英国身份最高的贵族都聚集在这里，女士们打扮得最华丽，穿着刺绣的绸衣，戴着耀眼的钻石，手持美丽的花束。帕默斯顿伯爵和夫人盛情接待了我。当魏玛的年轻公爵和夫人热烈祝贺我并把我介绍给萨福克公爵夫人时，我相信她很有礼貌地谈到了我的《即兴诗人》——"第一本关于意大利的书"，正如她高兴地表达的那样，我很快被英国的高贵女士们围住了，她们全知道这位丹麦诗人，知道《陀螺与球》《丑小鸭》等。她们对我不吝惜赞美之词。我好像不再是个陌生人了。剑桥的公爵向我谈起克里斯蒂安八世；早些时候曾在罗马对丹麦人表示非常关切的普鲁士大使邦森，是雷文特洛的一位朋友，他也很热情地迎接我。许多人把他们的名片递给我，其中也有些人送请柬给我。"今晚你一步跳进上流生活，"雷文特洛伯爵说，"那是许多人大概需要好多年才能达到的！别太谦虚了，一个人为了获得成功，必须勇往直前！"此时他以那种绅士的、机敏的幽默，继续用朋友们中谁也不懂的丹麦语说："明天我们要查看一下这些名片，从中选一张最好的！现在你已经同这位谈了个够；你瞧那边那个人，同他认识对你会更为有利，在这位先生家里你会发现精美的筵席，说明那是很讲究的上流社会！"他就这样喋喋不休。我终于对于在光亮的地板上踱来踱去，对于颇为吃力地用不同的语言交谈感到厌倦了，这使我不知道如何是好。我热得浑身没劲，不得不离开那里，跑到外面的走廊上呼吸点新鲜空气，稍微休息一下，至少是在栏杆上靠一会儿。几乎整整三个星期的时间我都像那天晚上一样度过的。那是在夏季的社交活动，我们只知道在冬天才有这种事。每天都有人请我吃晚饭，饭后参加舞会。凡是我去的地方，不管是在大厅里还是在楼梯上，都有一群人。我就这样一连忙了三个星期，有时我也不得不应邀去吃早餐。我再也不能忍受这种生活了，这三个星期我过得几乎像一个漫长的黑夜一样。因此，如今我只能清楚地记得几个片段和一些琐碎的事情。几乎到处都有同样重要的人物出现，她们佩戴不同的金质饰物，穿着不同的绣花绸缎衣，手持不同的鲜花。在房间布置方面特别使用了玫瑰。所有的窗户、桌子、楼梯和壁龛都摆满了玫瑰；这些花总是放在玻璃器皿或杯子里的水中，或是放在花瓶里，但如果不仔细看，是看不见这些器皿的，看起来这些玫瑰花构成了许多完整的地毯，芳香而有生气。

如前面所述，我住在莱斯特广场的萨布洛尼埃旅馆，H.C. 奥尔斯特兹也在那里住过，是他向我介绍的这个旅馆。可是雷文特洛伯爵说，那个房间不够时髦，而在这里人人都必须赶时髦。他劝告我不要说自己住在莱斯特广场。他说，似乎一位哥本哈根的客人曾在上流社会提到过：安徒生住在彼得·马德森胡同里。我想表示自己曾同他在一起住过。但我却住在一个大广场的皮卡迪力附近，那儿莱斯特伯爵的大理石雕像矗立在窗外的绿树丛中，七八年前住在这里是时髦的，但现在就不是这样了。邦森爵士、雷文特洛伯爵和几位大使在这儿住，我做了礼节性的拜访。在英国，人人都得遵守礼节，连女王在自己家里也得依礼节行事。他们告诉我，有一天当女王在一个华丽的花园里散步，也许想在那里稍微多逗留一会儿时，但由于吃晚饭的时间正好在八点，她不得不赶回家，否则全国的人都会找她的岔子。在这个自由的国家，有人几乎死于礼节，但因在这里可发现的最优美的事物如此之多，这就不值一提了。我们在这里发现的也许是当代唯一笃信宗教的民族，是一个尊重礼貌的民族，这儿是道德的化身，我们就不必去计较个别的赘疣和支流了，那些东西总会在一个大城市中发现的。伦敦是礼仪之城，而且警察自己就树立了好榜样。在大街上，你只需跟一名警察攀谈，他立即就会陪伴你、为你当向导；在商店里你总是得到最和蔼的答复。至于伦敦的沉闷的空气和煤烟，那是被夸大了，在一些人口密集的老市区里，情况的确如此，但在这个城市的最发达的部分，空气却流通、舒畅得像巴黎一样。我曾在伦敦见过许多风和日丽的晴天和星光闪闪的夜晚。

再者，一个外国人在一个国家和一个城市只做了短暂逗留就对它做出真正的、忠实的描写也是很困难的。别国作家对我们所熟悉的、并对家乡中每件事物了如指掌的描写和构思，就能证实这种看法。旅游家所写下的是某些根据他们个人的特殊观念想象的东西，他自己只不过透过旅行生活中摇摆不定的眼睛进行观察，有如在列车飞驰的时候画风景、画人物，细节总不会那么逼真。

对我来说，伦敦是城市中的城市，只有罗马不在此列。罗马自成一个小天地，是一尊当代的浅浮雕。至于其他的事，当时在这里整天谈论的不外乎珍妮·林德，而且只有珍妮·林德。她为了避免过于频繁的拜访，为了呼吸伦敦最新鲜的空气，她在老布朗普敦① 租了一所房屋。这就是我在旅馆里所获得的全部消息，我刚到那里就立刻问起她的情况。

---

① 伦敦的威斯敏斯特自治城市的一条街，起于皮卡迪力马戏场通到海德公园拐角处。

我急于想找到她的住址，便直奔她唱歌的"意大利歌剧院"。这里的警察也是我最好的向导，他陪我去见剧院经理，但无论是经理还是那儿的门房都不愿或不能告诉我任何消息。于是，我在一张名片上给珍妮·林德写了几个字，说我已到达，把我的住址留给了她，并请求她立即告诉我她的地址。第二天上午我收到了一封写有"给我的哥哥"的令人高兴且亲切的信。我从地图上找到了老布朗普敦的所在地，搭上一辆公共马车。马车的驾驶者告诉我还要跟他一起走多远，以及我得往哪里拐才能找到他笑着称为"瑞典夜莺"的房子。几天以后，碰巧我又和这辆公共马车同路，我没认出这位驾驶者，但他认识我，问我是否找到了"夜莺，珍妮·林德"。

她住在这个城市的偏远角落上一幢小巧的房子里，低矮的篱笆伸展到街上。为了看一眼珍妮·林德，一群人正站在外面凝望着那座房屋。今天他们可有了机会，因为门铃响时她透过窗子看见我，便跑到马车前握住我的双手，以妹妹般的柔情瞧着我，完全忘了聚集在我周围的人们。我们匆匆进入那精美、华丽而舒适的房间。那房屋面向一个小花园。那里有一大片草地和许多茂盛的树木，一只棕色的、满身粗毛的小狗在她周围跑来跑去，跳到它的女主人的怀里，她轻轻地拍它、抚摸它。桌上摆着一些装帧精美的书籍。她指给我看《我一生的真实经历》①，那是玛丽·豪伊特献给她的。还有一大张纸铺在桌上，那是珍妮·林德的一幅漫画：一只大夜莺有一张少女的脸，为了使夜莺歌唱，小狗的屁股上都放着英镑硬币。

我们谈到祖国，谈到布尔农维尔②和科林，我也告诉她我受到荷兰式宴会的招待，大家在宴会上怎样为老科林干杯！她拍手叫道："那多好啊！"她应允我，每次她演唱时，都有我一张歌剧票，但不让我谈

----

① 安徒生的自传的一部分，《我的一生》的重要组成部分。
② 丹麦舞蹈家（1805—1874）。

什么付票钱之类的话，她说因为票价贵得毫无道理。"让我在那里为你歌唱吧，以后你可以在家里再次向我读一些你的童话！"我因收到许多请柬，时间所限，只能用两次她的戏票。第一次是观看《梦游病者》的演出，那的确是她表演得最好的角色。她那纯真无瑕给舞台增添一种圣洁的气氛。在最后一幕梦游那一场，她把玫瑰花从胸前拿开，高举在空中，然后又无意识地放下，这个风度很有魅力，美得出奇，使我感动得流泪。这欢呼和激动的场面，甚至在热烈的那不勒斯人中间我都未曾见过。鲜花像雨点般洒落在她身上，一切都像在盛大的节日一样。人人都清楚他们在伦敦的大歌剧院里的穿着多么华丽。楼上第一排包厢的绅士们系着白领带来了；女士们打扮得像参加舞会似的，每人手中拿着一个大花束。

女王和艾伯特王子光临了，魏玛的世袭大公和夫人也出席了。珍妮·林德嘴边出其不意地响起了意大利语音，人们都说她讲得比许多意大利人还正确，她的德语也讲得好，那神情更像她用漂亮的本国话唱歌一样。作曲家威尔第①在那个时期为珍妮·林德谱了一出新歌剧《伊·马斯纳迪里》，歌词模仿席勒的《群盗》。我听了一次，纵使是珍妮·林德表演和歌唱也不能使那无聊的诗有点生气。阿米利亚这个角色的戏，是以她最后在树林中被摩尔人卡尔杀死、这伙强盗被围困而告终。拉布拉什②扮演老摩尔人，眼见那位粗壮、肥胖的汉子从塔里出来时说自己几乎饿死的情景，的确引人发笑；他说这台词时满座哗然。在同一演出中我第一次见到著名舞蹈家塔利奥尼③，她在《女神们的足迹》中跳过舞。她出场前我感到我的心剧烈地跳动，这是我对某种美好、壮丽的事情抱期望时常有的现象。

---

① 意大利歌剧作曲家（1813—1901）。

② 英国男低音歌唱家（1794—1858）。

③ 意大利舞蹈家（1804—1884）。

　　塔利奥尼看上去是一位上了年纪的、个子不高但相当健壮、漂亮的女人。在她还是个年轻美人的时候，可能曾经是酒吧里的漂亮女郎。我坐在那里冷眼观看着，对这位老女士的优美舞姿并不感兴趣。她毕竟还有青春的活力，如我在歌剧《塞里托》中所看见的那样，那真是无比美丽，如燕子飞翔般翩翩起舞，像普赛克①在嬉戏！人们在塔利奥尼的舞蹈中却没有看见过这种舞姿。丹麦舞蹈家格拉恩小姐也在伦敦，而且颇受观众的赞赏，可她却因脚痛暂时不能跳了。一天晚上演出《爱的精华》时，她派人叫我去她的小包厢中相见，在那里她向我轻松愉快地说笑着，透露了后台的情况，一一谈到每个演员的情况。看来她不在颂扬珍妮·林德的人们之列。当然在当代的喝彩声中她得遭到一些人的反对，但这是一个伟大而善良的人常遇到的情况。珍妮·林德在《诺马》一剧中表演的受折磨的贵妇人，曾深深地感动我，但一般来说并没使英国人感到满意，他们早些时候通过格里希②和她的模仿者们曾把她设想成热情的美狄亚③。《奥伯伦》和其他几个歌剧剧本的作者普兰谢④先生曾是个热衷于反对她的人，但在她的盛名之下，那些小小的打击是起不了作用的，她在那树荫中的幽静的家里仍然是快活的。有一天我由于受到频繁的招待和过多的注意而感到精疲力竭时，我便来到她那里。

　　"是啊，现在你已经明白参加无休止的欢宴是什么滋味了吧！"她说，"人是这样困倦！多么乏味！人们在宴会上听到的所有那些废话又是多么空洞！"

　　当我乘她的马车回家时，人群蜂拥到跟前，以为马车里坐的是珍

---

　　①　希腊神话中以少女形象出现的人类灵魂的化身，与爱神厄洛斯相恋。

　　②　意大利女高音歌剧演员（1811—1869）。

　　③　希腊神话中科尔喀斯国王之女，以巫术著称，曾帮助伊阿宋取得金羊毛。

　　④　英国剧作家兼考古学家。

妮·林德，但他们看出只有我一个人，一个对他们来说是陌生而不知名的人。汉布罗老先生曾通过我邀请这位艺术家出席他乡间寓所的晚宴，但我无力诱劝她接受邀请，甚至由她来确定客人的数目，我也做不到。是啊，哪怕是让她单独和这位老先生以及我在一起也不行。她不会改变她的生活方式。但她答应请这位可敬的老先生出来同我一起去看她。我照办了，双方都很满意，他们甚至谈到钱的问题，并且嘲笑我，说我很少懂得这类事以及如何把我的才能变成金子。

青年雕塑家德拉姆先生想塑造她和我的半身像，我们谁都没有时间坐上足够的次数供他写生。当时，凭我的几句话，这个年轻人获得许可，每次只能在她那里待半小时，再根据他在剧院里得到的印象把已塑成型的泥土重新塑造一次。我答应他每次只能耽误一小时。在那点短暂时间内，他一面构思一面塑造了一个非常好的半身像。我的这个半身像和珍妮·林德的半身像一起都在哥本哈根展出过，但也在那里受到了严厉的批评，因为二者有相似之处，有精神联系。我似乎很想知道，在那以后好些年直到我再次见到珍妮·林德为止，是否有一位丹麦艺术家用如此短暂的时间比德拉姆雕塑得更好。后来我知道珍妮·林德胜利地载誉离开英国到美国去了。

雷文特洛伯爵把我介绍给摩根女士。几天前他就告诉过我，这位老夫人期望我们去，因为正如他向我吐露的，她很熟悉我的名字，却从未读过我的任何一篇作品，现在她正在很快地熟悉《即兴诗人》、童话集，等等。她住在一所有几间经过装饰的小房间和盛满了古董的寓所里，一切都是法式的，这位生气勃勃和欢乐的老夫人尤其如此。她讲法语，是个地地道道的法国人，打扮得却很难看。她引用了我书中的一些话，我知道那是她在匆忙中读到的，但她总是以最有礼貌的态度对我。墙上挂着托瓦尔森的《黑夜与白天》的铅笔画，是一种像我们浅浮雕一样的铅笔画，那是他在罗马送给她的。她告诉我，为了祝贺我，她将邀请伦敦的著名作家们，我应当好好研究，并了解一下狄更斯、布尔沃①等人。同一天晚上，她陪我去拜访达夫·戈登女士②，这位女士翻译过我的童话《小美人鱼》③，是女作家简·奥斯汀④的女儿。在这里我可以指望遇见许多名人，事实也是如此，我在讲究得多的圈子里又受到另一位英国女作家布莱辛顿女士⑤的招待，这是我的朋友——《文学杂志》编者乔丹⑥介绍的。

　　布莱辛顿住在伦敦近郊她的寓所戈尔别墅。她是位风华正茂，稍显肥胖的女士，穿着极其文雅，戴着光闪闪的戒指。她热情地接待我，好像我是她的老相识似的，一面和我握手一面谈起《一位诗人的市场》，她说其中存在着许多其他书中找不到的诗的财宝，她说她在最近所著的一本小说中还提到这首诗。我们走到长满了常青藤和蔓草的大花园阳台上散步，从范迪曼的田园飞来的一只大画眉和两只白鹦鹉，在这儿蹦蹦跳跳，我轻轻抚摸着这画眉，它必将为我鸣叫。阳台下面长着许多玫瑰，有一片美丽的绿草地和两棵可爱的垂柳，在稍远一点的地方，只见一头母牛像为了给人参观似的在一块绿色的小草地上吃草，这一切颇具乡村味。我们一起漫步向下走到花园里去。她是使我最能听懂英语的第一位英国女士，但她也故意说得很慢，握住我的手腕，每讲一个字都注视我一下，然后问我是否懂她的话。她向我诉说了她希望我写一本书的想法——这种想法看来是她的，其实是我的。那仅仅是抱希望的穷人的想法，也是讲现实不讲希望的富人的想法，因此这表明了富人是多么不幸而穷人却是幸福的。

---

① 英国小说家兼剧作家（1803—1873）。

② 英国女文学家（1821—1869）。

③ 即《海的女儿》。

④ 英国女作家（1775—1817），著名小说《傲慢与偏见》的作者。此处原文有误：达夫·戈登应为约·奥斯汀的女儿。

⑤ 爱尔兰女文学家（1789—1849）。

⑥ 德国诗人、小说家（1819—1904）。

布莱辛顿女士的女婿——伦敦最文雅的绅士奥塞^①伯爵进花园来了，布莱辛顿告诉我，凭他的服装就能断定英国服装的流行样式。我们走进他的工作室，那里立着他创作快要完成的布莱辛顿女士的泥塑半身像，正如珍妮·林德扮演《诺马》的一幅油画一样，也是奥塞伯爵凭记忆画的。他似乎是个很有才能的人，也很有礼貌，很和蔼。

布莱辛顿女士这时带领我参观了她所有的房间，在那些房间里几乎到处都可以见到拿破仑的半身塑像或画像。最后我们到达她的工作室，桌上摆着许多打开着的书，而且我能看出，全是关于安妮·博林^②的。我们谈到诗歌和艺术，她以表示赏识的态度对我说，她在我的作品中发现许多珍妮·林德的使人着迷的品质——某种天生的热诚。她谈到这位艺术家在《梦游病者》中的表演，那种表演显示了她的纯洁，谈到这点时，她不禁热泪盈眶。这是两位年轻的姑娘，我相信是她的女儿献给我一束美丽的玫瑰。她邀请乔丹和我某天来赴宴，那时她将让我认识狄更斯和布尔沃。我按约定的时间来了，发现全家喜气洋洋，穿丝袜、搽香粉的侍者们站在走廊上，布莱辛顿女士本人雍容华贵，但同时又是温和的、春风满面的。她告诉我布尔沃不能来了，他那时仅仅是为了竞选而活着，正在外面拉选票。她像男人们"一样似乎不喜欢这位诗人，还说由于他的虚荣他很讨人厌恶，此外他耳朵相当聋，很难与别人交谈。我不知道她是否透过有色眼镜看人。与此相反，她却十分亲切、十分真诚地谈到查尔斯·狄更斯，"他是答应来赴宴的，我也会逐渐熟悉他的。

狄更斯进来时我刚好在《我一生的真实经历》一书的扉页上题名和题词。他年轻英俊，带有一种聪明、和蔼的表情，美丽的长发垂在两侧。我们互相握手，互相探视对方的眼睛。我们跨上阳台。对我

---

① 法国雕塑家、画家（1801—1852）。

② 英国国王亨利八世的第二个妻子（1507？—1536），伊丽莎白一世之母。

来说，同我最热爱的英国作家之一见面和谈话是幸运的，泪水涌进我的眼睛。狄更斯理解我对他的热爱和赞美。在我写的童话中，他提到《小美人鱼》这个童话曾被达夫·戈登女士翻译发表在《本特利杂志》上；他也知道《市场》和《即兴诗人》。在席间我被安置在狄更斯附近，只有布莱辛顿女士的小女儿坐在我们中间。他和我干了杯，威灵顿公爵①也干了杯，然后是杜罗侯爵。桌子的尽头挂着一幅巨大的画，是被许多盏灯照得透亮的拿破仑全身画像。参加宴会的有诗人米尔斯②，有英国的邮政总长，还有一些作家、记者和贵族，但对我来说，狄更斯是第一位。我见到的都是富裕的、尊贵的人，宴会除女主人和她的两个女儿外，都是男人。没有陌生人来布莱辛顿女士的家里，来的这些都是无拘束地与她来往的人。雷文特洛伯爵和另外几个人暗示我在大的沙龙上千万别提起去布莱辛顿女士家的事，因为那并不为上流社会的人们所欢迎，人家一提起她就皱眉头。我不知道他们提出的理由是否真实，但他们告诉我，她的女婿奥塞伯爵更喜欢他的岳母而不大愿意跟他的妻子在一起，他的年轻妻子——布莱辛顿女士的继女诚然由于这个原因已经离开丈夫和这个家庭，现在跟她的一个女友生活在一起。而她的丈夫却被留在了这个家里。

　　布莱辛顿女士给我留下了非常愉快的印象，但在一些大场面，当高贵的女士们问我到过谁家时，我不得不说出布莱辛顿女士的名字。这之后人们总要沉默半晌。我问起为什么我不能去那里，或者她究竟怎么啦，可我总是得到她不是一个好女人的简短答复。一天我谈起她这个人很温柔，谈到她的幽默，并提起当她冲动地谈到珍妮·林德在《梦游病者》中的表演所表现出来的女人的高贵时，我亲眼见她为此流泪！"这家伙！"一个老太太愤愤地惊叫，"布莱辛顿女士为

---

① 英国将军和政治家（1769—1852），在滑铁卢击败拿破仑的英国名将。
② 英国诗人（1809—1885）。

珍妮·林德的天真而哭泣！"几年后，我读到布莱辛顿女士在巴黎去世的消息，奥塞伯爵坐在她临终时躺着的床旁。

在伦敦的其他一些女文人当中，我必须提到公谊会①女教徒玛丽·豪伊特。她曾翻译我的《即兴诗人》，以此向英国读者介绍我，并使我闻名于英国。她的丈夫威廉·豪伊特也是个知名的作家。那时他们在伦敦出版了《豪伊特杂志》，在我到达前一周刚出版一期对我表示欢迎，也正如在几个商店的橱窗里展出我的画像一样。我到达那里的头一天就发觉了此事，于是我走进一间小商店去买它。"那画像真像安徒生先生吗？"我问卖画像的一位妇女。她回答我；"是的，确实惊人的相像！您会根据画像认识他的！"尽管她谈了好久这种相像，但她并没认出我。英文版《我一生的真实经历》即德文版《我一生的童话》的译本，最近已由朗文出版社出版。此书是献给珍妮·林德的。后来也在美国出版。

我刚一到达，玛丽·豪伊特和她的女儿马上拜访了我并邀请我去她克拉普敦的家。我去那儿乘的是里里外外载满了人的公共马车，距离无疑比两丹麦里远，我以为旅程永远不会终结。豪伊特一家生活得很舒适。他们有自己的油画像、雕像和一个漂亮的小花园。他们全家都极热情地款待我。离那里几户人家的地方，住着德国诗人弗莱利克拉特②，我曾在莱茵河上的圣戈尔城拜访过他一次，那次他唱过一些热情、生动的歌。普鲁士国王曾赐予他年金，但他谢绝了。那时赫韦克③挖苦他，说他是靠年金过活的诗人。后来他写诗宣传自由，去瑞士，然后到了英国。他在那里一家公司的账房里工作，以养活家庭。一天我在伦敦的人群中遇见了他。他认出了我，我却没认出他来，因

---

① 基督教新教的一个教别。

② 宣传激进的自由思想的德国诗人（1810—1876），因写诗集《信仰的表白》而被迫逃离德国。

③ 德国诗人（1817—1875）。

为他已刮掉那平时蓄的浓密的黑胡子。"你认识我吗？"他边说边笑，"我是弗莱利克拉特呀！"于是他把我从人群中引出来朝着一扇门走去，开玩笑地说："你不愿在人群中对我讲话吧，国王的朋友！"我到了他家里，他那间小屋的摆设看上去对我是友好的，我的画像挂在墙上。这时一度在格雷文施泰因作画的画家哈特曼走进屋里来了，正碰上我们谈起莱茵河和诗歌。

伦敦的生活和此次野外旅行使我深受折磨，我以为夜晚也许会很凉爽，辞别主人后又乘上了公共马车，但还没有等到离开克拉普敦，我的四肢就瘫软了。我感到病得很重，像在那不勒斯那次一样虚弱，几乎要晕倒，而公共马车却每时每刻都越来越拥挤和闷热。车顶上都坐满了人，在开着的窗前悬垂着一只只穿着靴子的腿。我几次想对马车管理人说："把我载到一间屋子里让我歇歇吧，我在这里再也支撑不住了。"每个毛孔都冒汗。真可怕！我们行动得很慢。最后，似乎周围的一切我都渐渐看不清了。终于到了一家银行门口，我雇了一辆马车单独乘坐，空气好些，我便恢复过来，回到了家。我很少做过比这次从克拉普敦回来更痛苦的跋涉。

当时我曾答应再去那里住两天。在那里逗留期间，人们鼓励我乘公共马车再做一次同样的旅行。我原以为会在那里找到安静、愉快的日子，可朋友们往往尽力让你玩得更尽兴。他们总是使你从近处到更远的地方，因此第一天午饭后，我们便乘一辆单匹马车出发到一个村舍去拜访一位老处女。5个人坐在车里面，3个人坐在外面，热气逼人，全部旅程的情形恰好适合作狄更斯一部小说中的一章。

我们终于到了那位老处女的家，她无疑是文学界人士。在房前的一小块草地中间有一群孩子在玩，看来像寄宿学校的学生。他们围着一棵巨大的山毛榉树跳舞，头上全戴着山毛榉或常青藤做的花环，又唱又跑。她把这些孩子召集在一起后告诉他们，我就是他们所知道的写故事的人，于是全都涌到我周围来和我握手，然后又唱着歌跑回草地上去。四周美丽的小山和大丛林，向地面投下如画的影子。我们被安置在小花园里的避暑凉亭里，从小凉亭可以仰望那些小山和大丛林的全景。来了一位写政治作品的耳聋女作家和许多我从未听说过的诗人。我体力越来越不支，筋疲力尽，最后不得不找地方休息。整个下午我都独自一人静静地躺在房间中不能动弹。

太阳下山的时候空气会好些，我很为呼吸变得舒畅而高兴。在我们回克拉普敦的路上，那灯火通明的伦敦像个透明的大图案似的展现在我们面前。在由许多煤气灯组成的火红的轮廓里，我们看出了形形色色、弯弯曲曲的街道；其中有些通向遥远的地平线，那磷光闪闪的海洋上燃起千万盏渔家灯火。第二天我又在伦敦了。

我曾目睹"高级生活"和"贫困"，这是我记忆中的两极。我看见一个"贫困"的化身——一个面色苍白的饥饿的小女孩，穿着陈旧、破烂的衣衫，蜷缩在一辆公共马车的角落里。我见到了"苦难"，但它可悲地沉默着。我记得那些乞丐，有男人也有女人，胸前挂着一块大纸板，上面写了这些字："我快要饿死了！我的天哪！"他们不敢大声说出，因为乞求施舍是被禁止的，所以他们只能像影子般滑溜过去。在一个人面前这些乞丐站成一排，用他们苍白、清瘦的脸上那饥饿、悲惨的表情凝望着他。他们站在餐馆和糖果店外面，选中旅客中的一位，眼睛继续盯住他，这目光里流露出多少苦难啊！一个妇女指着她的病孩子和她胸前的一块写了以下这些字的纸："我两天都没有吃饭了。"我看见过许多这样的人。人们告诉我，在我居住的城里这种人很少，在富人区则一个也没有，那些地区是与贫穷的贱民阶级隔绝的。

在伦敦，每个人都是勤劳的，乞丐也不例外，一切取决于谁最能引起别人的注意。我看见一次精心的安排：在街沟中间站着一个穿着整洁的男人和五个孩子，如果他们站在街心或人行道上势必会堵住交通；孩子们一个比一个小，穿着孝服，一条长黑纱从帽子上垂下来随风招展，他们全都穿着整洁，每人手持一捆火柴出售；当然他们不敢乞讨。另一件光荣得多而且很有益的行业是扫街，这种带着扫帚的"清道夫"，几乎在各个角落都能见到。他不断地从一条街扫到另一条街，清扫十字路口或者清扫某一部分人行道，谁叫他扫都可能给他一便士。在有些地区，一个星期当中，"清道夫"们能攒下小小的一笔钱。我记得布尔沃向我讲过一件事：在他住的地区，有一个职业不明的人与一位出身高贵的年轻姑娘订婚之后结婚了，他每天都离家，谁也不知道他到什么地方去了，可每个星期六他都带回家一些白花花的银圆。全家都很焦虑，以为他是银币的伪造者，于是监视他，后来才发现他是个"清道夫"。

这就是我所见到的伦敦生活。我从一些富丽堂皇的沙龙、街上高贵的人群和剧院里的喝彩声中见识到了"高级生活"，还有作为民族的一部分的教堂，那在意大利是必须参观的。伦敦的圣保罗大教堂从外面看比从里面看给人印象更深刻，比起圣彼得大教堂来它是小的，也不如罗马的玛丽亚·麦吉奥或德尔·安吉利教堂那样庄严。有用贵重的大理石石碑建造的宏伟的万神殿给我留下了印象。每件东西、每座雕像都像披上了一层黑绉纱，这是这里渗透一切的煤烟，它使每座雕像都罩上一层滑腻的粉尘。在纳尔逊①的碑上立着一个青年的塑像，他的手伸向四大碑文之一——刻有"哥本哈根"的碑文。作为一个丹麦人，我有一种感觉，他好像正要去抹掉那次功绩似的。

威斯敏斯特教堂②给我留下了庄重得多的印象，无论从外观还是内景来说它都是一个真正的大教堂！遗憾的是，为了英式的舒适，他们在这大教堂内部又建造了一个较小的教堂供举行礼拜式之用。我第一次从旁门进入威斯敏斯特教堂，站在"诗人区"，所看到的第一块墓碑是莎士比亚的。我一时竟忽略了他的遗骨没有安放在这里，非常虔

① 英国名将（1758—1805），特拉法尔加海战的胜利者。
② 英国的象征之一。历代君主以及一些伟人都葬在这里。

143

诚、严肃地把头靠在冷冰冰的大理石上。一边是汤姆森①的墓碑或坟墓，其左边是骚塞②的，在许多大石块的地板下面安息着加里克③、谢里登④和塞缪尔·约翰逊⑤。我们知道牧师不许把拜伦的墓碑安放在这里。"我在那里倒没有听说过！"一天傍晚我对一位英国主教这样说，并且装着不知道原因的样子。"托瓦尔森为英国最伟大的诗人之一，他的墓碑竟会不安放在那里，这怎么可能呢？"他躲躲闪闪地回答："它还有别的好地方嘛！"

在威斯敏斯特教堂的很多其他国王和伟人的墓碑中间，我总是停留在一块墓碑前，从一个大理石雕像中看出了我自己的脸，惊人的相像而且比任何雕刻家或画家所能创作的都妙得多。是的，它非常像我的胸像。有一天许多陌生人偶然站在那里，我也在那里，他们盯住那雕像和我，大吃一惊，而且令人惊讶地注视我。在他们看来，好像这大理石贵族的灵魂借我的血肉之躯活生生地经过教堂的通道在徘徊。

前面我已提到，正是在竞选的时候我在伦敦，那就是我不能遇见布尔沃的原因。我们在国内的人不难理解，竞选时，第一次见到那一切排场和铺张谁都会觉得很有趣和丰富多彩。在几个广场和大厅上为演说者建造了讲坛，一些人胸前和背上别着自己的姓名穿过人群，为的是让人们记住他们的名字。旗帜飘扬，人们列队前进，一辆辆马车上满载着选民，他们挥动手绢和印有文字的大旗帜，许多人穿着褴褛的衣衫往往跟那些穿着非常华丽的仆人一起，乘精致的马车而来，又

---

① 苏格兰诗人（1700—1748）。
② 英国诗人、文学家（1774—1843），1813年以《纳尔逊传》获"桂冠诗人"的称号。
③ 英国演员兼剧作家（1717—1779），以演莎士比亚的《理查第三》及其他一些剧而闻名。
④ 爱尔兰剧作家和政治领袖（1751—1816）。
⑤ 以约翰逊博士闻名，词典编纂者、作家、评论家（1709—1784），有"文坛权威"之称。

嚷又唱；似乎是主人被他们的仆人所使唤，如同去参加古时主人服侍奴隶的异教徒的宴会似的。讲坛周围是拥挤的、潮水般涌来的人群，这儿人们有时用烂橘子甚至腐肉投掷到演说者的头上。我看见伦敦比较文雅的一个区有两位衣冠讲究的年轻人靠近讲坛，但当他们当中的一个试图登上讲坛时，便有人跑到跟前、扯碎了遮住他俩眼睛的帽子，使他们扭过身去，这样他们被众人从讲坛那里推来推去，抛来抛去。为了不许他们露面，最后甚至把他们赶出这条街。在伦敦附近几英里之外，我曾两次乘马车经过，看到了更加令人激动的场面：不同的竞选派别列大队而来，队伍前面打着大旗，旗上写着醒目的字。大部分派别都是支持霍奇斯先生的，他的名字特别显眼。有一个党派的旗帜是深蓝色的，另一个是浅蓝色的，书写的字是"霍奇斯万岁！"、"罗斯柴尔德，穷人的朋友！"，等等。乐队为每个队伍伴奏，后面跟着穿着五颜六色的人群。一位年老的瘫痪病人，坐手推车前来投票。市场上在搜集选票，一时像赶集的样子。摆了一些货摊，支了一些帆布帐篷，各种商品在那里展销；真像建造了一个完整的剧院，我看见他们穿过大街把木制道具运到大剧院去。特别富有诗意的是那些精巧的小贩马车——一间间流动房屋，由一匹马拉的运载全家的双轮马车。这房屋分成两部分，最后的部分形成一间可爱的小屋或是有盘子和烤饼盘的厨房，妻子坐在门前从事手工纺纱，一小块红色的帘子挂在敞开着的窗前。丈夫和儿子骑在马背上，在这流动房屋前面驾驶这匹马。

当今汉布罗男爵曾在爱丁堡市郊斯特林镇租了一所乡间住宅，他在那里同他的妻子一起消夏，他的妻子当时是个病人，正试行盐水浴。他写信给他父亲说他要邀我访问他，因为我有许多朋友在苏格兰，他们将很高兴见我。由于我的英语讲得不够好，我怕这种长途旅行，不敢单独在这个国家走这么远的路。他再次邀请并写信请他父亲来陪我，这才使我决定去了。在老汉布罗的陪伴下，我乘火车从伦敦动身去爱丁堡。我们的旅程分为两天，在约克过夜。我们乘坐特快车飞奔，整个旅途尽可能不停下来，最多只下一次车。

有一句老歌词是："穿谷越山"，在这里我们则可以唱："越谷穿山！"我们像被激怒的猎人一样飞跑，美丽的景色在我们四周和下面一闪而过，和菲英岛、阿尔斯岛附近的乡村很相似。有时我们从地下穿过许多无穷尽的黑暗山洞，为了通风，山洞顶上被凿了一些孔。一路上我们遇见许多火车像箭般呼啸而过。出现了新的更富于山区特色的景色，画面上点缀着一个个从烟囱里冒火焰的砖窑。在约克火车站，一位绅士向我打招呼，并向我介绍了两位女士：一位是认识我的当今皇族公爵夫人；另一位是这位绅士的新娘。我在约克城的"黑天鹅"旅馆过夜。我参观了这座拥有华丽的大教堂的古城，我从未见过像这里这样的山墙顶部和阳台上的雕工。燕子一大群一大群地啁啾着飞过大街，好像我喜爱的白鹳正在我的头上翱翔。第二天，我们乘火车来到坐落在烟雾深处的纽卡斯尔。镇边的旱桥和铁路桥梁还没有完工，所以我们只得乘旅馆的马车穿过城区到镇外的铁路，以便继续旅行。这儿一切都是忙乱的。在英国不像在欧洲其他国家那样发给行李票，因此旅客必须自己照管自己的东西。有些时候必须搬动行李，这种事的确是真正的灾难。这一天这里聚集着一大群人，其中有许多旅客。就在同一天大清早，一列载着绅士们的特快车刚出发，那些带着猎狗的人们正去苏格兰打猎，而所有的头等马车都已满员，因此我被安顿在二等马车里。这种马车坏得无以复加，座位是木制的，窗帘也是木制的，在其他国家里这种设备只能用于四等马车。

这条越过两条深谷的铁路当时还没有竣工，但到目前总算完成了我们所能越过去的那一段。桥梁的木结构被安装在巨大的圆柱上，木结构上铺设铁轨，但乍一看起来似乎没有木结构，好像我们只在一座桥的铁轨上通过似的。我们透过敞开的构架工程看我们脚下的河水，人们正在那河岸上劳动。我们终于到达英格兰和苏格兰的界河！沃尔特·斯科特和彭斯①的国土已展现在我们面前。这里的乡间更加多山，我们也看到了大海，铁路沿海滨伸展着，许多小船停泊在这里。我们终于到了爱丁堡。这个城市被一条狭窄的、深邃的颇像一条干涸的大沟壑似的山谷分成旧市区和新市区，而在山谷向下的地方有一条铁路从伦敦通向格拉斯哥。新爱丁堡有笔直的街道和看起来显得单调的现代化建筑物，一条街与另一条街交叉或者平行，这个城市除了布局像苏格兰格子花呢般的正方形以外，其他方面不具有苏格兰特色，但老爱丁堡却是个非常别致而独具一格的城市。宏伟、外观古朴、幽暗。在主要街道上的两三层楼建筑物的背面都是深沟，它们把旧市区和新市区截然划分开来。在新市区，一般的楼房都有九到十一层。晚上从不同的、一层高过一层的房间里射出明亮的灯光。在高坡的街道上，一盏盏的煤气灯向另外一些房屋屋顶上放射着光芒，这时呈现出一种奇特的、几乎是节日的光景，灯光点点，高悬空中，打从爱丁堡脚下经过的火车旅客会历历在目。我和老汉布罗到达这里时已值黄昏，他的儿子汉布罗在火车终点站用他的马车迎接我们，这种迎接是讲究的。我们很快就出城到他们的乡间住宅"三一山"去，在那里，我将在汉布罗的家里看到沃尔特·斯科特的乡间的家和彭斯的山间景色！许多寄给我的信堆放在我面前。这里有一种优雅和舒适的气氛，就像人们常常在一个英国家庭所发现的那样。我觉得我周围都是亲爱的、和蔼的和好客的人们。这是我平生最幸福的夜晚之一。我们的房屋坐落在一个四周都是矮墙的花园中间，从爱丁堡到海湾的铁路打附近通过。这里的渔场是个相当大的市镇，但很像谢兰岛渔民们的渔场。苏格兰妇女的衣着比丹麦妇女的更美观，她们的宽条纹裙子很漂亮地打着褶，配着五颜六色的衬裙。

　　第二天我已感到好像在这个家庭里住了好久一样，在那里我像亲

---

①　苏格兰诗人（1759—1796）。

人似的受到欢迎，很快就像在家里一样。我发现这里活泼可爱的孩子们都受到老祖父的爱抚。我可以再次享受幸福的家庭生活。这家人的风俗习惯在各方面都是地地道道的英式风。晚上全家和仆人们集合起来祈祷，读圣经中的一章。我后来去过的所有家庭也都是这样，这给我留下了美好的印象。对我来说，每天都是丰富多彩的。第一天上午，人们就开始了对我的拜访、看望和打听。我当然非常想休养一下身体，可是在有这么多事情要做的地方我怎能办得到呢？

乘火车只要几分钟就可到达爱丁堡。火车在小山脚下一条隧道前停了下来，隧道顶上有几条爱丁堡的新街道。大多数旅客都下了车。

"我们已经到了那里吗？"我问。

"没有，先生，"当我们继续前进时我的向导说，"但只有几位旅客没有下车，下车的那些人害怕这儿的隧道不够坚固，担心隧道顶上的整个一条街会塌下来，所以他们大都宁愿在这里下车。"当我们正穿过隧道时，我并不以为它会塌下来！于是火车快速驰过长长的黑暗的拱顶隧道，它虽然并没有塌下来，可是一点也不舒适。当我乘火车参观爱丁堡时，我依然总是穿过这个隧道。

从新城眺望旧城真是一派壮观宏伟的景象，它似乎把爱丁堡的全景作为可与君士坦丁堡和斯德哥尔摩并驾齐驱的风景群之一提供给游人。有一条长街——我们几乎可以称它为码头，如果可以把铁路穿过的山坳看作水路的话，从这里可以俯瞰那点缀着城堡和赫里奥特医院①的旧市区。城市向海倾斜的地方有一座山，叫"亚瑟王的宝座"②，这是由于沃尔特·斯科特的小说《米德洛西恩的心》而闻名的。整个旧市区本身就是他的伟大作品的注解。所以沃尔特·斯科特的纪念碑安置在这里是非常恰当的，从这城市的新区可以望见旧爱丁堡的全

---

① 苏格兰金匠、慈善家赫里奥特出资所建的医院。
② 亚瑟王是古不列颠传说中之国王，为圆桌武士之领袖。

景。纪念碑呈伟大的哥特式塔形，塔下面是诗人的坐雕像，他的狗"梅达"横卧在他脚下，在塔的上层拱门里雕刻了一些作品如《梅格·梅里利斯》《末代歌者》中闻名世界的人物角色。

著名医生辛普森博士是我在旧市区的向导。大街是沿小山脊修建的，许多小街既窄又脏，有一些6层楼的房屋，最旧的房屋好像是用容易切割的石块建造的。这使我们想起肮脏的意大利城镇里的大建筑。透过那些作为窗户的敞开的洞，似乎可以窥视屋里的贫穷与悲惨；破旧衣服晾在外面。在那些胡同里露出一座阴暗的、外表坚固的房屋，那曾经是爱丁堡唯一的著名旅馆，历代国王常在那里下榻。塞缪尔·约翰逊在那里住过很久。我参观了伯克①住过的房屋，那里为了出卖死尸，许多不幸的受难者被引诱进去闷死。在大街上还能看见诺克斯②的小房子，虽然摇摇欲坠，但还有一个雕像表现了他在布道坛上演讲的样子。经过那并不以其外表、只是因沃尔特·斯科特的小说而引起人们注意的老爱丁堡监狱，我们继续深入位于这个城市西郊的霍利鲁德宫去调查。在这里，我们看见挂着一些破旧画像的长长的大厅和其他一些房间，那是查理十世③住过的地方。我们还没有走到玛丽·斯图亚特④的卧室，霍利鲁德宫就已引起了我的兴趣。这儿的墙上挂着书写有"弗顿之死"⑤的帷幕，此物可能是她经常过目的，似乎也是她自己命运的预兆。进到小屋里，附近就是里齐奥⑥被拉去杀害的情景。地板上依然可辨斑斑血迹，另一侧是黑魆魆的钟楼。教堂如今不过是个漂亮

---

① 英国政治家、演说家（1729—1797）。
② 苏格兰宗教改革者、作家、政治家（1502—1572）。
③ 法国国王（1757—1836），在位期为1824—1830年。
④ 苏格兰女王（1542—1587），在位期为1543—1558年，系罗马天主教徒。
⑤ 希腊、罗马神话中弗顿系太阳神赫利俄斯之子，曾驾驶其父之日轮马车几将地球毁于大火，宙斯放雷电杀之，方免于祸。
⑥ 意大利音乐家、低音歌唱家（1533—1566），玛丽·斯图亚特女王之私人外交秘书，被刺死。

的遗迹。在英格兰和苏格兰大量生长的常青藤爬满了这教堂的墙壁，我只是在意大利见过这种情况。它看上去像一块绿色的华丽的大壁毯，一片青翠围绕着窗户与圆柱盘旋而上，在墓碑四周青草与鲜花欣欣向荣。

不要认为我所描绘的爱丁堡的这些画面是旅行杂记的细节，它们的确是我一生中所经历的若干片段。它们如此栩栩如生地反映在我的脑子和思想中，完全在我的心中生了根。

有一件事给我留下了深刻的印象，它与调查这个城市及其建筑物有关。我们一行许多人参观了乔治·赫里奥特医院，这是一幢宫殿式的宏伟建筑物，我们从沃尔特·斯科特的小说《奈杰尔的财产》①中知道了它的创建者和金匠。陌生人必须带有书面许可证，然后在门口登记簿上亲笔签名。我写下了在英格兰和苏格兰一直用的全称汉斯·克里斯汀·安徒生②。看门的老头子念了一遍，老汉布罗跟着我从容地走进去。老汉布罗有一副和善、愉快的面容和银白色的头发，颇引人注意，最后看门人问他是不是这位签名的丹麦诗人。

"我一直以为他有你那样温良的面孔和令人肃然起敬的头发。"

"不，"他指着我回答说，"诗人是这位！"

"这么年轻呀！"老头子惊叫道，"我读过他的作品，孩子们也读过他的作品！见到这样一个人真是出乎意料。因为当我们听到作家的名声时，他们要么就很老了，要么已经不在人世！"他俩谈起了我，于是我走上前去紧紧握住这位老人的手。他和孩子们很了解《丑小鸭》和《红鞋》！

我在这里如此出名以及在这些穷孩子和周围的人们中间拥有如此之多的朋友，不禁使我吃惊和感动。我不得不走到一旁遮掩自己的

---

① 此小说中有一角色叫乔迪克，即是以赫里奥特为模特儿塑造的。

② 他的名字在丹麦总是写成"H.C.安徒生"。

眼泪，天晓得我心里想的是什么！

《文学杂志》的编者杰丹先生曾提供我一封给《爱丁堡评论》的著名编辑杰弗里①爵士的信，狄更斯也曾把所著《炉边蟋蟀》献给他。他住在爱丁堡郊区的乡间寓所，那是一个真正古老的富于浪漫色彩的城堡，它的墙壁和窗户几乎都被常青藤盖满了。在大厅的壁炉里炉火熊熊，全家人立即聚集起来，老老少少一举包围了我。他的子孙们高高兴兴地走上前来，他们请求我在他们所有我写的不同版本的书上签名。我们在一个大公园里漫步到一个地点，在那里眺望着很像雅典风光的爱丁堡美景。我们也从这儿看见了一个雅典的卫城。两天以后，他的全家人来到"三一山"回访了我：他们离开时，杰弗里爵士说："再来苏格兰吧，我们好再相见，我活不了几年了！"死神已向他召唤，在这世界上我们再没有见过面。

我在女作家赖比小姐家里遇见几位社交界的知名人士，赖比小姐访问过哥本哈根并描写过它。在高明的医生辛普森家里，我逐渐了解更多的各种类型的人。我遇见乐天的评论家威尔森先生。他非常活泼、幽默，而且开玩笑地管我叫"兄弟"，最对立的评论团体也聚集一堂向我表示友好。

在丹麦，沃尔特·斯科特是个光荣的名字，许多人授予我这个颇不相称的荣誉称号。克罗②夫人也把我写进了她已被译成丹麦文的小说《苏曾·霍普利》中。我们相遇在辛普森博士家里的一个大宴会上。那里在做醚吸入的试验，我认为目睹妇女们在麻醉中做梦不是一件好受的事，她们瞪着麻木不仁的眼睛在笑。这使我很不舒服，因此我坦白地说，那是应用在痛苦的手术中的一种高明而成功的发明，但不能儿戏般地对待它。做这样的试验是错误的，是对上帝的一种冒犯。一

---

① 苏格兰评论家、法律学家（1773—1850），《爱丁堡评论》创办人之一。
② 英国小说家（1800—1876）。

位德高望重的老人与我意见一致，说了同样的话。看来我的话赢得了他的心。几天以后，当我在街上刚买了一部价廉的《圣经》精装本作为爱丁堡的纪念品与他偶然相遇的时候，他变得对我更加亲近了，他抚摸了一下我的脸颊，说了一些称赞我的虔诚的热情话，那是我愧不敢当的。他凭偶然获得的一点印象，在自己心里把我塑造得很美。

8天过去了，我想观光一下苏格兰高地。汉布罗打算携全家到苏格兰西海岸的浴场去，他提议请我做他们途中的客人通过苏格兰高地的一部分，并和他们一道参观沃尔特·斯科特在《湖上美人》和《罗布·罗伊》中为我们描绘的那些地方，不到达丹巴顿我们不分离。

在福斯河口①的对面坐落着柯卡尔迪小镇，在那儿的树木葱茏的山上有一片宏伟的古迹，无数的鸥在它的上空翱翔，然后尖叫着飞进水中。起初人们告诉我，那是雷文斯伍德城堡，可是一位老先生从镇上前来解释说，那是他们编造出来讲给陌生人听的谎言，因为这个名称曾由于《拉默穆尔的新娘》②而获得非同寻常的好处，但雷文斯伍德这个名称本身不过是作者空想的名字。这种事还有一桩发生在苏格兰北部。阿什顿这个名字也是虚构的，被称作星城，其实真正的那家人至今还活着。

郁郁苍苍的常青树像地毯般覆盖着这阴暗地牢的残垣，也长遍了突出的峭壁，这一切都是非常美观和别致的，因为退潮时大海显得远了。从这儿观赏爱丁堡，呈现出一派壮丽难忘的景象。

我们乘一艘轮船向福斯河口驶去。一位时髦的歌手唱起了苏格兰民歌，一边拉着小提琴伴奏，那调子很乏味。我们快到达苏格兰高地了，那儿林立的岩石像前哨似的，雾气在岩石上盘旋升起。这像是一种意想不到的安排，让·奥西恩③的故乡清晰地显露在我们面前。

---

① 在苏格兰东南部。

② 沃尔特·斯科特的小说。

③ 苏格兰传说中的诗人。

斯特林的巨大城堡坐落在一块岩石上，看上去犹如平原上建立起的一个巨大石像。它使这个市镇戴上了王冠。镇上那些最古老的街道既肮脏又坑洼不平，一如往昔。

据说苏格兰人喜欢讲他们祖先的历史故事，当我们从达恩利家里出来时，在街上有一个鞋匠走到我们跟前，向我们讲起关于达恩利、玛丽·斯图亚特和古代的逸事，还有苏格兰人的功绩。

从城堡中眺望爱德华二世①和罗伯特·布鲁斯②打仗的古战场，景色真是壮观。我们驱车来到国王爱德华插军旗的防线。其后代子孙从插军旗处切下了这么多石块，以致现在石头上都设置了铁栅栏来保护它。我们走进附近的一家破旧的铁匠铺，这里正是詹姆斯一世③避难并请牧师来听他忏悔的地方。牧师听说他是国王就用一把小刀刺穿了他的心。铁匠的妻子领我们看了她小房间里的一个角落，那里摆着她的床，正是从前行刺的地方。整个村子颇具丹麦风味，只是土地贫瘠一些，时令晚一些。这儿的菩提树正在开花，而在丹麦则已结籽了。

在英格兰和苏格兰旅行是很费钱的，但每个花钱的人都有所获：一切都很好，人们受到良好照顾，甚至在最小的乡村旅店里也是舒服的，至少我觉得是如此。卡兰德不过是个村庄，但我们住在这里如同住在伯爵的城堡里一样，楼梯上、通道上铺着柔软的地毯，炉火熊熊地燃着，尽管阳光充足但还需要生火。我们看见苏格兰人光着膝盖走路，他们在冬季也是如此。他们把自己包在各色交织的方格花呢披衣④里，连穷孩子也穿一件，哪怕是破的。

从我的窗户往外看，可以看见一条河流围着我们的"巨人墩"似

① 英国国王（1284—1327），在位期为1307—1327年。曾数次出征苏格兰，与布鲁斯打仗。
② 苏格兰国王和解放者（1274—1329），率部抗击英王爱德华二世的入侵，保卫了苏格兰的独立。
③ 苏格兰女王玛丽·斯图亚特之子，1603—1625年为英国和爱尔兰国王。
④ 苏格兰高地人穿的民族服装。

的一座古老的山丘蜿蜒前进。有一座长满了繁茂的常绿植物的拱桥，附近那些岩石高耸着，苏格兰高地展现在我们面前。清早，我们登上汽艇，荡舟在卡特灵湖①上。一路上人烟越来越稀少，可爱的金雀花刚刚开放，我们路过一些用石头筑成的荒凉的房子。狭长的卡特灵湖把它那黑色的湖水伸展到葱茏的山脊之间。湖两岸的沙洲长满了石楠常青灌木，给我的印象就是："如果说日德兰半岛的灌木丛像平静的海面，那么这里的灌木丛就像风暴中的海面！"这巨大山峰的起伏处是晦暗的，但灌木丛和草地还是绿的。在我们的左边湖面上有一个长满树木的小岛，那是埃伦岛，"湖上美人"②曾从这个岛乘游艇出发。在湖的对面我们最后登陆的地方，有一家蹩脚的旅店，聊可栖身，宽而大，床连床，我想差不多有五十张床，房间低矮，地上铺着芦苇席，四周的墙上打穿了许多小窗户；这旅店看上去像个草皮屋，那些从"红知更鸟"的产地越过洛蒙德湖③而来的旅客们可以在这里栖身到第二天早晨卡特灵湖上开始行驶轮船的时候。我们在这里没有逗留多久，所有的旅客都走了，他们多数是步行，有些人则骑马。汉布罗为我和他的妻子搞到一辆小马车，因为我们两人身体都太弱，不宜做这种通过石楠属植物的令人疲惫的旅行。没有正规的道路，只有小路。我们挑选马车能通过的地方行驶，越过一些高低不平的地方和许多石块圆丘，这些都是未来道路的标志。马车夫牵马步行。有时我们疾速地滚滚下坡，随后又慢悠悠地上坡，这是一种特殊的跋涉。看不见一所房屋，也没有碰见一个人，周围一片寂静，暗淡的群山蒙在雾里，老是这单调的景色。一个冻僵了身子的孤独牧羊人，裹着一件灰色的方格花呢披衣，是我们在这遥远的路途中所见到的唯一"活物"。整个画面上的一切都安睡了。最高的山峰——本洛蒙德峰破雾而出，我们很快发

---

① 风景区，位于苏格兰珀思郡内。

② 斯科特的长篇叙事诗《湖上美人》中的主角。

③ 英国苏格兰最大的湖泊，位于苏格兰高地南部。

现了山下的洛蒙德湖。山坡太陡峭，虽然有路，乘马车下坡是危险的事情，必须离开马车。我们登上了设备完善的轮船。我在船上遇见的第一个人就是我的同胞——默恩岛卓越的地质学家 R. 普加德先生。我们在船上全都披上方格花呢披衣。在大雨和蒙蒙细雨中，在迷雾和风暴中，轮船径直往湖的最北端驶去，那里有一条小河往外流水。旅客们往返不止，此时我们正置身于《罗布·罗伊》所描写①的景色之中，正如《末代歌者之歌》的词中所唱的那样：

> 一片褐色荒地，石楠与杂木丛生，
> 山中有水，水中有山，山水之邦！

归途中，在湖上的右边，我们经过罗布·罗伊的洞穴。有一艘小轮船载着一大群人到达了，他们当中有一位年轻女士用锐利的目光注视我。过了一会儿，一位先生来到我跟前对我说，这位年轻女士以为她是从一幅画像上认识我的，他问我是不是丹麦诗人汉斯·克里斯汀·安徒生。"是的，"我说。这年轻女士便向我跑来，高兴而充满深情，并且像老朋友般亲密地握住我的手，自然而彬彬有礼地表示出她见到我的喜悦。我请她给我一朵从罗布·罗伊岩石上带来的山花，她选了最好最美的一朵送我。她的全家都围住我，劝我一道去他们家做客，可是我既不能也不愿离开我的同伴们。她向我表示的这种尊敬使汉布罗先生感到高兴，一时间所有的旅客都注意起我来，看到我拥有这么多朋友令人惊奇。我虽远离家乡，却受到如此热烈的欢迎，而且与这么多和善的人在一起，这使我感到特别高兴。

我们在巴洛克登陆，路过斯摩莱特②的故乡小镇，瞻仰了他的纪念

---

① 苏格兰人民英雄、著名英国作家斯科特的一部优秀历史小说也以此命名。
② 英国小说家（1721—1771）。

像。接近傍晚时分到达丹巴顿，那是克莱德附近地道的苏格兰市镇。晚间狂风怒吼，长时间地下着倾盆大雨，我仿佛持续不断地听到大海的波涛怒卷，好一阵轰隆声，窗户都咯咯作响。一只病猫咪咪地叫个不停，合眼是不可能的。天亮时安静些了，是在如此一个夜晚之后的那种阴沉的平静。那天是星期天，恰巧意味着苏格兰的一切都休息了，连火车也停驶，只有从伦敦到爱丁堡的列车在不违反苏格兰人的严谨规矩的情况下继续运行。所有的房屋门户紧闭。据别人告诉我，人们待在家里读圣经或者喝得酩酊大醉。成天待在家里是完全违背我的本性的。我提议散散步，但我被告知，那样不行，那会使他们不悦。然而，临近傍晚时分，我们却都到镇外散了一会儿步，那里可真安静。就这样，也引起好些人从窗户向外看我们，因此我们很快就回来了。同我谈话的一位年轻法国人向我担保说，他最近曾在一个星期天下午同两个英国人带着钓竿出去，适逢一位年老的绅士从他们身旁经过，用最严厉、最愤怒的语言责备他们礼拜日不坐在家里读圣经，不务正业，出来消遣！他们最低限度不应该激怒或刺激别人！这样一种礼拜日的虔诚不可能是真的。我尊重礼拜日，可是作为一个传统习俗，它已经变成一种假面具，而且只会使人变得虚伪。

我和汉布罗在一家小书店门口停下来买书和地图。

"你们有丹麦诗人汉斯·克里斯汀·安徒生的画像吗？"汉布罗开玩笑地问。

"有的，先生！"一个男人答道，接着他又说，"据说诗人现在就在苏格兰呢！"

"你认识他吗？"那人望着汉布罗，拿出我的画像，一个劲儿盯住他说，"一定是你吧？"这画像真像啊！汉布罗不愿让我继续隐瞒。当丹巴顿的这位好人听说我就是安徒生时，他把一切都忘了，只求知道他可否把他的夫人和孩子们叫来与我见见面和谈谈话。他们来了，好像很高兴见我，我不知所措，只好同他们一一握手。我感觉到，也理解到至少我的名字，纵然不是我本人，已在苏格兰家喻户晓。"在国内是没有人会相信这点的！"我对汉布罗说，而且补充道，"尽管如此，也还是大大超过了我应得的荣誉！"我被感动得流泪了，正如我常因意想不到的事情而吃惊，或者常因人们从我的诗人气质的天性里看到什么时那样受感动和流泪。这一切已完全超出了我年轻时最大胆的梦想和期望。我常常觉得这只是一个梦，是一场空虚的梦，所以当我清醒时我都不敢告诉我的朋友们。在丹巴顿我向汉布罗告辞了，他的夫人和孩子们到海滨浴场去了，而我却在克莱德河乘轮船北上格拉斯哥，因为在这期间我一直和这些亲爱的人们住在苏格兰，这次分别使我伤感不已。汉布罗本人一直像慈祥、周到的兄长那样对待我，凡是他认为能使我高兴的事我都接受，他能预料到我的一切愿望。他的好妻子生气勃勃、感情丰富，他的孩子们诚实而活泼。从那以后，我一直没有看见他们当中的任何一位，那母亲已离开人世去见上帝了，我只能在上帝那儿与她相见了，我的心感激地飞向她那里。在人间、在天上都有亲爱的朋友，诚然是好的，令人欣慰的。

在离开丹巴顿之前，我内心还有斗争：我应该回伦敦还是回国呢？抑或延长在苏格兰的逗留，从而继续北上去维多利亚女王[①]和艾伯特亲王居住的拉甘湖呢？他们有信给我，我将在那里受到款待。

我在苏格兰的逗留并不像我所预期的那样得到了休息，在这里消磨了大约三个星期之后，我的身体没有怎么强壮，反倒不如我初来的时候了。此外，我认为是消息灵通的人士告诉我，这里几英里之内没有合适的旅店，我有必要雇一个用人。总之，我要生活得好些，就会超出我现有的经济能力：写信给曾经慷慨地提出资助我的国王克里斯蒂安八世吧？我实在不能这样干，因为我曾口头上谢绝接受那种厚意，何况要几个星期以后才能得到答复。真是苦闷啊！我向国内写了

---

① 英国女王（1819—1901）。

一封信，告诉他们我的情况及我一直认为最好让我回国的想法，这样我就不得不谢绝我所收到的一些苏格兰有钱的贵族邀请我拜访他们家庭的各种请柬。我也无望去观光艾博茨福德了，我有一封去那里的介绍信。在伦敦我曾到沃尔特·斯科特的女婿洛克哈特①的家做过客，那时他很亲切地、深情地接待我。他的女儿——斯科特的宝贝外孙女曾向我谈起她亲爱的外祖父的事。在她家里我见到了这位伟大诗人的遗物——他的那幅美丽的栩栩如生的画。画上他和小狗梅达坐在一起，他好似从画面上凝视着我。洛克哈特夫人赠送我一幅他的画像，他从前被人称为"伟大的无名人物"。艾博茨福德和拉甘湖都无法去了，于是我踏上归途，离开格拉斯哥取道爱丁堡回国。

　　我必须讲一件事情，这件事本身毫无意义，但那颗在我头上照耀的福星却给了我以新的启示：什么叫渺小，什么叫伟大。在我最后一次在那不勒斯逗留期间，买了一根用棕榈做的普通手杖，在旅途中我一直把这根手杖带在身边，就这样带到了苏格兰。我和汉布罗一家驱车越过卡特灵湖和洛蒙德湖之间的石楠属灌木丛荒地时，他家的一个男孩拿着我的手杖玩，当我们走向看得见洛蒙德湖的地方时，他挥动手杖大叫道："棕榈，你看见最高的苏格兰山了吗？你看见那儿浩瀚的海了吗？"等。我许愿说这根手杖再次跟我一起访问那不勒斯时，我要把这雾气弥漫的国家的情况告诉那不勒斯的人们：这里是诗人奥西恩诗中的精灵们居住的地方，是传令官臂章上闪闪发光的红蓟花受到人民和祖国尊敬的地方。轮船出乎我们意料地提前到达了，要求我们立即上船。"我的手杖在哪里？"这时我才发现它失落在旅店里了。当载我们去湖的北端的船回来时，我请求普加尔德先生上岸后把这根手杖带到丹麦。到达爱丁堡后那天早晨，我站在月台上等待着去伦敦，

----

①　苏格兰小说家、传记作家、编辑，写有《彭斯传》《拿破仑传》《沃尔特·斯科特爵士传》等。

这时从北边开来的火车在我们的火车出发前几分钟到达了。一位列车员下了车向我走来，并把我的手杖交给我，他似乎认识我，微笑着说："这手杖单独旅行得很好啊！"手杖上系了一张小标签，上面写着："丹麦诗人，汉斯·克里斯汀·安徒生！"他们是这样周到，仅仅凭这小标签，这根手杖从一人之手转到他人之手，开始由洛蒙德湖上的轮船，继而靠一位公共马车的管理员，然后又由轮船，现在又转靠火车，恰巧在发出开车信号的时候到达我手里。我有义务把这根手杖的奇遇讲出来。但愿有朝一日我能像这根手杖单独旅行得那样好！

我取道纽卡斯尔和约克南行。在车厢里我遇上英国作家胡克和夫人。他们知道我并告诉我说，所有的苏格兰报纸都提到我在女王那里短期做客的情况！我从未晋谒过女王呵！这些报纸是知道这点的。有一家报纸又说我曾大声朗读过我的童话，但其中没有一句话是真的。我在一个车站上买了一份新出版的《笨拙》周刊①，该刊提到此事，有一小段俏皮话说一个外国人——一位外国诗人荣幸地接到女王的请柬，而这种请柬从来没有给过任何英国作家。关于诸如此类的并非事实的报道使我感到苦恼。谈到《笨拙》周刊这个很会说俏皮话的报纸时，我的一位旅伴说："被这个周刊提到是名气大的迹象，许多英国人愿意花钱去买这个报道！"我却宁愿豁免。这种宣传使我情绪低落、沮丧，我到达伦敦时几乎病了。

在伦敦我停留了两天。在那里，除了豪华的生活和这个国家的最出类拔萃的男女，我什么都没看到。画廊、博物馆以及诸如此类的东西对我倒是新鲜的，我连参观隧道的时间都没有，一天早上我决定去参观一下。人们劝我搭乘穿过市区的往返行驶于泰晤士河上的任何一艘小轮船去，可是我刚一出发就觉得病了，因而放弃了去隧道的长时间的游览，从而幸免丧命：在我应该上船的同一天同一个时间，一艘

---

①　英国幽默画杂志。

名为"蟋蟀"号载着一百名旅客的轮船爆炸了。对于这次灾难的报道立即传遍了整个伦敦。虽然我恰好登上了这艘船的消息一点也不确实，但这种可能性或偶然性还是很大的，因而我深受感动，并为自己在上船之前病倒而感谢上帝。

朋友们这时已离开伦敦，歌剧演出结束了。我最好的朋友大多已出发到不同的海滨浴场或欧洲大陆上去了。我日夜思念丹麦和国内亲爱的朋友们，但在向英国告别之前，我又被邀请到这个国家的"七橡树"镇——我著作的出版者理查德·本特利①先生家里多消磨几天。这个小镇靠近著名的诺尔庄园，在离通往英吉利海峡的铁路不远的地方。对我来说，在我回国途中做一次参观是方便适宜的。我从前去过"七橡树"镇，那是个优美的小镇。这一次我是乘火车去滕布里奇的，到那里之后本特利派他的马车前来接我。我周围都是丹麦式的自然景象：这个地区有着多变的美丽的群山，山顶上到处是参天古树，把它装点得如同一个公园，篱笆或铁栅栏形成了边界。紧靠着著名的诺尔公园的是一些优雅舒适的房屋，花园里盛开着玫瑰，长满了万年青。公园中的古城堡属于阿默斯特伯爵。这位所有者的祖先之一是一位诗人，为了纪念他，公园里的一个沙龙叫作"诗人沙龙"。这儿有这位诗人——正直、光荣的古老贵族的全身画像，其他著名诗人的画像则装饰着别的墙壁，似乎是为了陪伴这位主要诗人的。邻近几座房屋中有一家服装店，正像狄更斯在《汉弗莱老板的时钟》中为我们描绘的"老古玩店"一样。在这些仁爱的人们当中，日子过得好比节日一般。我逐渐熟悉了那种纯粹古老的英国式上等家庭生活，在那里找到了钱财和友爱所能创造的一切舒适。

在英格兰和苏格兰的逗留使我极度劳累，我是多么需要安静和休息啊！如果说我已身心疲惫不堪的话，我依然有这种感觉。但另一方

---

① 英国出版家，《本特利杂录》的创办人，该杂录用的第一任编辑是狄更斯。

面，当这么多次离别曾使我快乐、为我做过那么多好事的人时，我又怎能不万分感伤呢？在我热爱过的、至少长期不能再见面的那些人当中有查尔斯·狄更斯。我们在布莱辛顿女士家里相识后，他曾来我的寓所访问却没有见到我，此后我们没有再在伦敦相会。我只收到过他很少的几封信，他还把他的所有插图美妙的作品带给了我，而且在每卷书上他都赏光题词："送给汉斯·克里斯汀·安徒生，你的朋友和爱慕者查尔斯·狄更斯敬赠。"据说他和他的夫人及孩子们在英伦海峡某处海滨，但人们不知道具体在什么地方。我决定去拉姆斯盖特经奥斯坦德回国，并写一封信寄往狄更斯的住址，希望能找到他，并告诉他我预计到达拉姆斯盖特的日期和时间，同时请他在我打算下榻的旅馆留下他的地址。假如他住的地方不是太远的话，我将去拜访，再次与他见面。果然在"皇家橡树"饭店收到狄更斯留给我的一封信。他住在离那里大约一丹麦里的布罗德斯泰尔斯镇，他和他的夫人希望我去吃晚饭。我雇了一辆马车来到那个海滨小镇。狄更斯自家有一所房子，虽狭小，但整洁而舒适。他和他的夫人很亲切地接待我。我们在屋里谈得真高兴，以致过了好一阵我才发现从我们坐着吃饭的餐厅向外望是一片多么美丽的景色，窗子面对着英伦海峡，辽阔的大海在窗下卷起浪涛。我们吃饭的时候潮退了，海水退得很快，埋葬了多少遇难水手尸骨的大沙滩猝然升起，船标灯亮了。我们谈到丹麦和丹麦文学，谈到德国和德国语言，这些都是狄更斯想知道的。在吃饭时碰巧有一位意大利的手风琴师在外面演奏，狄更斯用意大利语同他交谈，他听到他的祖国语言后容光焕发。饭后他把孩子们叫进来。"我们的孩子很多！"狄更斯说。这些孩子不少于五个，老六不在家。所有的孩子都吻我，最小的一个先吻自己的小手然后又吻了我一下。送咖啡进来时，一位年轻女士来做客。"她是你的赞美者之一，"狄更斯对我说。他曾答应在我来时邀请她。那天晚上很快过去了。狄更斯夫人好像和她丈夫的年龄差不多，稍稍胖一点，面貌诚恳、和善，给人一种可信赖感。她很崇敬、爱慕珍妮·林德，很希望得到她的一点笔迹，可是很难得到。我手头有一封珍妮·林德在我到伦敦时寄给我表示欢迎并告诉我她的住址的短信，这时我把这封信送给了狄更斯夫人。我们在深夜里告别了，狄更斯答应在我回到丹麦后给我写信。但在我离开之前我们还要再见一次面。狄更斯第二天早晨来到拉姆斯盖特使我感到意外，我上船时他站在码头上。"我想再一次和你告别！"他边说边陪我上船，陪在我身边直到开船的信号铃声响起。我们握了手，他以诚挚的目光凝视着我的眼睛，船开动时他站在码头边上，显得那样健壮、年轻、俊俏！他挥动着帽子。狄更斯是最后一位从英国海岸向我致以朋友的祝贺的人。

我把回国后写的第一本童话集寄到英国，这本书在圣诞节出版了，题词是："向我的英国朋友们致以圣诞节日的祝贺！"献给查尔斯·狄更斯的题词是这样写的：

我又回到了安静的丹麦家里，可是我每天都在思念亲爱的英国，在那里，我的许多朋友几个月以前为我把现实变成了动人的故事。

在我忙于写一部更大的作品时，产生了七篇童话的构思，像在森林中冒出来的花朵一样。我感到有一种强烈的愿望把我的诗歌园地中的第一批成果移植到英国，作为圣诞节的祝贺。因此，我把它寄给您，亲爱的卓越的查尔斯·狄更斯，由于您的作品，我一向尊敬您，而且从我们相识之日起，您在我心中永远生了根。

是您的手在英国海岸上最后一次紧握了我的手；是您从英国海岸上最后一次向我挥手告别。所以我应当重新从丹麦向您致以我的第一次问候，至诚地献上我深情的心意。

汉斯·克里斯汀·安徒生

1847 年 12 月 6 日于哥本哈根

他非常满意地收下了这本小书并且夸奖地加以评论。但像真正的阳光一样照亮我的心灵的却是狄更斯第一封向我表示感谢和祝贺的信。他那富于感情的性格在闪闪发光，是一种使我享用不尽的美德。既然从前我已向他呈献了我的一切珍贵的东西，这一本书我怎能不献出呢？狄更斯是不会误解我的。

　　亲爱的安徒生，多谢您在圣诞节赠书中对我的友爱的、极其宝贵的回忆。我以此自豪，为此深感荣幸；我无法告诉您我是多么珍视具有您这种天才人物的纪念礼品。

　　您的书使我家的圣诞团聚非常愉快。我们全家为之陶醉。书中的小孩、老人和锡兵都是我特别喜爱的人物。我曾怀着无法形容的喜悦反复阅读这些童话。

　　几天以前我在爱丁堡见到您的一些朋友，他们几乎都谈到了您。快些再来英国吧！可是不管您做什么工作，都不要停止写作，因为我们经不起丧失一点点您的思想。它们太真实、太美好，不要让这些思想只保存在您自己的头脑里。

　　自海滨告别以来，我们已经回到城里一段时间了，现正在我自己的家里。我的妻子嘱咐我一定代她向您问好。她的姐姐以及我的孩子们都同样要求附笔问候。由于我们都有同样的感情，我请求您一并接受您诚挚的、崇拜您的朋友的热情问候。

查尔斯·狄更斯

第十四章

再游瑞典：结识文艺界新朋友

1849年基督升天节①那天，我去了赫尔辛堡。春天是美丽的，嫩绿的桦树散发出一阵阵清香，阳光和煦，整个旅程自成一首诗，所以在我的《在瑞典》一书中对此也有描写。

哥德堡像个半英国半荷兰式的城市展现在我面前，连同它那无数耀眼的煤气灯，一片繁华景象。它比别的瑞典城市先进得多。仅有的一个剧院却很落后，最初演出的一出戏与其说是可怕的，倒不如说是粗糙的。那出戏的主要部分是作者自己表演的。全部表演完全针对着一位仍然健在的真人。一位年老博学的文科硕士，由于他具有东方语言的知识，被人们笑称为"阿拉伯人"。他在这出戏中被描绘成渴望结婚的人，剧中介绍了这个人一生的许多逸事。这出戏本身由许多没有动作或特色的片段场面组成，演员对他做了真实的表现，于是响起了暴风雨般的掌声。根据真事来取笑真人，让我看起来是不愉快的。

我以为这个港口和有大理石浴盆设备的华丽澡堂的存在，应归功于精明、可敬的商业顾问韦克先生。我同时发现他是个很和蔼的主人，在他家里我结识了有造诣的小说家罗兰德小姐。

我再次观赏了特罗尔黑海大瀑布，而且从此以后曾试图用语言描绘它，它给人留下的印象总是新颖而伟大的。随后发生的事留给我的印象更鲜明，那就是在哥德堡郊外有个汇流点，在那里轮船停下来等候旅客。在登陆处站着一个小小的吹笛者，一年多以前我曾见他在菲

---

① 复活节四十天后的第一个星期四。

英岛的瑞典军队里，他愉快而亲切地向我致敬，而且见我又来到他的国家十分惊喜。当瑞典士兵们驻扎在格洛鲁普时，有一天他们出去操练，适值这个男孩有病，女管家不让他去，这孩子必须服药并喝一点粥，军官却说他没有什么病。"在这里我就是他的母亲！"她说，"孩子病了，今天他不能去吹笛子！"

我到达斯德哥尔摩后立即换了衣服，为的是找我们的大使，我希望从他那里打听一点我最关心的战争消息。倒霉的是，在我去大使馆途中，碰见讲丹麦语的德国人利奥博士，他是我在哥本哈根认识的，在那里我曾热情地款待过他，并把他介绍给当时正在哥本哈根访问的布雷默小姐。他在《新闻报》文艺栏中发表的《我选辑的斯堪的纳维亚知名人物》一文中，对布雷默小姐和我处理得很不公正。他根据斯德哥尔摩街上那次大会对我做了一种漫画式的肖像描写。照他的说法，我在轮船开出后立即穿上社交服装，戴着小山羊皮手套出现在舞会中，以此引人注目和促使第二天的报纸发表我到来的消息。他在这方面误解了我，使我感到苦恼，但我不会忘记，我的几本书他翻译得很美，在其他时候和其他地方他也曾以友好的态度谈起过我。我又向他伸出我的手——并没有戴"小山羊皮手套"。

林德、布莱德是我最先遇上的人之一，布莱德①所谱写的优美的曲子已由珍妮·林德在世界各地演唱。他的外貌酷似珍妮·林德，两人像兄妹一样；他同样显得忧郁，但容貌比她更加动人。他要求我为他写一出歌剧剧本，我也愿意写，以便由于他的天才而流传为流行歌曲。在剧院里，意大利剧团表演了由卡佩尔迈斯·福罗尼作曲的一个歌剧《克里斯蒂娜女王》，歌词作者是歌唱家卡萨诺娃。这歌剧颇像雄壮的和声而不像真正的乐曲；剧中关于阴谋那一幕的表演效果最好；优美的布景和漂亮的服装是成功的，他们尽力把克里斯蒂娜女

---

① 瑞典作曲家（1801—1878）。

王^①和奥克桑谢纳^②这两个角色都扮得很像，然而最特别的一件事是，我发现按照瑞典语的大写字母，扮演舞台上克里斯蒂娜的人和名字也是克里斯蒂娜。

通过书商马吉斯特·巴奇我被介绍到《文学社》。在那里的宴会上我被安置在诗人钱伯林·贝斯科身旁，利奥博士也是客人，社长趁机提议为"两位杰出的外国人"干杯，一位是来自哥本哈根的安徒生先生——《即兴诗人》和《讲给孩子们听的故事》的作者，另一位是来自莱比锡的利奥博士——《北方电讯报》的编者。当晚深夜，马吉斯特·巴奇发表了对我和我的祖国的感想，他嘱咐我转告我的同胞们，全体瑞典人民对我们怀有的热情和同情。我用我的一首诗中的几句话回报他：

> 厄勒海峡像一把利剑
> 躺在这两个邻国之间，
> 某日清晨，出现一丛玫瑰，
> 把两边的海岸连成一片；
> 朵朵玫瑰散发出诗的芳香，
> 此刻它急于要医治昔日的创伤。
> 是谁创造了这个奇迹？
> 蒂格纳和奥伦什拉杰尔！

我还补充说道："从那以后，在瑞典和丹麦都出现了几个吟唱诗人，两国人民通过这些吟唱诗人已经开始互相了解，已经感觉到彼此心脏

---

① 瑞典和挪威女王（1626—1689），瑞典国王古斯塔夫斯·阿道弗斯之女，在位期为1632—1654年。

② 瑞典政治家（1583—1654），曾任瑞典国王古斯塔夫·阿道弗斯的财政大臣，克里斯蒂娜女王登基后实际执政者。

的跳动。近来，我们已深切感觉到瑞典人脉搏的跳动，正如我此刻的感触一样！"我热泪盈眶，周围响彻一片欢呼声。

贝斯科陪我去拜谒奥斯卡一世[①]。他很亲切地接待了我。我们虽是初次会面，却像互相交谈过多次的老相识。承蒙国王陛下授予我北极星勋章，我表示了感谢。他谈到斯德哥尔摩很像君士坦丁堡，罗克森胡很像南部洛克·洛蒙德湖；他谈到瑞典士兵的纪律与虔诚；国王还说他读过我写的关于瑞典人在菲英岛停留的作品；他对丹麦人民及其国主的友谊表示强烈的好感。我们谈到战争，我说无论对大事小事，坚持正义是丹麦民族固有的性格。我感到国王的气质是多么高尚啊！国王为丹麦人民做的好事，人民是有目共睹的，这将为他赢得整个丹麦民族的感激。我们谈到我们共同喜欢的魏玛的世袭大公，在那以后，国王陛下问我何时从我即将去的乌普萨拉[②]回来同他一起进餐。他说："王后——我的妻子也知道你的作品，并且想在非公众场合与你认识一下。"

回来后我出席了王宫的宴会。王后非常像我在罗马见过的她的母亲——洛伊希腾贝格的女公爵，她很热情地欢迎我说，她早已从我的《我的一生》和其他一些作品里知道了我。席间我在贝斯科的身旁，在王后的对面入座。古斯塔夫斯王子轻松愉快地和我谈话。宴会后，我给他们读了《亚麻》、《丑小鸭》、《母亲的故事》和《假领子》。开始读《母亲的故事》时，我看出这对高贵的皇族热泪盈眶，他们激动而同情地表达自己的感情，他俩是多么亲切、正直和慷慨啊！在我告别时，王后向我伸出她的手，我亲吻了它，她和国王又一次邀请我再来给他们读童话。有一种愉快的感情特别吸引我接近和蔼而年轻的古斯塔夫王子，他那双蓝色圣洁的大眼睛似乎能驾驭别人；他非凡的

---

① 瑞典和挪威国王（1799—1859），在位期为1844—1859年。
② 斯德哥尔摩以北城市，今瑞典王国乌普萨拉省省会。

音乐才能使我很感兴趣；他的性格中有某种很吸引别人、对别人深信不疑的东西。在对魏玛公爵的赞美中我们站在共同的立场上，谈到他，谈到战争，谈到音乐和诗歌。

我第二次访问王宫时与贝斯科一道，在晚饭前一小时被召到王后的寓所。当时，尤金妮娅公主、王储、古斯塔夫王子和奥古斯塔王子都在那里，一会工夫，国王也来了，"诗歌把我从百忙中唤来！"他说。我读了《枞树》《补衣针》《卖火柴的小女孩》等童话，应他们的请求，我又读了《亚麻》。国王专注地听着我读"这些小故事里深奥的诗"——他喜欢这样表示己见——这使他感到满意。他说他在去挪威途中曾读过这些故事，另外还读过《枞树》。三位王子都紧紧握住我的手，国王邀请我在7月4日他生日那天来，那时贝斯科还将做我的向导。

他们想在斯德哥尔摩向我公开表示敬意。我知道为此事我在国内会遭到怎样的嫉妒，从而成为挨骂的对象。想到自己将是一次晚宴中的英雄人物，我便心灰意冷，像得了热病似的难受，觉得自己宛如一个罪人，害怕这将是有许多人敬酒的漫长夜晚的到来。

我在那儿遇见著名的天才作家卡伦夫人[①]，她的笔名"威廉明娜"不大为人所知，但她却是个卓越的小说家。我还遇见女演员斯特兰德堡夫人和参加晚宴的其他几位女士。卡伦夫人邀请我同她一起散步，可是我们没有走进我想去散步的花园，因为那里人不多，我们必须在一个特殊地方散步，因为她说公众希望见见安徒生先生。这是一个善意的安排，但对我来说却有些痛苦。我在想象中看见国内的木刻把《海盗》这个戏的全部演出情况都表现出来。我知道，受人尊敬的奥伦什拉杰尔曾在斯德哥尔摩访问时被瑞典妇女们包围了。

我看出在我面前的林荫道上有一大群孩子拿着一个大花环来迎接我们。他们向我抛撒鲜花并把我包围起来，这时许多人集合在附近脱

---

① 瑞典小说家（1807—1892），斯德哥尔摩文学俱乐部领导人。

帽向我致敬。我的想法是，"你们可以深信不疑，在哥本哈根人们会取笑你们的，你们将遭到多少嘲笑！"我是相当不高兴的，但又不得不在这些友好、善良的人们中显得快活。我跟大伙开玩笑，亲了亲一个孩子，又同一个孩子稍微闲谈了一下。在宴席上，诗人帕斯特·梅林为我的健康干杯，他暗示了我的诗歌多产，然后，又朗诵了女作家威廉明娜所写的一些欢乐的诗句和卡伦先生的一首优美的诗。

我回答说，我把大家的厚爱看作是一种预支，我希望用上帝赐予我的力量写出表达我感情的作品来报答瑞典。而且我一直努力履行我的诺言。喜剧作家兼演员乔林用方言朗诵了《达拉内的农民故事》，皇家剧院的歌手斯特兰德堡·沃林和岗瑟唱了瑞典歌，乐队演奏了乐曲，首先是丹麦乐曲《有一块迷人的土地》。晚上 11 点钟的时候我乘车回家，对于这些友好表示感到衷心的快慰，高高兴兴地回去休息。

我很快就要去达拉内，弗雷德里卡·布雷默的一封信把当时在乌普萨拉的我介绍给诗人法尔克兰兹，这位著名风景画家的弟弟，以《安斯加》和《诺亚方舟》两诗享有盛名。我与友人——诗人博特格①偶然相遇，他的夫人是蒂格纳的女儿迪萨。他们俩是一对快活的夫妇，他们家里看来充满了阳光和家庭生活的诗意。我的旅馆房间紧邻一个大厅，学生们刚在大厅里举行过庆祝活动，听说我住在他们隔壁，一位代表邀请我听他们唱歌。那里欢天喜地，歌声悠扬。我试着从外貌来选一个我所喜欢的人，一位高高的、面色苍白的青年男子使我感到满意，听他唱着，我很快就得知我的选择是正确的。他唱得优美而且非常清晰，他是这些人中间显得最有才能的一位。后来我听说他是诗人温纳伯格②写的《格伦塔内》一诗的作曲者。随后我又听他与贝罗尼厄斯合唱他的现代化的《打钟人之歌》。在市长官邸，我遇见了乌

---

① 德国诗人（1815—1870），也是英国著名诗人密尔顿、拜伦作品的译者。

② 瑞典诗人、作曲家、政治家（1817—1901），曾两度任瑞典王国教育大臣。

普萨拉市的最杰出的男女，并且受到非常热情的款待。我在这儿第一次碰见《花卉》一诗的作者，就是唱《福岛》一诗的吟唱诗人阿特博姆①。马迈尔说，这些诗人中间有一种共济会式的组织，他们彼此都认识而且了解。

在瑞典旅行时，人们必须有自己的马车，要不是承蒙市长关怀，将他的马车给我在这次整个长途旅行中使用，我就不得不自己买一辆马车了。施罗德教授供给我一些"小硬币"和一根鞭子，法尔克兰兹给我写了旅行路线，于是我现在便开始了对我来说是很特殊的旅行生活，这和在美国不通火车的各地旅行没有什么不同。这次旅行不同于我平时习惯的旅行，几乎像一百年前的旅行生活。当我走到展现在我面前的锡利延湖②时，夏至之夜的五月柱③上装饰着花环，无数婀娜多姿的柳树低垂在湍急奔流的达尔河上，河里群群野天鹅正在游泳。过了莫拉，接近挪威边境时，山峦呈现蓝色，这里的生活与活动，如画的景色和夏季的炎热，全部与我在寂静、寒冷的北方所想象的大不相同，这儿的夏至多么有趣啊！许多小船满载着穿着漂亮的老老少少的教徒，他们甚至带上婴儿来到这里。这画面的生动、美丽，使我难以用词汇来形容它。

马斯特兰德教授深受我的描写和后来的口头叙述的影响：在夏至的时候，他连续两年都来这里旅行。他熟练地用各种生动活泼的色彩在油画布上勾画了一幅鲜艳的风景画。

在莱克桑镇，旅客还能找到一家说不上高级的旅店。因此，在拉特韦克，我不得不遵从当地乡村的习惯，留宿在牧师家里。我在牧师家里安顿下来，他还没听见我的名字，就向我表示欢迎。后来举行了宴会。第二天当我同他一起去邻近的海滨浴场时，一群孩子正站在

---

① 瑞典诗人、哲学家兼文学家（1790—1855）。

② 瑞典中部一条湖泊。

③ 庆祝时常绕此柱舞蹈或游戏。

桥上，他们挥动着帽子，表示认识这位写过许多故事的牧师。"安徒生来到了达拉纳！"这是昨天这里一个孩子传播的消息！在那一刹那，我正思念着爱丁堡赫里奥特医院里我的那些穷苦的小朋友们，想起苏格兰的谷仓，而此刻我在这儿却站在达拉纳的快活的孩子群中，我的心增长着对上帝的谦恭、柔顺和感激，我请求他宽恕我在心情沉重和辛酸的时刻常向他叹息和诉苦。

往事回忆、传统和历史给一个国家投下的阳光，有时比它美丽的景色具有更大的力量和意义。我在这儿的记忆里生根的是达尔卡利人的忠实、古斯塔夫斯·瓦萨的奔放和他的全部品行，他的豪华独居生活中的富于浪漫色彩的情景总是不变的。

我曾在游记《在瑞典》中尽我最大的可能描写了我心中留下的印象。那些辽阔的森林地带有一个荒凉的木炭坑，那些幽深而清澈的森林湖畔的岩石上盛开着鲜花，野天鹅正在筑巢。这些对我来说是新奇的，我觉得自己好像退回到了几百年前。我参观了法伦市的铜矿及美丽的环境，从这里我回忆起一件被我视为偶然事件的小事，但许多人却把它放在比较重要的位置上。在我的瑞典游记当中，有一个篇名叫《麦秸的话》。这不是虚构，这是一件真事。

在法伦的市长花园里围坐着一圈年轻姑娘，她们手里拿着四根麦秸在玩，把麦秸的末端两根两根地编在一起，当所有这四根麦秸编成一个整体时，一般都相信，编织人的任何愿望都能实现。她们任何一人都无法在这方面单独取得成功，因此她们希望我试一试。"可是我不相信这个！"我答道。虽然我也拿了四根麦秸，答应假如能编成，我就把我的愿望告诉她们。我打了结，一张开手，这四根麦秸就合在一起了。我不知不觉地满脸通红，我变得迷信起来，公然违反理智地相信此事了，因为是我自己想这么做的。那么我的愿望是什么呢？她们问。我说出了它："希望丹麦大捷并且很快获得光荣的和平！""愿上帝恩赐！"她们齐声大嚷。那天麦秸的预言意外地实现了，弗雷德

里西亚战役 ① 的消息，很快传到了瑞典！

我取道格弗莱重返乌普萨拉和丹尼莫拉，从高处看到了使人眼花缭乱的矿山，以往我曾观光过哈茨山脉兰梅尔山中的保曼洞穴、哈莱因盐场以及罗马和马尔他的地下墓穴，这些地方没有一个好玩的，都是那么阴森、沉闷，有一种恐怖感。在我的尸首入土以前，我不喜欢在地底下走。

在古老的乌普萨拉，我下车去参观如今已被挖通了的山丘，上面刻有奥丁 ② 索尔 ③ 和弗雷亚 ④ 的名字。13 年前我在这里时，他们就像几千年以来那样静静地埋着。握有进山钥匙的老妇人和她的精力衰退的姑母，曾为我斟满过蜂蜜酒。她很高兴听到我的名字，她将为我开灯，如像为那些曾从斯德哥尔摩来这里的贵人们开灯一样。当她做准备时，我自个儿登上山，一面祈祷和感谢自上次我到这里以来的这些日子里上帝的保佑。我喃喃地说着："愿您保佑我！"时而在树林里，时而在昔日的坟墓上，时而在我的寂寞的斗室里，我常这样无意识地做礼拜。我下山时她已在大门周围摆好许多小蜡烛，我看见那古老的骨灰盒，据她说，其中有奥丁的尸骨，更确切地说，是奥丁后代的尸骨。在那周围布满了被烧死的动物遗骸。

再次向乌普萨拉的朋友们致意以后，我到斯德哥尔摩去了。在那里，我曾在年老的布雷默夫人家里，像她自己的孩子那样受到款待。那时弗雷德里卡·布雷默的妹妹——聪明而多病的艾加西还在世，至今还有许多信从美国寄给她，可她却在弗雷德里卡回家途中死了。这位老妈妈家里是舒适的、富裕的。我常与这个大家庭的全体成员相见，他们属于瑞典最好的人。所有这些流传在丹麦和国外的关于这位女作

---

① 战役发生在 1849 年 7 月 6 日，丹麦军队胜德国军队。

② 北欧神话中司知识、文化、诗歌、战争的主神。

③ 北欧神话中的雷神。

④ 北欧神话中司恋爱、婚姻、生育的女神。

家家庭和情况的故事都与事实有出入，这对我来说很有趣。当她初次在公众中露面时，人们传说她是一个贵族之家的家庭女教师，可那时她是"奥斯塔"庄园的真正的主人，轻松自由，无拘无束。

在一个外国城市里，我感到不仅有必要问候在世的天才和有名望的人物，而且也必须瞻仰那些受人敬爱的或著名死者的坟墓，并给他们带上一朵花或从他们的坟墓上摘下一朵。

在乌普萨拉，我曾瞻仰耶伊尔①的墓地，墓碑还没有立起来，托尼罗斯的坟上长满了荒草和荨麻。在斯德哥尔摩，我瞻仰了尼康德②和斯塔格奈利乌斯③的坟墓。我驱车去斯德哥尔摩附近的索尔纳镇，瞻仰了安葬着贝采尼乌斯④、乔拉厄斯、英格尔曼和克鲁塞尔的教堂墓地，在其中一个较大的公墓里有沃林⑤的坟墓。

我在斯德哥尔摩的主要住处是诗人贝斯科男爵的家，他被卡尔·约翰列入贵族之列。他属于那些和蔼可亲的人物，从他身上似乎放射出照耀着生命和大自然的光辉。他心地善良，才华横溢，人们可以从他的画和乐曲看出这些特点。这位老人有一副非常柔和、清脆的嗓子，他作为诗人的地位是显赫的，他写的悲剧也由于奥伦拉杰尔的翻译而流行全德国，他受到国王的厚爱和民众的尊敬。此外，他还是个具有高度教养的人，一个忠实的朋友。

我在斯德哥尔摩逗留的最后一天是国王奥斯卡一世的生日，我诚邀赴宴。国王、王后和各位王子都很亲切。我告别时感动得像离开自己的亲人似的。

贝斯科在奥斯卡国王的前厅里把我介绍给萨尔查老伯爵，他马上

---

① 瑞典诗人、历史学家、哲学家、教授（1783—1847）。
② 瑞典诗人（1799—1839）。
③ 瑞典诗人（1793—1823）。
④ 瑞典化学家（1779—1848）。
⑤ 瑞典诗人、主教、演说家（生卒年不详）。

以瑞典人的殷勤好客邀请我在回国时访问他的梅姆庄园，要是轮船经过时他在那里的话；要是他不在那里，就去林彻平①附近他的赛比庄园，位于离我途经的运河不远的地方。

我把这些话看作我们听惯了的客套，没有把他的邀请当真，但在我启程回国那天早晨，当我们离开罗克森湖，正穿过雷塔教堂的十三道水闸（我在《没有画的画册》这篇童话中描写过那里的陵墓）的时候，作曲家约瑟夫森突然出现在轮船上。我前面曾提到，我在索伦托和卡普里岛跟他一起生活过，最近又在乌普萨拉同他见过面。他是萨尔查伯爵在赛比的客人，他预料我会走运河的航线，他是被派到这儿的水闸来接我上马车的，这位老伯爵想得很周到。我匆忙地把我的行李拢在一起，在猛烈的暴风雨中驱车去赛比。那意大利式的城堡，住着老伯爵萨尔查和他有教养的和蔼可亲的女儿——男爵的遗孀福克。

"我们之间有精神上的联系！"这老人说，"我一见到你立即就感到了这点！我们彼此不是陌生人！"他很热情地接待了我。这位有许多特点的老先生，很快就以他的天才和可爱，使我逐渐和他亲密起来。他告诉我他认识好些国王和王子，他与歌德和荣格·斯蒂林②书信来往。他告诉我，他的祖先们是挪威农民和渔民，他们在威尼斯拯救了被俘虏的基督教徒查尔斯大帝，为此封他们做了萨尔查王子，而今位于圣彼得堡的那个小渔场曾经属于他的曾祖父。据说，萨尔查在斯德哥尔摩时，有一次开玩笑地对俄罗斯皇帝说："如今皇城的地基真正是我的祖先们的土地！"据说皇帝高兴地答道："好吧，那么你拿回去吧！"传说，叶卡捷琳娜一世是瑞典人，萨尔查的叙述和记载证实了这点。他从叶卡捷琳娜一世③童年时代的历史追溯到她的曾祖父的一生，有

---

① 瑞典东南一个城市，在罗克森湖南岸。

② 德国作家、神秘主义者（1740—1817）。

③ 俄国沙皇彼得大帝的第二个妻子（1684—1727），彼得大帝死后成为俄罗斯帝国女皇。

关此事的记录很有趣，他重述了这个记录。

在我逗留在赛比期间，适逢老伯爵的生日。看看瑞典人的庆祝方式是有趣的。在楼下的一间房间门口建立起一道用山毛榉叶扎成的拱门，在拱门上方放的不是珠宝而是一顶用美丽的山毛榉叶和玫瑰花编的美丽的王冠。我们正坐在咖啡桌旁，忽听湖上传来一阵爆破声，随后一个仆人走进，用那么大的声音，简直像背书似的通报。但与此同时，他抑制不住脸上那丝微笑，从而暴露出这完全是一出喜剧，他说："'北极号'轮船停泊在外面，船上都是外国水手！"于是他们被邀请进来，又从船上传来射击声，船上的管事人和他的妻子及两个女儿进来了。这是从湖对岸他的领地到这里来的一些外国水手。在宴席上，还有他领地的另外几个管事人员和其他许多服务人员，他那些领地附近的亲戚们也都到这里来祝贺。所有的男女学生在城堡外面列队前进，每人手持一根绿色小树枝，他们由向老伯爵致贺词的校长率领着。校长不合步伐地走在他们前面，首先听到欢呼声的回音。我注意到，校长得到了赠金，孩子们得到咖啡和肉的招待，有个拉小提琴的农民，后来也被许可在大厅里跳舞。老伯爵的女儿友好地在他们中间走动，指给农民们参观这城堡的大厅和房间，厚意地招待他们吃喝。适逢邮车送来一些信件和报纸。"丹麦的消息，弗雷德里克大捷！"有人狂叫。这是用书面形式发表的关于此事的完整头号消息！大家都很关心。我知道了死伤人员名单。

为了庆祝丹麦的胜利，老萨尔查开了一瓶香槟酒。他女儿匆匆忙忙地做了一面丹麦国旗升起来。这个老人从前谈到过瑞典人和丹麦人之间的旧恨，并保存了三颗丹麦子弹——其中一颗打伤了他的父亲，一颗打伤了他的祖父，另一颗打死了他的曾祖父。但在这充满兄弟情谊的时刻，他却举杯为古老的丹麦干杯。他谈起丹麦人的荣誉和胜利，其态度之亲切与友好使我不禁热泪盈眶。客人中有一位上了年纪的德国籍的家庭女教师。我想她是布伦瑞克人。她在瑞典住过多年，此刻听萨尔查的讲话中说到德国人，她突然哭起来，一面天真地对我说："实在没有办法！"当我答谢萨尔查的敬酒时，我首先必须做的事是给她以安慰，说："情况很快会好转的，德国人和丹麦人将像我们现在这样再度握手，并为神圣的和平而干杯。"于是我们两人碰了杯。

我发现这个国家表现出对丹麦和丹麦人的同情，而且作为一个丹麦人，我感到这些表现对我来说是可贵的。在林彻平我下榻在奥曼教授家里，使我吃惊的是，我见到有那么多小伙子聚集在花园里兴高采烈地欢迎我。诗人里德斯塔德曾写过三首优美的歌曲——其中第一首是给《有一块迷人的土地》配的曲子——这次又给我带来一首《向丹麦敬礼》。当他们唱这首歌时，一道最华丽的彩虹作为和平的象征照亮了天空。我深受感动，随后又唱起《丹麦国旗之歌》。在唱两支歌之间，有些人发表关于瑞典对丹麦的爱以及为丹麦的胜利而高兴的热情演说。其中有一篇演说是向在弗雷德里西亚牺牲的烈士表示敬意的，我感动得流泪，心灵中充满丹麦人的感情。我动身去贝尔格，第二天早晨，当我在那里搭轮船时，瑞典和丹麦两国的国旗在飘扬，里德斯塔德和许多别的朋友用歌声和祝贺来欢送我。

我想在穆塔拉逗留两天，在整个路途中到处都堪称"戈塔运河的花园"，是瑞典和丹麦的自然风光的美妙结合：茂密的山毛榉林几乎覆盖了无数的湖泊、岩石和呼啸的溪流。在工厂附近的一家旅店里，有一位年轻的单身汉把他住的一间舒适的小房间让给了我，他自己搬到朋友家去住，因此我感觉自己的生活有了着落，这就是我们初次见面。他原来就是C.D.尼格林先生，一个具有诗人天性的人、弗雷德里卡·布雷默的朋友和我的诗的赞美者。后来听说他去世了。穆塔拉河经过枝叶繁茂的阔叶林和针叶林在我的窗下奔流而过，那河水碧绿、清澈见底，我可以看清每块石头和每条鱼。运河的彼岸是普拉顿①的坟墓，所有过往轮船都向它鸣炮致敬。在那儿的乡间我接到狄更斯新

---

① 德国作家（1796—1835）。

寄来的一封亲切的信，他已收到并读过《两位男爵夫人》，那是我的幸福日子。朋友们带给我无数可爱的玫瑰花，在我的桌上举行了一次鲜花展览。

我从这里到瓦斯特纳古城[①]游览了一次，它原来那富丽堂皇的城堡如今只不过是个谷仓，它那非同凡响的寺庙如今是个疯人院。快离开穆塔拉时，我正住在桥下面的一家小旅馆里，我因一清早就得出发，所以头天晚上睡得很早，而且立即睡着了。但醒来时听见了许多人合唱的美妙和声。我起床后只听歌声悠扬，便开门问一位姑娘，这小夜曲是否为来此的什么贵客而唱的？"当然是为您而唱的啊，先生！"她说。"为我而唱！"我惊叫道，不能理解。他们唱的是《有一块迷人的土地》，这首歌是为我而唱的。我不愿作为诗人安徒生讲话，而愿作为丹麦人安徒生讲话。这儿的花突然开放，也是对丹麦人的热爱。穆塔拉的工匠们已获悉我再次从瓦斯特纳来，而且第二天早晨又要离去，那些善良的人们是来向我表示他们的尊敬和同情的。这时我走向他们，同他们当中离我最近的一位握手，我深受感动，感激万分，后来我彻夜不能成眠。

我到达的每个地方，每天都像在过节！到处对丹麦表现出超乎丹麦人意料的深切、真诚的同情。我到处受到款待，连马里亚斯塔德小镇也不让我白白地走掉。无论在哪里，我都被瑞典人邀请搬进他们家里做客，他们向我提供了车马。总之，他们给予了我一切可能的关注。我在金纳卡尔市汉密尔顿老伯爵的社交圈子中，打发了几天日子，在布洛姆伯格也是如此。那里有一个小伙子同格杰尔的女儿结了婚，她甚至在声音方面都很像珍妮·林德，她父亲的所有歌曲她都唱得很好；她是这家人唯一的孩子，平时在陌生人面前总不好意思，但立即来到我跟前，我们好像马上互相认识了。温纳斯伯格也向我介绍了好多

---

① 瑞典南部一城市。

朋友，他把我带到风景秀丽的市郊去，故而我逗留在特罗尔海坦的时间延长了几天。在这儿的一个水闸附近的树林中我找到了沃伯格中校夫妇的幸福家庭，他们无微不至地照顾我。

我从哥塔堡去马尔斯特兰德岛游览，弗雷德里卡·布雷默也正在马尔斯特兰德岛，因为他去浴场游泳并顺便访问她的姐姐艾格瑟。瑞典海滨的许多岩石小岛形成极好的深水港，野玫瑰开在阳光暴晒的岩石上。来自斯德哥尔摩的意大利歌剧团在上午举行了音乐会，在这儿我发现南方海滨浴场的热闹情景。弗雷德里卡·布雷默要到美国去，她陪我回哥塔堡，在船上一群人围着我们唱瑞典和丹麦歌曲。《有一块迷人的土地》好像是瑞典人最喜爱的歌曲，人们再次把它作为告别词向我歌唱。

几天后我又回到了丹麦。我精心写作的《在瑞典》一书提供了这次旅行的精神收获。我更倾向于认为它比我的其他任何一部作品都能表现我自身的最大特征：对大自然的美妙、幽默而抒情的描写，有如抒情散文一样。瑞典文报纸《激浪报》是首先评论此书的报纸。

在国内，评论家们谈起我的作品时，不只是采取了比较客气的语气，而且表现了对它们给予极大的注意和更真诚的承认。我的书尤其是《一个故事》那一章，在人们的谈论中受到称赞和好评。

《在瑞典》一书的英文版与丹麦文版于同一个时间在英国出版，各方对我的评论差不多一直是同样友好，同样宽厚的。

第十五章

又一次德意之旅：难忘李斯特

1851 年秋天，10 月 6 日，我在国内荣获"教授"的称号。第二年初春，树木刚一发芽，我很快着手去继续上一年我中断了的旅行，目的地是魏玛。朋友们热诚地欢迎我。从我们分别这些年中，博卢·德马康内成了法官和剧院经理，他结了婚，有一个幸福的家庭。在他家里，我像昔日一样受到作为一个朋友的款待，几个可爱的孩子正在屋里玩，他们向我伸出小手，女主人独自站在那里，好比这个家庭的守护神。快乐和幸福已在这里生根。

此次访问魏玛期间，我记忆犹新的一件事是我同李斯特的交往。他对整个戏剧的音乐成分有重大的影响。他特意亲自提出要上演有价值的剧作的问题，这类作品在德国的剧院里未必介绍过。于是在魏玛上演了柏辽兹[①]的《本维纳托·塞利尼》[②]。这个剧的主角通过歌德的"本维纳托"而使魏玛人产生了很特别的兴趣。瓦格纳[③]的曲子使李斯特产生了特别的兴趣。李斯特一方面把这个曲子搬上舞台，一方面写文章介绍它、传播它。他出版过一整本关于《汤豪舍》和《罗恩格林》这两支曲子的法文书。第一支曲子因其主题与图林根的传统有关，而在魏玛具有重大意义。曲子所描写的事件发生在瓦特堡。瓦格纳被认

---

① 法国作曲家，近代管弦乐作曲的先锋、标题音乐的创始人（1803—1869）。

② 剧名与主人公同名，主人公系意大利金银雕刻家（1500—1571），其作品记录文艺复兴时期的意大利生活，系意大利艺术名作。

③ 德国诗人，作曲家，乐剧创始人（1813—1883）。

为是当代最卓越的作曲家，他的地位不是我用朴素、自然的感情所能说清的。在我看来，好像他所有的曲子都是精心创作的。在《汤豪舍》中我必须赞美那写得精湛的咏叹调，例如汤豪舍从罗马回来叙述他朝圣的那段描写是迷人的！我承认这首音乐诗中的壮丽、生动的成分，可是我觉得诗中缺乏音乐的精华——旋律。瓦格纳本人曾为自己的歌剧写过词，而且作为诗人他在这方面占据很高的地位。他的歌剧中有节奏变化，有紧张场面。当我第一次听到这个曲子时，感到宛如各种曲调汇合成的大海在我头上起伏，使我身心为之震动。"现在你对这曲子有何意见？"他问。我答道："我已经麻木了！"看来《罗恩格林》是一棵不开花、不结果的奇异的树。别误会我，再说我对曲子的评价并不重要，但是我对于这方面的艺术也像对于诗一样，主张三要素：智力、想象和感情，这最后一项要表现在旋律中！我发现瓦格纳是当代有思想的作曲家，是可否定的旧事物的有力破坏者，但我并不觉得他身上有莫扎特和贝多芬那种天赋的神感。许多有才能的同行的意见和李斯特相同，各处的公众都赞成他们的观点。我相信瓦格纳在莱比锡受到了这样的欢迎，可是以前并非如此。几年前的一天晚上，我在"布匹商店"[1]听音乐会，在演奏完不同作曲家的几首曲子受到全场鼓掌欢迎之后，接着演奏了《汤豪舍》的序曲，那是我初次听到这个曲子，听到瓦格纳这个名字。我被这首完整的音乐诗中那形象化的描写所感动，于是突然鼓起掌来，可是几乎只有我一人鼓掌。人们从四面八方望着我，嘘我，但我还是忠于我对这支乐曲的印象，再一次鼓掌并高呼："好极了！"但是我内心却情不自禁地感到害羞，我的脸唰地一下红了。这时，恰恰相反，全场都为瓦格纳的乐曲拍手喝彩。我把这事告诉了李斯特，他和他的整个音乐界的人都以"好极了"的夸

---

[1] 剧院名，原系德国莱比锡布商公会会址，1781—1884年常在此举行音乐会，故名。

奖话答谢我，因为我已向正确的感情让步了。

我从魏玛去纽伦堡。沿铁路线两旁都是电线。我的心跟任何丹麦人是一样的！它为祖国的荣誉跳动得更加剧烈，沿着这铁路线我深有此感。一位父亲带着他的儿子跟我坐在同一个车厢里，那父亲指着电线说："那是丹麦人奥尔斯特兹先生的发明啊！"与奥尔斯特兹同属于一个民族，使我感到欣喜。

纽伦堡展现在我们前面。我曾在我的一篇故事《柳树下》里写下了对那个古老、宏伟的城市的印象。穿过瑞士、越过阿尔卑斯山的旅行也曾给我提供那幅画面的背景。从1840年以来，我就没有访问过慕尼黑。那时它屹立着正像我在《一位诗人的市场》一诗中所写的，好比一棵每年都发新枝的玫瑰灌木，而每条树枝都是一条街道，每片树叶都是一座宫殿、教堂或纪念馆。而今这玫瑰灌木已长成一棵花朵盛开的大树，花叫巴伐利亚。当国王路德维格问我慕尼黑给我留下了什么印象时，我又这样表达了自己的看法。当他说起托瓦尔森时说："丹麦失去了一位伟大的美术家，我也失去了一位朋友！"

对我来说慕尼黑是德国最令人感兴趣的城市，它是国王路德维格的艺术才能和不断实践的产物。剧院的事业繁荣昌盛，它拥有德国最能干的剧院管理人之一——诗人丁格尔斯德特德①博士。他每年都到德国最大的一些剧场去寻访正在出现的人才。他访问巴黎，去了解剧院上演的节目和观众的需要。慕尼黑皇家剧院愿意很快提供一个模范节目：这节目的"布景道具"我们完全没有见过。例如在《团长的女儿》这出戏中，有蒂罗尔的景色，我们还借助于棕榈叶和仙人掌作边景；让诺马在一幕戏中住在苏格拉底②希腊房间，而在另一幕中却住在鲁滨逊·克鲁索③借棕榈树搭的小棚里。这些东西既给我们提供了阳光

---

① 德国作家（1814—1881），曾任维也纳宫廷歌剧院指挥。

② 古希腊大哲学家（公元前463年—前399年）。

③ 英国小说家丹尼尔·笛福（1661—1731）的小说《鲁滨逊漂流记》中的主人公。

投射进来的白天景色，人们又可以发现背景上露天的阳台和深蓝色的星空。一切都缺乏仔细考虑，因而没有任何意义。但是有谁注意这样的事呢？他们说：没有一家报纸责备它。慕尼黑上演的节目是多种多样的，弄懂当代不同国家最重要的作品是颇费力的，剧院管理人尽力使自己同各国剧院最著名的作家拉上关系。我收到了他的一封颇有礼貌的信，这便使我们以后紧密通信起来；他希望搞到关于丹麦文剧目知识的信息。在同一封信里他谈到巴伐利亚当朝国王对我的作品的了解以及对我的极大兴趣。剧院负责人丁格尔斯特德是我在慕尼黑拜访的第一个人，他当即指定拨给我剧院的一个第一流包厢座位。这是我和我的旅伴在那里随意逗留期间的事情。他把我的来访报告了马克斯国王。第二天我就被邀请出席国王陛下在他当时短期逗留的施塔恩贝格狩猎场举行的宴会。国王的私人顾问冯·唐尼格斯来迎接我，我们乘火车迅速赶在宴会前到达那里。这是坐落在一个小湖上的与阿尔卑斯山毗邻的小城堡。马克斯国王是个很和蔼的年轻人。我受到了极其敦厚友好的款待。他对我说，我的作品特别是《即兴诗人》、《市场》、《小人鱼》和《天国花园》等曾给他留下深刻的印象。他还谈到其他一些丹麦作家。他知道奥伦什拉杰尔和 H.C. 奥尔斯特兹的作品。他在言谈中赞美艺术和科学上崭新的精神生活，这种精神在我的祖国极为活跃。冯·唐尼格斯曾在挪威和谢兰岛旅行过，国王从他那里知道波罗的海海峡和我们那令人陶醉的山毛榉树林之美，他知道我们的"北方博物馆"里拥有什么样能超越其他民族的珍品。

在宴席上，承蒙国王为我的诗才干杯，他站起来邀我一道乘坐游艇。那天的天气是阴沉沉的，乌云在飞驰，一只有篷的大船停在湖上，衣着整洁的划手们握着桨出现了，我们很快就平稳地行驶在湖面上。我在船上大声朗读《丑小鸭》这篇童话。我们谈诗，谈大自然，在轻松活泼的谈话中不知不觉到达了一个岛，据悉国王刚下过命令在这岛上建一座别墅。附近的一座小山被挖通了，人们以为那是一座巨大的坟墓，如同我们北方所固有的那种。人们在这里发现了许多尸骨和一把燧石小刀，管理人离这些东西远远的。国王招待我坐在他身边靠近湖面的一张椅子上。他谈到我的诗，谈到上帝所赐予我的一切，谈到这个世界上人的命运以及我们忠于上帝时所获得的力量。在我们座位附近有一棵开着花的经年老树，它启发我提起《老妈妈》这篇故事中出现的丹麦树精。我告诉他我最近写的一首诗以及对这同一人物的戏剧处理。经过大树时，我征求他的同意，想摘下树上的一朵花作为这次游历的纪念。国王亲自摘了一朵送给我。这朵花我至今还保存在我的心爱的礼品当中，它使我回忆起在这儿度过的夜晚。

"要是在出太阳的日子，"国王说，"你就会看出这儿的群山是多么美丽！"

"我总是运气好！"我惊呼道，"我希望出太阳啊！"正在这时太阳果真突然出来了，阿尔卑斯山被罩上一片美丽的玫瑰色。在我们的归途中，我再次在湖上朗读《母亲》《亚麻》《补衣针》等故事。那是一个非常愉快的夜晚。湖面上十分平静，山峦变成了深蓝色，雪白的山顶闪闪发光，简直像一个神话世界。

午夜时分，我到达慕尼黑。《总汇报》以《马克斯国王与丹麦诗人》为题报道了这次访问。

旅行生活对我的精神和躯体宛如一次清爽的沐浴。第二年我花了几个星期去维也纳的里雅斯特和威尼斯欣赏早春。这次旅行只记下了三四个比较重要的生活画面。在马克辛镇一个亲爱的撒克逊人家里樱花盛开着，石灰窑在冒烟。柯尼施泰因、利连施泰因以及诸如此类的小山展现在我眼前，向我招手。从上次我站在这里到现在仿佛仅仅过了一个漫长的冬夜，但却是一个被讨厌的霍乱梦所骚扰的冬夜。我好像看见了鲜花依然盛开的景象，天空和树荫依然如故，好客的家庭和好朋友一如既往。凭着精神的翅膀我飞越许多山峦和溪谷，看到了圣斯蒂芬塔。多年以后在这个堂皇的城市里，我又遇见了珍妮·林德。

我在这儿初次见到她的丈夫，他待我很热情，他们的小儿子身体很结实，用他那双大眼睛注视着我。我又听见她歌唱了，她的歌声还是那样有气魄，歌曲还是同出一源！她说，陶伯特的小曲"我必须只唱一次，我不知道为什么"，经她一唱，就成了快活的鸟啭似的歌声，夜莺不能像那样啭鸣，画眉也不能发出那样的颤音。那歌声中有小孩的心灵和思想的精髓，只有珍妮·林德才唱得出来。她的力量和伟大在于扣人心弦的音调和真实感，但只是在音乐厅中她才许可我们领略她当时表演的唱段和歌曲。她已离开舞台，这是她精神上的损伤，她放弃了上帝为她选定的天职。

在还算愉快的心境中，我满怀着种种好奇的想法，赶到伊利里亚去。那是莎士比亚曾经选作他剧中的许多不朽场景的地方，维奥拉寻求她的幸福的地方。当我突然从高山顶上眺望通红的亚德里亚海时，展现在我面前的落日余晖特别迷人。那余晖使的里雅斯特显得更加有魅力。煤气灯刚点燃，条条大街上发射出一行行灯光，我们从车厢里望下去好比坐在气球里慢慢下降。在那几分钟之内所见到的金光闪闪的大海和微光闪烁的街道，多年来还留在我的记忆中。我们从的里雅斯特乘轮船在 6 小时之内抵达威尼斯。

1833 年，我初次来这里时所获得的印象是"水上的一只可怜的破船"，现在我又来到这里。由于亚德里亚海海潮汹涌，我晕船了。看来我不可能去陆地上躲避，因此我只好由小船换乘了一只大船。我唯一一件乐事是铁路防波堤已把这个寂静的城市与充满生气的大陆紧紧连在一起了。月光照耀下的威尼斯景色是迷人的，是很值得了解的奇异的梦境。一些不声不响的平底船在滑行，映在水面上像高大宫殿之间的渡船。可是在白天这儿颇不舒服。运河里的水很脏，其中可以看见漂浮的卷心菜残渣、莴苣叶子和诸如此类的东西，无数的水老鼠从房屋的罅隙里钻出来，太阳晒得墙壁发烫。

我很高兴离开那潮湿的坟墓。火车载着我很快越过用泥土筑的没有尽头的大堤、河畔和沙滩，陆地上垂挂着蔓草叶子，像珍贵的花环，乌黑的柏树耸入蓝天。维罗纳是我那天旅行的终点。几百人正坐在圆形剧场的台阶上，他们并没有把剧场坐满，他们正观看建在圆形剧场中央的舞台上演出的一出喜剧；舞台配有色调鲜明的边景，用意大利的阳光照明，乐队奏着舞曲。整个场面显得笨拙，这是在古罗马时代的遗迹上举办的一个非常可怜的现代化游艺会。在我第一次访问威尼斯时自己的手被一个蝎子蜇了，如今在这邻近的城市——凭借铁路发展起来的维罗纳城，我又遭到了同样的命运：我的脖子上和脸上被咬得痛肿不堪，极其苦恼。我是在这种情况下观赏加尔达湖和富于浪漫色彩的里瓦镇的，那里有繁茂的蔓草丛生的溪谷，但疼痛和发烧迫使我离开了这里。我们在最明亮的月光之下，在一条荒凉、离奇的道路上，旅行了一个通宵，那是我所见过的最美的道路之一，那不是萨尔瓦托·罗萨①的想象力能在画布上创作出来的大自然画面。我对这景色还有印象，正如我保持着在痛苦之夜的美梦的印象一样。

　　午夜稍过一点点，我们到达了特里恩特，那里集中体现了对于旅客来说的一切不愉快的事情。我们不得不等候在城门口，直到意大利宪兵闲逛过来要我们的护照。这些护照在黑夜之中交到陌生人手中，他们答应第二天清早还给我们，没有任何票据或收条，因此在严于检查护照的奥地利，我们就没有凭据了。然后他们领我们穿过漆黑的长街来到宫殿般单调的旅馆，在那里我们一边敲门一边呼喊了好一阵，一位睡眼惺忪的、半裸着身子的侍者才出来领我们走上冷冷清清、宽大无比的楼梯。穿过长长的通道和阴暗的走廊，进入一间又大又高的古式客厅，里面有两张床，每一张都大得足以供全家大小睡觉。满是灰尘的大理石桌子上摆着一盏无精打采的灯。门关不上。我们通过这道门望见另外几个大房间，里面也有几张床，大得足以安顿几家人。

---

　　①　意大利画家（1615—1673）。

墙上有秘密的通道和隐蔽的楼梯，地板上洒着葡萄酒，看起来很像血迹。这就是我当时所处的环境。这是我在意大利的最后一夜。我的伤口发炎，周身发烧，但想睡觉、想休息是没有指望的。天终于亮了，马车响起铃声，我们从特里恩特的光秃秃的桑树林乘车出发（那里的桑叶已被摘下来运到市上去了），途经布伦内罗海，穿过因斯布鲁克到达慕尼黑。国王的医生、和蔼的枢密顾问官吉特，给了我以最热情的关注和照看。经过 14 天比较痛苦的日子，我已能够接受王室的邀请，去霍恩施万高城堡赴宴了，马克斯国王和王后陛下正在那里消夏。应当写一篇关于阿尔卑斯山玫瑰仙子的故事，他从花丛飞进霍恩施万高城堡里挂满了画的大客厅。在那里，他看见有些东西比他的花美得多。在阿尔卑斯山与莱希河之间有一个开放的富饶的溪谷，两端都各有一个清澈的深绿色的湖泊，其中一个比另一个的地势高些。在这儿的大理石巉岩上，巍然屹立着霍恩施万高城堡。从前这里是施万斯泰因城堡的所在。韦尔弗家族[①]、霍恩斯托弗家族[②]和许尔家族[③]做过它的主人。他们的业绩依然保留在城堡的壁画中。马克斯国王做太子时就已经修复了城堡，把它作为国宾馆。莱茵河上的城堡哪一个也不堪与霍恩施万高城堡相媲美，哪一个也没有这样的环境——宽阔的山谷和白雪皑皑的阿尔卑斯山。高高的城堡拱门庄严地直立，门口站着两个威武的塑像，戴着巴伐利亚和施万高城堡的纹章——一个钻石和一只天鹅。在城堡的庭院里，用圣像装饰起来的喷泉从墙上射出来，户外有三棵巨大的菩提树投下阴影。在花园里的群芳之中，最美丽的玫瑰花在草地上盛开着，使我们可以幻想再次发现了阿尔罕布拉宫[④]的狮子泉。那冰冷的喷泉甚至能向空中喷射出 40 英尺高的泉水。我们首先进去的地方是一个军械库，那里的古代盔甲和梭镖看上去好像一些活生

---

① ② ③　都是德国皇族。

④　古西班牙穆尔族诸王的宫殿。

生的骑士。现在开放着一系列色彩缤纷的大厅，连各式各样的窗玻璃上也叙述了各种传说和历史，每一堵墙都像是一本完整的书，向我们叙述着过去已久的时代和人物。

"霍恩施万高城堡是我在这些群山中所见到的最美丽的阿尔卑斯山的一朵玫瑰花。愿它永远是这里的幸福之花。"我用德文在一本来宾签名簿上写下了这些心里话，他们将永远留在那里。

我在这儿度过了一些有趣且快活的日子，要是我能冒昧地这样说的话。马克斯国王把我当作亲爱的客人招待。这位高贵、聪明的国王向我表示了很大的同情和喜爱。王后是巴伐利亚的世袭公主、绝代佳人，一位可爱的女性，国王陛下亲自把她介绍给我。第一天晚饭后，我和国王一起乘一辆小型敞篷马车走了两公里，直到走过了奥地利的蒂罗尔。这的确是一次极好的旅行，可这次没有向我要护照或在途中受到阻拦。乡间的景色更美，农民们站在路边向他们的国王致敬，国王陛下沿途所遇见的一些马车都停了下来。这次最佳出游在阳光和煦的高山中持续了两个钟头。在这段时间里，国王很亲切地同我谈起他最近读过的《我的身世》，并问到其中提到的那些丹麦人，而且说，我终于诸事如意，在克服了这么多困难以及终于被公正地承认为诗人之后，我应当多么高兴。我告诉他，我常常觉得我的一生的确像一个丰富多彩、变化多端的故事。我体验过什么是贫苦与孤独，后来又经历过豪华的生活。我知道什么叫作受奚落与被尊重——甚至此时此刻在一位国王身边驾车子行进在阳光和煦的阿尔卑斯山中。这是我一生历史的一个篇章！我们谈到最新的斯堪的纳维亚文学，我提到萨洛蒙·德考斯①、罗伯特·富尔顿②和蒂科·布雷厄③，谈到当代的诗歌艺术如何促使我们这一代人前进。这位高贵国王的全部言谈中闪烁着

---

① 诺曼底民族工程师和建筑师（1576—1626）。

② 美国工程师、发明家（1765—1815）。

③ 丹麦天文学家（1546—1601）。

天才、同情和虔诚。这一直是我在这儿度过的最难忘的时光之一。

晚上，我向国王和王后陛下高声朗读了《柳树下》和《没有怀疑》两个故事。我沿着万·杜尼格登上了离这里最近的一座山，观赏了那壮丽、迷人的景色。光阴过得太快了。王后要我在她的题词簿上写几句话。我发觉在为王后题词的名字当中，有一位科学界人士李比希教授①，我在慕尼黑时就逐渐了解并欣赏他的宽厚、可爱的天性。

我怀着对亲切的国王和王后陛下依依不舍与深深的感激之情离开了霍恩施万高，他们说欢迎我再到那里去。我随身带了一大束阿尔卑斯山的玫瑰花和勿忘我草上了公共马车，向菲森驶去。

从慕尼黑出发经过魏玛回家。卡尔·亚历山大已开始他的统治。当时，他正在爱森纳赫附近的威廉兹塔尔城堡里逗留，我到那里去同这位高贵的王子一起，在图林根树林中极其秀丽的乡间快快活活地玩了几天。

这位当朝公爵多年来为了恢复古老的瓦特堡的原始风格，已花了他的几大笔私产，现在修复工作差不多完成了。墙上有很多精美的图画叙述这个城堡的传统和历史。明尼辛格大厅已经像它昔日那样壮观地被一排排圆柱装饰起来，这儿的林景、山景多么美啊！完全是明尼辛格时代的风光，塔尼霍塞在维纳斯山中消失了。林间的僻静，恰如沃特·冯德尔·沃格尔韦德特和海因里奇冯·奥夫特丁根所知道的那样。这儿的传统与历史始终保持不变。

在爱森纳赫镇南边的小城堡里，居住着奥尔良公国君主的遗孀和她的两个儿子——在巴黎的伯爵与奈穆尔公爵。我从各式各样的人的口中听说她和她的两个儿子在当地多么受到众人的爱戴，他们慷慨解囊，做了很多好事。她证实了自己的心地是多么善良，多么富有同情心——那是那个小镇的真正幸福。我在街上遇见这两个年轻王子跟他

---

　① 德国化学家（1803—1873）。

们的老师一道。他们衣着朴素，但看上去美观、大方。这位魏玛公国的公爵亲自把我介绍给这位孀居的公爵夫人。她遭受过的艰难困苦和一生的变化很快掠过我的脑海，我未曾开口，泪水不禁地涌进了我的眼睛。她觉察到了这点，友好地握住我的手，挂在墙上的是她已故丈夫的画像，跟我在巴黎市政厅的舞会上见到的他一样年轻和精神。当我端详这幅画像并谈起当年的情景时，她顿时泪下。她谈起他，谈起她的孩子们，而且亲切地告诉我他们知道我写的那些故事。她有一种温厚、诚挚、悲痛的表情，但又是我所想象的也许属于奥尔良公国里海伦尼那种女性的胆略。她穿着旅行服，正打算乘火车到几英里外去游玩。"明天你同我一起吃饭好吗？"她问道。我不得不答道："同一天我也打算离开这里，一年后我将再回到这里来！""一年！"她重复了一下，"几个钟头就发生这么多事，一年之内可以发生多少事啊！"泪水与沉思交集在她眼中。告别时，她向我伸出了手，于是我深受感动地离开了这位高尚的公主。她的命运曾经是悲惨的，但她的心地非常崇高，而且坚定地信仰上帝。

　　不久，我又回到了丹麦，不仅忙于出版我的作品集，也忙于翻译莫森索尔的著名喜剧。

第十六章

再游英国：与狄更斯共度美好时光

1857 年初，查尔斯·狄更斯来信邀请我访问英国，记得 10 年前我第一次访问英国以来，我们就经常通信，此刻是我们再次相聚的机会。我乘轮船从加来去多佛，于 5 月 11 日到达英国，随即乘火车经伦敦到海阿姆站下车。因为这里雇不到马车，我便步行出发，由一名搬运工做向导并扛着我的行李箱，来到加兹希尔①狄更斯的美丽别墅。他十分高兴地向我走来，笑容满面，看上去比我们上次见面时老了一些，可能是由于他此时留着胡子。他跟过去一样目光炯炯，脸上依然露出微笑，那悦耳的声音听起来同样友好、热情，此时狄更斯 45 岁，正在壮年时期——朝气蓬勃、活泼开朗、口若悬河、非常风趣。

我来到这里的前几天，狄更斯的一个朋友、戏剧家道格拉斯·杰罗尔德②去世了。为了给他的遗孀募集几千英镑的捐款，狄更斯同布尔沃·利顿③、萨克雷④和演员麦克里迪⑤联合起来演了一场戏，并组织了几场朗诵会。所有这些费力的活儿都落到他身上，所以他得比别人更频繁地去伦敦，并在那儿待几天。我同他去过几次，都待在他伦敦的住所里。我陪他全家出席了在水晶宫举行的汉德尔⑥作品演奏会，

---

① 位于伦敦与多佛之间。
② 英国滑稽家、著作家（1803—1857）。
③ 英国著作家、外交家（1801—1873）。
④ 英国天才小说家（1811—1863），《名利场》是他的代表作。
⑤ 英国著名演员（1793—1873）。
⑥ 英国作曲家（1685—1759）。

我俩第一次见到了扮演莎士比亚悲剧《麦克白》中女主角麦克白夫人的女演员斯托里，她给我们留下了深刻的印象。

在支援杰罗尔德遗孀的义演中，狄更斯同他的一些家人一起扮演了由威尔基·科林斯①编剧的浪漫剧《冰冻的深渊》，作者亲自扮演一个恋人，狄更斯扮演另一个恋人。这次演出证明狄更斯是个出色的演员，他的表演很自然，不矫情造作，是英国人的风格，不像我所见过的其他外国演员。

在狄更斯家中经常为好友们举行戏剧演出，女王陛下早就盼望观看这种演出，但那是不可能实现的。因为狄更斯的两个女儿没有在宫廷觐见过女王，所以礼仪阻止了女王出席那里的演出。终于一家名为"插图画廊"的小剧场被发现了，那是个冷僻的剧场，观众很少，是女王愿意去的地方。狄更斯家参加演出的只有他的妻子、岳母和他本人。听说此后，狄更斯在公开场合又极成功地扮演了莎士比亚剧中的福斯泰夫②这个角色。

在狄更斯的乡间别墅，我结识了英国最富有的女人博德特·库茨小姐③，人们都说她是最高贵、最乐善好施的女士之一，她不但捐款建造了许多教堂，而且还关怀、接济穷人和病人，她邀请我去伦敦她府上暂住，我接受了她的邀请。我为有幸参观敬爱的库茨小姐和英国式府邸感到无比自豪。

在狄更斯家里，我是无比快活的。没想到有一天我单独跟狄更斯夫人在一起时，收到了一封使我大为失望的信。我进入花园里，一头栽在草地上，满脸都是露水，我能听见她小心翼翼的脚步声越来越近。

"你有坏消息吗？你家里有人去世吗？"她问道。

---

① 英国作家（1824—1885）。

② 一个肥胖、快活、滑稽的角色。

③ 出生年不详，英国国王乔治三世在位时的大银行家托马斯·库茨（1735—1822）之孙女。

"我刚收到一些对我的新书《生乎？死乎？》的令人厌恶的评论，此事让我的心情从来没有这样坏过。"

"愚蠢的评论家。"狄更斯夫人说。

我愿承认，这种批评使我特别不舒服，我投入此书的艰苦劳动和专心奉献被一笔勾销了，只有诗的部分受到了赞扬。有一个人甚至对这种评价也表示怀疑，他说我身上的诗意不如一条比目鱼多。

不过我的悲伤和郁闷中还是有快乐，因为狄更斯听说我心烦意乱，便讲了一连串的笑话来安慰我。当这些笑话并没有打动我悲观失望的最深处时，他便紧紧地拥抱了我一下。"别在意，"他边说边用他的脚指头在地板上写了些什么，然后又擦掉。"瞧，一条讨厌的批评意见多么短暂！它很快就会在记忆中消失，而你的作品却将永垂不朽！"

狄更斯的赞扬使我万分激动，我希望不辜负他的赞扬，觉得应当感谢一篇尖酸刻薄的评论，因为它曾给我以反求诸己的启示。

在狄更斯家的快乐日子一晃就过去了。在我告辞的那个早上，狄更斯给他的小马车上了挽具，亲自驾车把我送到梅德斯通。一路上他非常活泼有趣，我却心神不定，默不作声地坐着，因为我们很快就要分别了。在火车站我们拥抱了一下，他的眼睛里充满了感情。我们一再紧紧握手后，他驾车走了，我便上了火车去福克斯德。一切都过去了，一切都成了故事。

第十七章

日德兰半岛：和车夫的对话

近两年来，我一直埋头写作。1859年暮春，我的《童话和历史》新版出版之后，我又萌发了继续旅行的念头。我原本打算去罗马的，可是很快改变了主意。这年夏天，我决定去日德兰半岛旅游，一则欣赏那里的美丽风景，二则寻求写作的灵感。我从哥本哈根出发向西旅行，乘过火车、轮船和马车；沿途有不少人认识我，邀请我在丹麦国旗飘扬的地方给他们朗诵我的童话作品，好心的人们给我送来了大量点心、蜜饯、巧克力和包括荷兰杜松子酒在内的几种葡萄酒和烈性酒，我自然只能喝个痛快。我来到伦维格的旅馆住宿时看见屋顶上出现了丹麦国旗，一会儿对面邻居的屋顶上也出现了同样的情况。

"这是在举行什么庆祝会吗？"我问。"这是在向你致敬。"客栈老板说。我真不相信这都是为了我，第二天我才了解到，我在这里有许多朋友。

不久以后，我到了日德兰半岛中部的锡尔克堡，我的朋友德鲁森在那里开了一家以破布为原料的造纸厂，当中弥漫着一股把旧衣服熬成碎布的难闻的刺鼻气味。

一个天气晴朗的日子，德鲁森和我驱车下乡，那里有许多鹰和黑鹳。我拍了拍手，一只鹰飞上了树梢头，啄着自己的胳肢窝。

我和德鲁森做了一次钓鱼旅行。可怜的鱼虫在鱼钩上挣扎，吞鱼虫上钩的鱼很难脱钩，有时需要穿过眼睛把钩拔掉。我钓到了4条小鱼，接着又钓到了一条特大的河鲈，但它在鱼钩嵌入我的拇指时逃掉了。

我们乘特快马车去赫尔宁，风景越来越好，有许多大农场，其规模跟丹麦的一些庄园差不多，地里的谷物长得高高的，云雀的歌声在空中荡漾。

稍事休息后，我们动身去丹麦最北端的城市斯卡根旅行。这次我们找到了一名优秀车夫，他能沿着惊涛拍岸的海边行驶。他知道如何躲避不毛之地的流沙。他事先见过我的肖像。有人告诉他，"这是一位有名的诗人"，他回答时遮住了笑容。"是吗？那他一定是个有名的说谎者了。"

一路上他没有跟我说话，但我们到达他富有的家后，却不让我离开了，接着请我饱餐了一顿烤鸡、煎饼、葡萄酒和蜂蜜酒。厨房里的天花板上挂着大量火腿、香肠和熏肉。在旅途中，我们经过冬天里雪堆般的一个个沙丘。破船一只挨一只地并排躺着。我们打从三桅大型帆船的遗迹中间经过，一群群发出尖叫声的鸟儿在头顶上盘旋，我们路过半埋在土中的圣劳伦蒂乌斯教堂的尖塔去斯卡根市。

我们浏览了斯卡根绿树成荫的最北端，东海和北海在斯卡根海滩上紧紧握手。那里小得只能站一个人，让北海的波浪洗一只脚，而让卡特加特海峡的波浪洗另一只脚。空中充满了海鸟的叫声和从海湾传来的惊涛骇浪的轰鸣声。眺望着海天一色，使人倍觉如入仙境。

我们乘船从斯卡根穿过无数沙丘去老斯卡根，那里多年来在逐渐变成乡村。我们驱车来到一所埋在沙中的老教堂，那是荷兰和苏格兰船长们建造和贡献的。多年来沙子在教堂围墙外面逐渐堆集起来，越堆越高，很快漫过围墙，漫过无数坟墓和墓碑。但教徒们还是来这里做礼拜。一群乌鸦在教堂上空翱翔，在这沙地上我只能听见乌鸦的尖叫声和我们踏着荆棘前进的噼啪声。

在乌鸦尖叫的荒野待了几天以后，我们又在两个青年朋友的陪伴下，掉头向南。激浪向海滩滚滚而来，我们不得不在深沙中缓慢前进。我谈到我见过的一些国家——意大利、希腊、瑞士和瑞典。老车夫听着，有点惊讶地插话：

"可像你这样的老头儿怎么会那么喜欢周游各地呢？"

我也吃惊地回答道："你以为我老吗？"

"老大爷"，他说。

"那你以为我多大岁数呢？"

"快 80 岁了吧"。

"80 岁！"我惊叫，"旅行的确使我变老了，我难看吗？"

"是的，你显得特别瘦。"他说，他认为好身体就是胖乎乎的。

我换了个话题，谈到斯卡根新建的精美的灯塔。

"是的，国王应当去看一下。"车夫认为。

"我觐见国王时，我会告诉他的。"我说。

老车夫转身朝着别的旅客笑了笑说："他何时跟国王谈？"

"是的，我已同国王交谈过，还同国王一起吃过饭。"我答道，接着这位老兄把他的手放在额头上，摇了摇头，会心地笑了笑。

"你跟国王一起吃过饭？"他显然以为我有点疯癫。

我们买了 11 条鲐鱼吃晚饭。这里的鲐鱼产量不断上升，使得渔民们往往把生产过剩的部分扔回大海；鱼儿在夜间闪闪发光，给海水增辉。还有一种绿鳍鱼，被捕捞时嗥叫。这真是鱼类中的稀有现象。

老车夫还是口若悬河，这似乎缩短了我回家的旅程。

第十八章

罗马之行：用英文朗诵《丑小鸭》

我的一个朋友曾对我说："你生来就爱旅行。"这话说得不错。1861 年 4 月 2 日，候鸟随着明媚的春光又飞来了。我准备再次去罗马旅行，由我的导师乔纳斯·科林的孙子小乔纳斯·科林陪同。因为那天刚好是我的生日，我送了他一张我的照片。我们经由尼斯和摩纳哥公国去热那亚。摩纳哥公国非常小，好比画在海上的地图，在灿烂的阳光下像个小小的玩具国。我们在热那亚买了两张头等舱船票乘"梵蒂冈"号轮船去契维塔韦基亚。

几个小时后，我们到了罗马，立即拜访了领事兼画家约翰尼斯·布拉沃。他为我们在附近的旅馆订了房间，因此，我们可以搬进一套漂亮的房间，有地毯和阳台。

我同老朋友们、老相识们一道参观了古罗马的遗迹和教堂、画廊、花园。我们见到的第一批朋友之一是丹麦画家库赫勒，他穿一件棕色粗布长袍，光着头迎接我们，高高兴兴地吻我。他给我们看了他画室里的风景画。罗马展现在阳光下面，山峦雾蒙蒙的模糊一片。在古罗马圆形剧场对面不远处是橘树林和玫瑰树丛。"这景致之美是难以形容的！"我惊叹道。"是的，你应该在这里多待几天。"他带着友好的笑容说。

"也许"，我很快答道，"我可以在这里待几天，而后我必须离开，再到外面的世界去……生活在其中，成为其中的一分子……"

挪威诗人兼剧作家，易卜生的姐夫比昂斯提尔纳·比昂森①也在罗

---

① 1903 年诺贝尔文学奖得主（1832—1910）。

马，我很荣幸结识了他，我在哥本哈根读过他的作品。有人说他的书不合我的口味，我想亲自尝试一下。于是，我读了他的小说《快乐的朋友》。我好像站在山顶上，在明朗的天空下，呼吸着桦树香味的新鲜空气，我被迷住了，我便尽量读起他的书来。有人竟敢说比昂森的书不合我的口味？有人竟敢认为我不能欣赏一位真正的天才诗人的作品而把他晾在一边吗？实际上我们成了好朋友。

一天，比昂森来问我是否见过贝波大叔，"他很生你的气，"他告诉我，"他曾听说你在《即兴诗人》一书中提到过他，而且把他写成很坏的人，因而毁了他的名声，使他的财源减少。"

我变得对这位并不了解我而且还恨我的人十分苦恼，他想要伤害我……我想我会被气死的。我很失望，我的罗马之旅倒成了折磨。布拉沃白费心思地试图安慰我。

我焦急万分地在床上翻来覆去。比昂森来了，表示懊悔他的那些话，说是被明显地夸大了，而且表示当我顺便走访贝波大叔时，他会陪我去。布拉沃把这件事抛到了一边，叫我忘了它，否则一个流言蜚语就会成为我的负担。

一天晚上。比昂森来跟我们一起吃饭时，我感觉关系融洽多了，而且告诉他许多关于我童年的事情。他聚精会神地听，并给我读了他的一两首诗。

这些年我在这里交了好些朋友，其中威廉·斯托里[①]高居首位，他是一位富有的美国雕塑家。一天，他邀请我去他的住所参观贝多芬的塑像并同他的几位美国和英国朋友以及他的夫人和孩子们见面。孩子们围成一圈，我坐在中间。我盛情难却地用英语朗诵起《丑小鸭》来，事实证明我难以胜任，不得不请斯托里接替我，但孩子们还是送了我

---

① 美国雕塑家兼诗人（1819—1895）。

一个花环。客人当中有朗费罗①的弟弟和诗人罗伯特·勃朗宁②，斯托里待在孩子们中间，装扮成流浪艺人并扮演这个角色，孩子们跟在他后面，从一间屋到另一间屋。

斯托里带我去拜见英国女诗人伊丽莎白·芭蕾特·勃朗宁③。她病了，而且病得不轻。她紧紧地握着我的手并用温柔的、善解人意的眼光看着我，表示感谢我的作品。我们见面后的当天，她写于罗马的诗《北方和南方》，作为她称为《最后的诗集》中的最后一首，是她死后出版的，我在这本书中放了一些香花，一直保存着。

第二天，骄阳似火。小乔纳斯和我开始踏上了归途。但布拉沃却提议去郊游。因为布拉沃了解火车的出发时间，11点钟我们在车站等候。一上车我们就饱览了阳光普照的坎帕尼的景色，接着火车穿过高高的比较凉爽的树木，不禁使人联想起丹麦的乡村。我谈起此事时，布拉沃坚持己见，认为丹麦的山毛榉比较低，不如意大利的高，丹麦没有比得上这里的高地，我不肯费心思同他争论。

在阿尔巴诺，我们喝了有益于健康的葡萄酒，但喝咖啡时布拉沃说，我们预先约定的公共马车就要动身了，我们便提前半小时去街上等。这是一次不能令人满意的短途旅行。

第三天，我们终于一步一步地走到车站，搭上了一列每个小站都停得慢得一塌糊涂的火车。车上有个旅伴是年轻的英国人，他问亚平宁山脉是不是阿尔卑斯山脉，他从没听说过《威克菲尔德的牧师》④，这说明他的无知。

我们继续旅行，从意大利进入瑞士，在洛桑接到了老乔纳斯·科林生命垂危的不幸消息，他的家人推定这封信到达时，他已经见上帝

---

① 美国诗人（1807—1882）。
② 英国诗人（1812—1889）。
③ 罗伯特·勃朗宁之妻（1806—1861）。
④ 英国作家戈德史密斯（1730—1774）的著名小说。

去了，告诉我们不要着急回国。幸亏我们及时回到了丹麦参加他的葬礼。我将怀念多少年来我已习以为常的事：同科林在一起谈心的机会。

　　他的房子忽然变得空落落的。眼见师友们逐步凋谢，真想不到。现在我觉得自己已进入不久于人世者的行列中⋯⋯

第十九章

西班牙纪行：我的血液像维苏威火山一般燃烧

1862年初，我得到我的插图本童话集的一笔版税，决定再次旅行，我还是邀请乔纳斯·科林的孙子小乔纳斯做我的旅伴。他接受了我的邀请，条件是他能随身带上他采集的那些蛇。于是我们从哥本哈根以南40英里的科索镇出发，目的地是西班牙。

时值盛夏，我们进入法国领土后，取道里昂、尼斯梅斯和纳尔榜去西班牙。在西班牙的一个市镇的一家旅馆里，我们住进了3楼的一间卧室。我在阳台上喝了一杯葡萄牙产的红葡萄酒。因为小乔纳斯喂他的蛇，我洗脸的时候看到我的毛巾上的毒物，我的眼睛感到刺痛。

太阳火辣辣的，我一整天没外出，但晚上我们跟一些旅伴一起在露天喝茶。邻座的一个女孩给我送来了一个罕见的茶匙并问我会不会用它吃我的草莓，我向她表示感谢。

我回到卧室时，女仆不停地打扫房间并用鼻音唱歌，不顾小乔纳斯同我正在交谈。我突然发觉我的钱包丢了，女仆说她捡到一个钱包，立即把钱包还给了我。她名叫安娜，似乎受过教育，读过我和歌德、席勒的书。旅客中的一名小伙子说，他不喜欢她，因为有别的男人抱过她。小乔纳斯同安娜交谈了好久，他认为她是贞洁的。

9月6日，小乔纳斯同我搭一辆公共马车穿过亚平宁山脉去西班牙边境城市，两位抽雪茄的牧师跟我们结伴同行，拉车的是12匹带着铃铛的骡子。车夫随意地用鞭子抽打骡子，时而跳上跳下，在骡子旁边跑，大叫大嚷，用只有骡子才懂的语言说话，这时马车震动、打战了，突然倾斜了，发出嘎吱嘎吱的响声。

不过我们还是继续前进，只是在到达水流湍急的富尔维亚河时才放慢了速度，看不见一只船。车夫把车往河里赶，没意识到危险。我真的以为自己正在经历一场新的冒险——后来的确听说最近发生过翻船事故，淹死了几个人。从瓦什卡拉镇来的一些农民帮助了我们。他们只穿着短上衣或者光着脊背为我们指引方向。有些人拉着马车，有些人拽着骡子。领头人了解河床的深度，当马车被赶到河水齐胸的最深处时，他劝我们把脚抬起来，别让水淹着，直到到达对岸。

我们来到巴塞罗那，旅馆里摆好了桌子，响起了开饭的铜锣声。侍者给我们端来了带壳的蜗牛汤。这汤做得很不讨人喜欢，连采集过蜗牛的小乔纳斯也没食欲。可是随后的膳食是美味的，葡萄跟梅子一般大，甜瓜进嘴就像雪一样融化了，葡萄酒有一种浓烈的香味。此刻我觉得巴塞罗那就是西班牙的巴黎。

小乔纳斯和我漫步兰布拉广场，然后去教堂墓地，人们称那里为"死者之城"。因为那里有五六层楼高的一排排拱棚坟墓，每块墓碑上都刻着墓主的姓名，例如"马卡娜·坦迪奥之墓"，等等。

一伙杂技演员穿着橘红色的毛料游泳衣出现在广场上，他们铺了一块大地毯在鹅卵石上，向我们展示他们的技巧。一名腰间系着一根绳子的西班牙小孩跳了跳舞，打了打手鼓，表演了倒立，然后在他光着脊背的父亲的辅助下翻跟斗。

一些人把我推进了大教堂，那曾经是清真寺，现在几乎默默无闻地坐落在一排高高的房屋中间。我是从一片橘子林当中的一扇小门进去的。橘子林是摩尔人时代种植的，教堂里的庭院都有漂亮的大理石洗手池，那曾经是供穆斯林们净面、净手、净臂用的。鹅群在铁门后面游泳，应该说那是一群天鹅。

此时巴塞罗那热得要命。我只好穿过一条街，艰难地走过深沙来到海滨更衣处，然后跳进海水中，在巨浪里漂荡，可我又觉得海水凉，不得不回到旅馆。当地两家最大的剧场没有开放，我在一家小剧场观看到的是关于私吞公款和张冠李戴的劣等戏《城堡的看守人》，这是给孩子们和没有头脑的女仆们看的。

众所周知，西班牙人最大的乐趣是斗牛。大竞技场上铺满了沙子，被高高的木栅栏包围着，栅栏后面是观众的通道。假如公牛要跳过围栏，观众就别无选择，只能逃进竞技场；假如公牛要追赶观众，他们的唯一选择就是仓促回到通道上去。这简直是把斗牛当作一种娱乐运动。然而，我第二次目睹的斗牛场面竟是一头牛用它的尖角戳进另一头牛的肚子里，弄得后者肠子外露，那惨状使我晕倒了。

这里有个怪现象，白天突然变成了夜晚。天空一会儿是红的，一会儿变暗，突然又布满了星星。一只只狗相继叫起来，震耳欲聋，就像人们在哥本哈根港口附近听见的一样，当一只迷路的狗开始叫时，所有轮船上的狗都一起叫，正好形成合奏。

鹅卵石街道非常清洁，几个小伙子正在扫街。穿过市镇，我很欣赏比较安静的几条街道，那里有好些美丽的花园、喷泉、盛开的玫瑰花和阳台上方常见的条状竹篷。两个少女从阳台上向外偷看，她们是我在西班牙见过的最漂亮的女孩。她们的目光像一道道黑亮的光芒，她们的嘴巴只用笑容说话，胜过任何诗人在长诗里所能表达的内容。原谅我吧，皮特拉克[1]和拜伦[2]！我的血液里翻腾着西班牙人的火热激情，像维苏威火山一般地燃烧着，这足以使我情绪失控。

第二天清早，一艘轮船将启程驶往马拉加。我找到了一位西班牙人帮我向海关解释，小乔纳斯携带昆虫仅仅是为了喂养他的供人观赏的兽群。

后来我结识了一位外交官的儿子，他说他的父亲派他出国学习过

---

① 意大利诗人（1304—1374）。

② 英国伟大的浪漫主义诗人（1788—1824）。

多种语言和风俗，以便了解不同的文化。他是我们在西班牙遇见的最开明的人士之一。他邀请我们去逛娱乐场，无论什么时候我们想买什么东西包括用来解渴的一杯饮料，他都说早有人照顾了。

他带领我们去了一家舒适的旅馆，但下个不停的雨从屋顶上的一个洞里漏下来，我们不得不把锅盆聚集起来接雨。我这才感到舒适些，直到经过短暂睡眠之后被狂风惊醒，那狂风就像威尔第在其作品《果戈莱托》中的器乐与声乐融合那样，我希望在我乘海轮驶往巴伦西亚时这种恶劣天气别再继续。

我同小乔纳斯闲逛时从一家商店敞开着的门望去，看见一个骨架式的新奇装置，用亚麻布、金属丝和竹条制成，那是支撑女裙的衬架，妇女们用上它就显得身材匀称，不论年老年轻的都是这样。我不禁想到，一千年以后妇女们将不再穿有衬架支撑的裙子，也许连衬架的名称都不知道。从前好像有一位年轻貌美、举止端庄的皇后发明了衬架来向世人展示她的妩媚，使别的女性都来效仿她，所以别的女性也纷纷采用了这位皇后推行的这种时髦的衣着用品。

9月下旬，在我们就要乘轮船去马拉加的前夜，刮起了大风，树木被连根拔起，我对这次旅行很担心，但轮船的出发时间是不变的，所以我们一起上了船。幸亏风平浪静了，海面像丝绸一样，我们在水上滑行，清晨能望见马拉加的白色房屋、大教堂以及摩尔人的要塞。

在马拉加城，富商德利乌斯邀请我们去他的别墅玩一天，小乔纳斯不知怎么立即发了头痛病，因此我独自一人前往。

那里的所有庭院都是美丽的，橘子树和带粉红色浆果的胡椒树等各种树木种植在斜坡上。可是有人告诉我，这里生长的最贵重的东西是青草。两块保护得极好的大草坪，看上去好像每棵草都被洗得干干净净的。

阳光下，在西班牙南部秀丽多彩的大自然中，我的心越来越年轻。虽然深秋的天气有些寒冷，但人们的热情使我心中充满了暖意。在我的归途里，我看见几头驴绊倒在灰蒙蒙的河床上，每头驴的背上都吊着两只篮子，而且都有人睡在里面。我们在银行家普里兹的家门口停了下来，应邀出席了他家的茶会，女主人唱了门德尔松和贝多芬的歌曲，我们高兴极了。

格拉纳达是我们的西班牙之行中的亮点。我们坐在几匹骡子拉的车里，经过洛哈在第二天上午到达格拉纳达，在那里我们已预订了一套房间。在格拉纳达，最振奋人心的事是女王伊莎贝尔二世的巡幸。在女王经过的路上，女修道院、城镇和私人住宅都非常热闹。

大教堂已被灯火装饰起来，到处都是小喷泉和凯旋门。港口的一个门厅是用皮革和纸板仓促建成的。晚上这种设备也许看起来很惹人注目，但在白天的阳光照耀下却像舞台布景。

我不禁想起我上学时的青年时期，那时我在一户人家搭伙，那家的孩子们常穿有洞的衣服，如果他们要见客人，就在洞后打个补丁，聚会时他们几乎总是会泄露这个秘密。"妈妈，我的补丁快掉了。"我没想到，在女王巡幸期间，这种情况竟然发生了，但这个城市的洞的确被补丁遮盖起来了。

这是自从女王伊莎贝尔二世的祖先伊莎贝尔一世①统治以来，大约400年间女王第一次巡幸格拉纳达。条条街道上整天都是人山人海，的确令人大饱眼福！阳台上都挂着彩色绣花帘子，无数白被单上都有红色绣花。到处飘扬着国旗，气球和花环形成了街上的大天棚，像窈窕淑女们跳芭蕾舞时飘飘然披着彩色薄纱而更加美丽。

市民们大多已制作自己的服装：白色的亚麻长袜、丝绒裤子、红夹克衫、头巾和"加里波迪"帽②，一队队的黑脸姑娘看上去似乎刚从橱柜里取出供打扮的衣服跳着舞穿过一条条街道。教堂的钟响了。

---

① 卡斯蒂利亚王国女王（1451—1504）。
② 与女人或小孩穿的宽大红色罩衫配套的帽子。

好一派熙熙攘攘、喜气洋洋的狂欢景象！

10月21日，我们离开格拉纳达回到了马拉加，在那里我赶紧去看望舒尔茨领事和我的朋友们，随后去参观我最喜爱的圣殿——新教教堂。"面对大海这面镜子，在汹涌的海浪旁，为我掘墓。"我曾在我的祖国吟咏这诗句；此刻我在沙沙作响的棕榈树下再次吟咏，这里的桃金娘开花了，这里的天竺葵又高又好看。第二天，我从报上得知这是初冬的第一天。一两个星期以前，一伙患肺病的英国人来这里疗养过，这的确是个预兆：寒冷的北方天气即将来临，正如白鹳的到来预知春之将至一样。

在歌剧院，我出席了歌剧《马撒》的演出。该剧主角是一位波兰女子，她唱得很好，唱男高音的是俄国人，其他歌手是意大利人，这场演出非常成功，可是演完后没人鼓掌。有人解释，红极一时的主要女演员没在这出歌剧中担任角色，而是坐在乐队席上的包厢间。她不允许她的歌迷们为一名没有资质的演唱者喝彩，可是她有一颗善心，据说在幕间休息时，她曾去后台亲自感谢演员们。

顺便提一句，据我所知，莫扎特的歌剧也从未在这里演出过。他的西班牙杰作从未越过阿尔卑斯山脉。

几名衣着漂亮的少女坐在前排，同一伙殷勤的小伙子在一起兴高采烈地闲聊。我得知他们还是孩子，15岁左右的男孩和11岁左右的女孩。女孩已发育成熟，像西班牙成年女子那样妩媚动人地给自己扇扇子；我也得知，她们当中的一人已经结婚一年而且做了母亲。

午夜过后，法国轮船"巴黎号"启航驶往直布罗陀。小乔纳斯同我上了轮船，我戴着霍尔斯坦女伯爵送给我的蓝色丝围巾，当我回到我的客舱时，发现围巾不见了，难道它会被谁偷了？小乔纳斯觉得好笑，可是我心里很难受。

早上6点，我们起床时能看见西班牙和非洲两边的海岸。丹麦领事马西森先生已在直布罗陀的"王权"饭店为我们订了房间，因此，我们一到那里就被安顿得舒舒服服。这里有不同民族的人：两位友好的英国海军军官，一位年轻的法国人，一位德国人，一位俄国人和两位新近在尼罗河上捕获鳄鱼归来的西班牙人。

我们正在吃饭的时候，领事交给了我一封英国牧师约翰·德拉蒙德·哈伊爵士和他的丹麦夫人的信，邀请我们在直布罗陀待一些日子，如果我们打算参观非洲海岸的话。

在直布罗陀，我们登上了海峡的最高点，见到了俯瞰着海峡的大要塞，并且探查了一直通到欧洲的一些洞穴。据说猴子来过这里，可以从仍然半埋着的猴子骨架数量上得到证实。

我们在这里待了三天，便乘火车去塞维利亚，那是穆里洛①和唐璜②的故乡，塞万提斯③在那里写了《堂吉诃德》的一卷。

这里的一座大教堂从前是清真寺，寺内的墙壁上挂满了穆里洛的画；而在西班牙最高的摩尔式吉拉尔达钟楼④外却有25座钟在兜着圈子摆动。

在艺术学院里，我参观了绘画系，那里保存着一尊未完成的塑像，胸膛上面放着一只手，格外栩栩如生，以致用来给学生们做模特。关于这尊未完成的塑像，可以写一出完整的悲剧。这尊塑像的原作者是意大利人托里贾尼，他在扔石头玩时偶然砸破了他的老师米开朗基罗的鼻子。他来到了西班牙，制作了一尊大理石圣母像，塞维利亚一名富人委托他办了此事之后却拒付报酬。他便以损毁塑像来报复，只留下了放在胸膛上的那只手原封不动。当然，他损毁的是他自己的作品，但因为那是逼真的圣母像，他被宗教法庭逮捕了，最终受到残忍的折磨而死。

---

① 西班牙画家（1617—1682）。

② 英国诗人拜伦（1788—1824）的杰作《唐璜》中的主人公。

③ 西班牙作家（1547—1616）、《堂吉诃德》是其著名小说。

④ 12世纪仅存的建筑，塞尔利亚的象征之一。

从塞维利亚到科尔多瓦的道路名声不好。我们听说的大多数袭击事件都发生在这条路上。几年前，就是在这条路上我们的同胞、建筑师梅尔达尔遭受了袭击，匪徒们甚至抢走了他的速写簿。"住手"，他呵斥道，"这东西对你没用，但对我却有很大的价值。"于是匪徒们按照西班牙的传统礼节把速写簿还给了他。据说，大仲马在西班牙旅行时，为了给读者乐趣，也为了自己取乐，做了遭遇土匪袭击的思想准备。西班牙人给我讲了这个故事，让我确信这些日子旅行者是安全的。

大仲马在到达西班牙之前已寄了一张 1000 法郎的钞票给一个知名的匪首，要他打一次不会造成损失或危险的埋伏。土匪回信说，他的房子已被毁坏，他不再干那个行当了，但附寄了一张收条。这个故事很明显是捏造的。

快到马德里时，我们听说这个地名来源于一个小男孩，他在被一只熊追赶时爬上一棵树，叫他母亲救他："Madre，id"，意思是"妈妈，快跑！"

我去看了一出小歌剧，它的合唱队由弃儿们组成，他们纵情歌唱，听众向舞台上扔糖果酬谢他们，这些糖果被礼貌地送了回来。听众高喊"再来一次，再来一次！"他们再唱之后，大批糖果又被抛上了舞台，在整个演出过程中，我的新袜子因为太小了，穿着难受，所以我回家时给它们开了一个孔。

我们原想在马德里过圣诞节，但寒冷的雨雪和大风令人不能忍受，因此我们只好离开此地，取道法国踏上回国之路。我们乘的火车轰鸣着前进，直到在埃斯科里亚尔遇到了暴风雪。于是我们被安置在一辆狭小的公共马车里直到天亮。马车随时有翻覆的危险。我不想睡，我担心别摔断了胳膊或腿。第二天，我们到达布尔戈斯，下榻到拉斐拉饭店，在门厅欢迎我们的，除了一只公鸡和两只母鸡，还有两头驴。

这家饭店里有一批令人感兴趣的客人——尤其是其中一人是古董

收藏家。我们的确急于想知道，这些人收藏什么东西。原来是年轻姑娘们把大量的钢笔收藏了起来，男孩们收藏的是印鉴簿或集邮簿，可是有一个男子，他的兴趣是收藏有名的牙齿。他有一本完整的牙齿簿——有某个被处决的土匪的一颗牙齿、某位著名歌唱家的一颗牙齿，还有一颗是某位知名理发师的，都是各式各样新奇的收藏品！

因为天气冷，饭店给了我们一个装满了火势旺盛的木炭火盆。我们上床时，把它放在门外，但门上有许多裂缝，以致有毒的气味进来了，差点儿把我们闷死。我一觉醒来，觉得头上好像有一把老虎钳似的。我摇摇晃晃地起了床，设法打开阳台门把小乔纳斯拉出去吸新鲜空气。次日大半天我们都很难受，但饭后就复原了。

我们离开饭店时，侍者说希望我们很快会回来，我表示要咬掉他的鼻子再回来！

我们从布尔戈斯出发，步行越过比利牛斯山脉，参观了比亚里茨的著名矿泉浴场。我们站在一个岬角上俯瞰着比斯开湾，那里巨浪不停地猛击着悬崖峭壁，浪花飞溅，好像水面下躺着一群鲸鱼似的。我们向浩茫的海面望去，那邻近的海岸是美洲！

在4月2日我的生日那天，我回到了哥本哈根。此后我借助于我的旅行笔记努力写作，完成了我的新书《在西班牙》。

第二十章

葡萄牙纪行：骑着驴远征

　　1866年1月，一天清晨，空气清新，我和我的朋友乔治·奥尼尔驱车向里斯本进发，云层已从辛特拉的山冈上消散。我们直接登上了与塔古斯河南岸的铁路联运的轮船。船上满载着旅客和货物。起航后船上肃静无声，男人们坐着看报，女人们打着阳伞非常有礼貌地与她们中间的陌生人相处甚欢。河面向北逐渐开阔起来。极目远眺，水天融为一体。平静的海面上阳光灿烂，里斯本展现在我们面前，它坐落在山冈之上，建筑物轮廓呈波纹状。经过实地观察，我不得不惊叹，我曾经从书上读到过的那个充满垃圾、野狗的城市哪里去了？来自非洲殖民地上患有可怕疾病的贫困侨民哪里去了？当地人告诉我，那是30年前的情形；现在这里是宽阔、洁净、美观的街道，一排排房屋的墙壁装饰着有彩色图案的瓷砖，大门和阳台被漆成了绿色或红色，随处可见。城市中心的公园和其他公共散步场所晚间用上了煤气灯，鲜花盛开的树木散发着浓浓的香气，使人感觉好像置身于香料铺中。

　　主要街道上熙熙攘攘，热闹非凡：轻车匆匆驶过，牛拉的笨重农用车缓慢行驶。有个送牛奶的人牵着两三头奶牛在街上挤牛奶，后面跟着一头戴着皮制口套以防止喝过多的奶的小牛。戏院的大广告密集在街头。在我逗留此地期间，歌剧院关闭了，但表演短小音乐节目和小歌剧的娱乐场所以及"玛利亚二世"剧院却观众盈门。这家剧院并不很大、却是一栋有门廊和众多塑像的美丽建筑物，面对树木成行、铺着图案精美的马赛克的大广场。广场旁边是金银首饰商店聚集的黄金大街，商店里的项链、勋章及诸如此类的饰品闪闪发光。里斯本给人的印象有点像热那亚。

据说里斯本官方打算在广场上建造卡莫斯①的纪念碑，纪念碑的底座已经打好，但塑像尚未建成。这座纪念碑将如何建造我不知道，但卡莫斯的一生就像一首美丽的诗，他本人的工作将永远是他最好的纪念碑。

像世界上所有的文学一样，葡萄牙文学起源于民间诗歌；随之而来的是宫廷诗和音调悦耳的田园诗。而今尚健在的最重要的田园诗人之一是安东尼奥·费利西亚诺·德·卡斯蒂略②，他生于里斯本，后来同我国的一位女同胞赫尔辛格·佛罗肯·维尔达结婚。卡斯蒂略出身文学世家，他6岁时得了天花，因而失明，但他学习的热情没有减弱。他15岁时已精通文法历史、哲学和希腊文。他也抽时间学习植物学、历史和物理学。他在景色秀丽的科英布拉附近闲逛，感受到大自然之美，并在他的诗歌《春天》中加以赞美。在科英布拉，他写了田园诗《回声与那喀索斯》③，几年之内再版了几次。他翻译过奥维德④的作品，大半生致力于诗歌创作。一位妇女读到《回声与那喀索斯》这首诗后给他写匿名信说，"如果有回声，真的像那喀索斯吗？"

卡斯蒂略随即同这位素不相识的女士通起信来，并希望知道她的姓名。他们继续通信一段时间之后，1834年结婚了。3年后她死了。他所写的纪念亡妻的诗被他的同胞们视为文学精品。

---

① 葡萄牙诗人、戏剧家（1525—1580），把葡萄牙抒情诗发展到了顶峰，被塞万提斯称为"葡萄牙的珍宝"。
② 葡萄牙诗人（1800—1875），葡萄牙浪漫主义运动领袖，后追随传统主义。
③ ［希腊神话］因爱恋自己在水中的影子而憔悴致死的美少年，死后化为水仙花。
④ 古罗马诗人（公元前43年—前18年）。

后来他娶了夏洛特·维达尔，她的父亲是驻赫尔辛格领事。在妻子的帮助下，卡斯蒂略把巴格森、奥伦什拉杰尔、博伊等人的几部作品以及其他几位丹麦作家的诗歌译成了葡萄牙文，其中博伊的诗歌对葡萄牙人具有最强的感染力。

一天，我的朋友乔治·奥尼尔带我去拜访了卡斯蒂略，他的住所朝向塔古斯河，那里即使在骄阳似火的大热天都有从海上吹来的凉风。我被当作老朋友接待。卡斯蒂略、奥尼尔同我一起用丹麦语交谈。我们谈到，遥远的丹麦由于有了铁路，现在已不那么遥远了，城市之间、国家之间更近了。谢谢电报电缆，美洲已经成为我们最近的邻居。

亲爱的卡斯蒂略用轻松且富有青春活力的态度讲话。那时他正在翻译维吉尔[1]的作品。他的儿子也是很有才华的诗人，帮助失明的父亲。这个家庭里最年轻的是女儿，她有一双美丽的眼睛。我为她即席创作了一首关于星星的小诗。

几天以后，我很高兴地同乔治·奥尼尔一起接待了卡斯蒂略全家。我保存的珍品中有两三封卡斯蒂略口授的法文信，信上只有签名是他的亲笔。我给他的信是用丹麦文写的。盲诗人在他儿子的帮助下，用葡萄牙语朗诵了我的丹麦文信件和诗歌。

这期间奥尼尔通知我国王费尔南多二世陛下要在他暂住的城堡接见我。那里从前是个寺院，位置绝佳，可以遥望塔古斯河的入海口。穿着老式制服的卫兵们，就其制服而言，与梵蒂冈的哨兵并没什么不同，他们列队站在主要的楼梯上。一名宫廷侍者带领我去城堡的顶层，在那挂着各种画像、武器和盔甲的大房间里我受到了国王陛下接见。

国王费尔南多，一位高个子的英俊男人，亲切地欢迎我，谈到我的作品和对葡萄牙的访问。他亲自陪我游览宽敞美丽的花园，那里曾经杂草丛生，而今已成为绿草如茵、繁花似锦、长满稀有热带植物的

---

[1]　最重要的古罗马诗人（公元前70年—前19年）。

宝地，令人心旷神怡。

我告别时，国王握着我的手说："我不说'别了'，我们将再次见面。"在返回住所的路上，我回忆起这个国家33年来的历史，她经历过这么多斗争，可她现在似乎正在和平地发展。

稍稍休息以后，乔治·奥尔尼的儿子卡洛斯·奥尼尔同我继续乘轮船向塔古斯河南岸驶去，岸上浮现一座座寺院、要塞和松树林。上岸后，我们经过一座很长的木桥到达了塞图巴尔火车站，卡洛斯·奥尼尔的马车在火车站等着我们。很快我们就路过这个城市的一部分，时而陷在深沙中，时而通过坚硬的光秃秃的石头拱门，有的地方狭窄得容不下两辆马车，有的地方却又宽得足以通过四辆马车。我第一眼就看见到处都是高高的电线杆，可仔细一看却是更美的景象：一棵接一棵花朵盛开的不知名的植物，每棵的主干高达20多尺约有30根树枝；它们像铜灯台，每个支架上都有一碗金黄色的花朵。眼前成荫的大树之间有一座废弃的寺院，附近就是我的新家、卡洛斯·奥尔尼的多间宅第。

此地的特征之一是高地上轻声呼啸的风车，它从一口深井里吸水，通过导管输送到花园浇地，花园被分成了几块台地，有宽阔的石梯通向下面的花坛。胡椒树像大池塘边的垂柳，柠檬树和橘子树果实累累，发出浓烈的香味。

夏天来了。清晨和晚上，在清新的空气中散步是舒畅的。黄昏时分，橘子树的每一片树叶都变成了黑天鹅绒，闪闪发光的萤火虫在头上横冲直撞，塞图巴尔的一座座白色房屋里灯光闪烁。大海岸边的沙质悬崖依然看得见，突然星星出来了。这样的美景无法用言语形容。

一条狭窄的山谷里蔓草丛生，一条清澈见底的小溪形成了城市和一座古寺院之间的分界线。寺院的僧侣们在革命时期被赶走了，现在一对可怜的夫妇住在这里照料这座被废弃的大建筑。只有一根棍子撑着门，寺院里不再有服务人员。教徒们跪在门外的花园里。

卡洛斯·奥尼尔同我乘轻便马车参观了帕尔米拉的无人居住的小寺院，并从那里去城堡。此时的帕尔米拉像冬天一样冷，刺骨的寒风像北方 10 月的天气，幸好我穿上了厚厚的冬装。我们终于走近城堡摇摇欲坠的城墙，前面是延伸向塔古斯河的栓皮栎，河的彼岸是里斯本。在落日余晖中，在蔚蓝色的远方高耸着辛特拉的丘陵。

夜色降临了，我们必须动身回家。我的年轻朋友卡洛斯·奥尼尔骑着的马大胆地跃过坑坑洼洼的地面，然后沿大路前进。我们边走边唱歌，空中回荡着葡萄牙、西班牙、丹麦和瑞典的曲调。我们一停下来就陷入惊人的寂静。矮树丛中一片漆黑，这好像是一个真实的强盗故事的环境，因为十多年前这一带是臭名昭著的土匪地区之一。我听说过这样的故事：有个青年农民以勇于斗牛闻名，也勇于打猎。有一次他独自一人跟野猪斗，双方都已摔倒在地，他却设法用匕首把野猪杀死了。十多年前，匪徒们还在这一带搞恐怖统治时，这个年轻人同他的仆人外出打猎，仆人忽然看见远处矮树丛中露出两个人头，便告诉主人，主人说"不要紧"。仆人在外衣的掩护下准备射击，当匪徒们挨得很近时，他大叫一声："说！你们是谁，否则我就开枪了！"没有回答，一名匪徒还没来得及开枪就被一颗子弹打穿了胸膛，另一名匪徒开了枪就跑，但这时他背上就被这个年轻人的另一颗子弹击中。

这是动乱时期的事，现在这里是安全的。

几天以后，我们进行了另一次远征。我骑驴，卡洛斯·奥尼尔带着枪步行，希望找到捕猎的对象。我们来到一片没有路的田野，我的驴不肯再走一步，卡洛斯不得不用缰绳牵着它走。它很勉强地登上山路。沿路一会儿是石楠属灌木丛，一会儿是一大片开着紫红花的大蓟。我们越往高处走，植被越繁茂。山路完全消失了，石头在驴的脚下滚动，驴行走困难，仍然被卡洛斯牵着走，卡洛斯本人跌倒了几次，他的枪管老是戳着我的脸。我问他枪里是否装了子弹，他说："是的"，然后又把枪举起来，但很快使枪口向下。这使我十分后怕。

　　大约一个小时之后，我们再次看见了山间小道。卡洛斯想寻找猎物，我步行跟着他，穿过葡萄园进入茂密的树林，其中有一条弯弯曲曲的小溪流过起伏不平的岩石，形成许多小瀑布。我们停下来让可怜的驴喝点水。这次不寻常的艰难骑行把我累坏了，卡洛斯却总是在奋力前进，他建议我待在后面——附近长满苔藓的地方可供我坐一坐——于是他消失在树丛中并答应回原地接我。

　　我休息了几分钟，鼓起勇气深入松树林中，心想如果找不到卡洛斯，无论如何也能按原路走回找到我的驴。我走的小道越来越窄，我又想往回走时，忽然看见卡洛斯正躺在长满苔藓的岩石上休息。于是我骑着驴同卡洛斯一道踏上了回家的路。我放松了缰绳，驴比我更认识这段路。天气太热，我的驴只能缓步行走，但它忽然站着动也不动，竖起耳朵惨叫一声，用后腿站起，然后开始飞跑。一头母驴正向我们走来，驮着一名漂亮的农妇。我的驴跳得老高，很难听我使唤，以致我不得不牵着它走。两三个小时后，我们到达了塞图巴尔。一番热水浴恢复了我疲乏的身子。

　　这里最大、最美的广场无疑是以葡萄牙诗人博卡热①的名字命名的。博卡热生于塞图巴尔，死于贫困。现在人们建议为他建立一座纪念碑而且正在进行募捐。塞图巴尔为它的诗人感到自豪。

　　塞图巴尔有个军事要塞。兵营在要塞对面的建筑里，那是老要塞的所在。据我所见，士兵们看上去很年轻，全都被烈日晒得黝黑。在城外的公园里，星期日都有一支乐队演奏。这个城市的主妇们肃静地坐在庭院的板凳上，男人们却轻松地踱来踱去，丝毫没有嘈杂的迹象。

　　这里也有斗牛竞技场，但没有西班牙斗牛那种野蛮、血腥的场面。竞技场设有封闭式的三层楼包厢，竞技场部分是敞开的，观众大多是

---

① 　葡萄牙浪漫主义文学的先驱（1765—1805），其主要作品有《纯粹的真理》《铁的真理》等。

农民和渔夫。包厢里人也不少。乐队奏起西班牙的巴列罗舞曲，一名小伙子接着进场了，他把头发梳理了一番，向四周鞠躬。牛被牵了过来，抖了一下脖子。另一名穿着丝绒衣服的年轻农民也牵着牛进来了。竞技过程中，双方都显示了非常熟练的技能。这里像在西班牙一样，斗牛结束后，一群被驯服了的、颈上系着铃铛的牛被牵过来，围着这些参加过搏斗，吼叫着、脖子滴着一点儿血的牛离开竞技场。从乡下带来的牛也显示了它们的技巧。它们驻扎在牛栏前或躺在牛栏外面的地上，招致其他牛的攻击，但凭借迅速的腾空一跳和急剧的旋转，它们显示了如何躲避攻击的技能，然后与对方保持一定的距离跑掉，引起观众的普遍赞扬。业余运动员也参加这种类型的斗牛。

海湾里停泊着许多飘扬着不同国旗的船只和塞图巴尔居民的几艘游艇。丹麦国旗飘扬在一艘漂亮的游艇上。有一位葡萄牙人森霍尔·艾伦滋有一只相似的小船。他的语言才能引起我很大的兴趣，他讲得一口极好的丹麦语。虽然他从没到过丹麦，但他同丹麦、挪威和瑞典的船长们的联系使得他学会了这些国家的语言，因此他能向三个国家的人讲他们的母语。

在一个美丽的艳阳天，不幸潮水大涨，我同卡洛斯·奥尼尔全家乘上由几名强健水手划的小船向大西洋航行。小船摇晃得很厉害，海水不断地溅在我们身上。我们经塞图巴尔海岸线时发现岸上有许多教堂。港湾里停了许多船——俄罗斯、法国和西班牙的。

划行了大约一个钟头后，我们看见沿岸的山冈上有个小小的军事要塞，其任务是保卫塞图巴尔的入口。我们眼前和四周是广阔的大海，但我们能看见山坡上废弃的特拉皮斯特修道院，那曾经的圣地。比修道院更引人注目的是修道院下方被海水半淹着的钟乳石大山洞，我们的小船划进去走了一英里，只相当于洞穴长度的一半，听见海水猛烈地冲击着沙洲。我们不得不掉头出洞，以免在这个奇怪的洞穴里越滑越深而发生危险。

　　我们往回走，把小船划向地峡，以便参观被埋在沙丘中的特洛伊城遗迹。腓尼基人兴建了这个城市，后来罗马人在那儿住。他们采盐的方式跟今天完全一样，因为有大盐田做证。

　　一个多钟头以后，我们到达了沙丘，它们被矮树丛和各种鲜花覆盖着。离沙丘不远处是大堆大堆的石头，这些石头来自丹麦、瑞典、俄罗斯甚至中国，倒是可以写个关于此事的故事。一个个沙丘向空旷的大海延伸。在回家的路上，我们遭遇了汹涌的波涛。我们渡过海湾去塞图巴尔花了一个多钟头。趸船旁停了几只小船，船上装满了大块大块的盐，像存起来供夏天用的冰砖一样。

　　我刚到塞图巴尔时在乔治·奥尼尔的别墅外边种了一株小小的北方松树，靠近高大的棕榈树旁。它将会长大，北风将通过它从遥远的北方低声送来祝福。

　　我已经在塞图巴尔待了一个月，连同在平赫罗斯的那些日子，比我原来打算在葡萄牙度过的一半时间还多。因为我想在离开此地前游览科英布拉和辛特拉，我必须上路，否则我就得在这里度过冬天。

　　此刻我的回国之旅显得困难：由于德国境内有战争，我要么乘公共马车再通过西班牙北上，那条路最拥挤；要么乘里斯本到波尔图的轮船，从那里如何向前去呢？我记得有一句老格言："最亲爱的客人，若在别人家里待得太久，也会成为招人厌烦的人。"我从未检验过此话的真实性而且的确不想这么做，但这句格言深深印在我脑海中。我非常担心海上航行的种种困难以及在这些被战争弄得惶恐的日子里可能发生的种种困难，这是我的双重性格——怕危险而又想亲自体验它——中的巨大矛盾，但还是愿望克服了恐惧。我决定在8月中旬离开葡萄牙，所以要在几个星期之内尽可能多地游览这个美丽的国家。

　　一天清晨，卡洛斯·奥尼尔陪我乘火车和轮船去里斯本，晚上到了平赫罗斯。在我们离开平赫罗斯的一个月期间，它的风景完全变了。草地呈焦黄色，花园里的花已经凋谢，西番莲的树枝上悬垂着大量像绿色和橙色鸡蛋一样的形似苹果的浆果，田里的五谷已经收割，给五谷打场是用牛踩。整个乡村是金黄色的。

我打算参观科英布拉的大学城和另一个更靠北的城市阿威罗。我们乘的是去波尔图的火车。火车沿塔古斯河行驶。河面从里斯本开阔起来，直到萨尔瓦特村和贝拉文特村，以后越来越窄。毗连西班牙的山上还在下雪。

火车穿过树林和灌木丛，我们到了蒙德戈河边的科英布拉，那里风景如画，房屋高高低低，层次分明，随处可见花园和树林。在科英布拉的稍稍偏北的地方，树林没了，陆地平坦起来。阿威罗周围有许多人造运河。古时候，这一带是肥沃的，随着时间的流逝，沃加河口被堵塞了。不少土地很快变成了沼泽，逐渐成为这个国家最不卫生的部分。1801 年，开始挖运河，1808 年完成，沃加河的河水又能流了，这一带变得卫生而又适于居住了。这个城市被沃加河分成了两部分。

此时这里阴郁的天气和潮湿的薄雾几乎使我相信自己是在北方而不是在温暖晴朗的葡萄牙。初到阿威罗，我们遇见的路过的妇女们都紧紧地裹在大衣里，显得冻伤的样子。但我必须承认这里有我在葡萄牙见过的最漂亮的面孔，因为女性并不靠她们的衣装添彩。连少女们都穿着跟老太太一样的厚外套，露出赤裸而肮脏的脚。她们戴着宽帽檐的黑帽子，顶着旅客们的行李到旅馆去，生气勃勃地用言语和眼神聊天。

我们在狭窄而混乱的街上溜达，人们从阳台和大门口盯着我们。我们下榻的旅馆的侍者说，我们将参观大主教宅第前面的广场，并在第二天带我们去那里的公园闲逛。

待在阿威罗没什么乐趣，第二天我们乘火车从这个沉闷的城市动身去葡萄牙的大学城科英布拉。我们在科英布拉下车时，太阳出来了，阳光中带着南方的温暖，但眼前是一片喧嚣和混乱。出租马车车夫们向我们抢生意。两个人为一个旅行箱打架，每人都试图把旅行箱搬上自己的马车，他们不关心旅客的需求是什么，互相推推搡搡；一人拿一件行李跑了，另一人拿另一件，简直像抢劫。目睹了一场全面战斗，我们才得以同上一辆马车。几位其他旅客已在车上，空间太小，以致我们像在一辆西班牙公共马车里一样挤在一起。我们沿着蒙德戈河前进，它宽阔的河床露出的沙滩比流水还多。

科英布拉耸立在山腰，像整个花束中的一朵出色的花。街道一条比一条高。许多房屋的三四层楼凸出在一二层楼之上。街道狭窄，大多盘旋而上。有些建筑物被陡峭的石级分开，一座比一座高，商店林立，书亭不少。到处都是大学生，这里孤零零一人光着头边走边读书，那里几个人手挽着手聊天。他们的制服五花八门，黑色长袍或短外套，波兰式的下垂无边帽。据说在冬天大学生们一个月演一次戏，邀请教授们和城里的头面人物携眷属观看。我们经常在街上听见大学生们弹吉他演奏小夜曲的声音。他们要么扛着吉他，要么扛着枪，无忧无虑、慢吞吞地骑着租来的马离开老城，来到青葱的树林里取乐和冒险。这使我脑海中形成了一首完整的诗，但不是写在纸上。

一天下午，我接到一位文学史教授的电话，他说我的一些童话包括《世界上最美的玫瑰》已被译成葡萄牙文。他和科英布拉的一位年轻学者正打算不仅翻译我的其他作品，而且翻译英格曼的一些历史小说，因为他认为丹麦文学从整体上说有些东西很受葡萄牙人民欢迎。

第二天上午，这位教授带我去出席大学授衔仪式，当时一名小伙子正戴上博士帽。大学礼堂里挤满了人，大多是大学生。礼堂的每一边都坐着各界教职员，他们穿着白、蓝、红、黄等各色衣服。新博士跪在导师座前的垫子上。楼上挤满了妇女们，门厅里是一支乐队。我受到了最殷勤的接待。

那天上午和中午一直在下雨，从时令上说，这很不寻常。人们开玩笑说，是我带来了北方的夏天。真的，这是什么天气！街上像奔腾的河，大小道路、花园和树木都被水淹了。我打着伞从大学出来，跳跳蹦蹦地越过一块块石头，望见河水猛涨，瓢泼大雨像鞭子般抽打着我。这段经历我终生难忘。

我同卡洛斯·奥尼尔继续旅行。我们乘轮船航行在蒙德戈河上，最后看了一眼科英布拉，那五光十色的房屋像葱茏大地上的一大串灯火。

雨渐渐小了，但潮湿的天气使我得以目睹这个地区特有的一种稀奇古怪的服装——乡民们披在身上的用稻草制成的蓑衣。轮船经过栓皮槠林时，雨停了。黄昏时分，繁星闪耀，凉风习习。

我们旅行的下一个目的地是拜伦称为"新乐园"的辛特拉。里斯本和辛特拉之间的铁路虽然已在一些地图上标明，但修铁路的计划还被放在一边，听说或多或少搁浅了。从里斯本到辛特拉必须乘公共马车或别的车辆，或骑马、骑驴。我们只好乘马车前往。我们在路过的第一个村庄遇见一位流浪音乐家带着他年轻的妻子。他用小提琴为她的即兴演唱伴奏，一个小伙子打手鼓。她的歌声像江水涌流，歌词像连珠炮似的顺口溜，这显然是一首老歌。

一层浓雾使我们看不清近在眼前的辛特拉，雾稍散后，我们发现近处一个枝叶繁茂的大树林立的花园和一栋大宅院，它不久以前归王室，而今属于被以低价购买的私人。进入宅门，眼前是鲜花草地、流水和垂柳。

在辛特拉城正上方的山冈和溪谷之间是圣玛丽亚镇，镇郊的高树林下是奥尼尔家的别墅。别墅房间很多，有栽满柠檬树和无花果的小花园。从这里隐蔽在树林中的山冈上能看见费尔南多国王的半意大利式、半摩尔式风格的城堡。我在白桦和冷杉树下散步，清澈的泉水发出潺潺声，流过长着勿忘我草的葱茏的草地。这里有丹麦的三叶草、接骨木和牵牛花。此时我好像是在可爱的丹麦。

我在这里结识了来自哥本哈根的一个朋友，作家布尔沃·利顿①的

---

① 丹麦作家（1831—1891）。

儿子，他很赏识我的作品。他在里斯本的英国使馆工作，他同他可爱的妻子和孩子在辛特拉消夏。

我在老友布尔沃·利顿家里受到衷心的欢迎，并在那里结识了志趣相投的新朋友们。我同他夫妇俩一起观赏了辛特拉大部分难以忘怀的美景。

我在辛特拉逗留期间，天气一直很好，虽然最后几天有强烈的西北风。一英里以外的大海伸展着像一块蓝布。拍岸的浪花像沿岸升起的白烟。

告别的日子到了，离开辛特拉是难受的。我们在大风中回到平赫罗斯，通宵都是风暴，以致我以为房屋将会倒塌。但随后天晴了，太阳出来了。

这次离开平赫罗斯前，我曾想在那里多待一会儿，以观赏一下夜生活、热闹的街道、酒吧和戏院，但实际上我们只待了几个钟头，感到有些依依不舍。

我们打算乘轮船回里斯本再计划下一次旅行，但轮船没有按预定时间到达。一天破晓时，我被旅馆里砰砰的敲门声惊醒，一名通信员带给我一张纸条说，从里约来的一艘法国轮船即将开往波尔图，还剩下几个钟头，我没有时间去跟朋友们告别。

在卡洛斯·奥尼尔的介绍下，我认识了船长和一些旅伴。我问海上是否平静，船长回答："风力已变弱，但还是波浪汹汹。"我们上船后一连几天都有风暴，所以比预定的时间晚了两天到达里斯本。我同卡洛斯上了船长的游艇。随着水手们轻快地划行，我们来到塔古斯河上，并很快上了法国境内的大船。在大船的交谊室内可以坐，也可以散步。交谊室外面有笼里的猴子、鹦鹉和圈里的家畜，还有来自南美洲的玩具船。交谊室已被布置成一家餐厅。旅客太多，呼吸不畅。我们还得在这船上待三四天，真是苦不堪言。这也许是最不愉快的航行。一阵暴风从西北吹来。面对汹涌的巨浪，我知道最近的陆地是格陵兰海岸。

　　辛特拉的山丘和林地仍然看得见，但日落之前，它们的轮廓变得模糊，最终消失了。星星出来了，天气越来越冷。我不愿冒着冷风回到远处的客舱而是走进大餐厅，要在那里过夜。其他旅客仍在来来往往，高高兴兴地交谈，但随着夜深人静，半夜时餐厅只剩下我一人。灯灭了，我只能通过开着的门看见大灯笼的一丝光。我听见波涛的澎湃声、发动机的轰隆声和随之而来的回音，由此我体会大海的力量、蒸汽的力量。很快我就习惯了，然而稍有异响，我立刻意识到可能发生的灾难，像我年轻时的朋友杰特·伍尔夫在奥地利号轮船上遇到灾害而死亡的情况那样，那情景在我的脑海中还是那样清晰。

　　晚上我躺着时，海水突然猛烈地撞击轮船，发动机好像不响了，但转瞬间又照常响起来。我以为发生了海难，无意识地想象我们会沉没。海水涌了进来，灯灭了。此刻我感受到死亡的威胁，我的额头顿时出了汗，我一跃而起，冲出餐厅。一盏孤灯在发光，我扯开靠近桅杆的篷子向外看。多么美丽、壮观啊！滚滚波涛像着了火似的发光，巨浪突然发出磷光，我们好像航行在烈火之上。我被这壮观征服了，以致我对死亡的恐惧同时消失了。危险比此前既没有增加，也没有减少，但此时我丝毫不考虑。我想到的是听天由命——那天晚上就死？还是真的可以多活一阵子？

　　经过几小时的睡眠，我清早醒来，一名船员告诉我如何用坚定的步伐有节奏地与轮船的行驶保持一致。我不觉得晕船，开始对船上的生活以及各种各样的旅伴感兴趣。据说他们是混杂的一伙，而且我很快有了证据。那天早上，一位上了年纪的女士从一间客舱出来，哭诉着她被抢了。她在里约上的船，她同另一名素不相识的女人住一间客舱，那陌生女人自称是领事夫人，去里斯本。昨天那陌生女人下了船，拿走了她的钱和手镯。我们到达波尔图之前无法给里斯本发电报，此时窃贼已离开这个城市，而且已离开了这个国家进入西班牙或更远的地方。

海浪很高，我问船长我们进入比斯开湾时情况是否会更糟。"我想是这样"，他说。但随着时光的流逝，虽然轮船正在向北航行，海面却逐渐趋于平静，我能更安全地移动并环顾一下轮船。在走廊两边，在餐厅的每一边，女士们和先生们都坐在凳子和椅子上聊天或阅读，或做某种手工。如果你走进二等舱，那是寸步难行的，因为一群群旅客伸手伸脚地躺在甲板上。各种货物到处乱堆着。成群的孩子们喧嚷着，像在集市上一样。有几个孩子弹了几个钟头的钢琴，随心所欲地喧嚷，令人震耳欲聋。将近午夜时才安静下来。

第二天早上，我发现已在西班牙海域的比斯开湾，没有比这更美的了。海面像一大片光滑的丝绸。我们好像滑行在风平浪静的湖面上。海上漂浮着遇难船只的残骸，东一块、西一块的，它们走它们的路，我们走我们的路。

我终于设法上了顶层甲板，走过索桥，彻底欣赏一望无垠的大海美景。几条大鱼跳出水面，几只海鸟低空飞翔。黄昏时刻，西边云层密布，白浪翻滚。开始下雨了，我同其他旅客躲避在交谊室里。我第一次不晕船，我有足够的勇气回到我的客舱。船身的剧烈颠簸使我两次跌倒在客舱里。

在船上的第四天，一大早我急匆匆上了甲板。此时轮船将靠近法国的海岸，虽然还看不见。午饭后，我们经过坐落在海上一块大岩石上的灯塔，它正好在纪龙德河入海口之外，从这里能第一次看见平坦的沙质海滨地区。

纪龙德河像湖一样宽，河水呈黄色，离海岸一英里以内的海水都被它染黄了。一进入纪龙德河，轮船就抛锚了，两只小船正等着我们，一只运旅客的行李，另一只运旅客本人。旅客太多，致使小船装得太满，只有大约一半的人能坐下。纪龙德河两岸是碧绿的葡萄园、美观的别墅以及成林的白杨等各种树木。一名老兵认真地给我们指点和描述沿岸看到的一切。

　　当晚 7 点钟以后，我们到达了波尔图。小船停靠的码头正好在市区。我上岸后没看见人群中的熟面孔，直到我曾下榻的旅馆的搬运工向我走来。一辆马车正在等我，旅馆的所有员工像亲爱的老熟人一样欢迎我。很快我就见到了亲爱的朋友们。海上航行完成了，葡萄牙和西班牙落在了我的后面。几天以后我回到了丹麦。

第二十一章

再游法国：巴黎世界博览会

1867年春，巴黎世界博览会刚刚开幕，人们从世界各地络绎不绝地去参观，在4月11日之前乘火车前往巴黎。博览会周边的花园里有洞穴、潺潺流水和瀑布，美不胜收。我几乎每天都去参观博览会，结识了来自世界各国的朋友。

一天，我在博览会上遇见一位穿着雅致的女士和她的丈夫。她用瑞典语、英语、德语的混合语言跟我谈话。她说从我的肖像认识了我，并把我介绍给她的丈夫、著名黑人演员艾拉·奥尔德里奇，他目前在奥迪昂演戏，扮演奥赛罗[1]。我紧握着这位非洲艺术家的手，用英语友好地交谈。这件事使我很高兴。

又一天，博览会英国馆一位男士邀请我去卢浮宫的大饭店赴宴。在那里我遇见了尼罗河源头的发现者英国人塞缪尔·怀特·贝克[2]和他的夫人，我有幸陪同他们进入宴会厅。

希腊国王乔治一世[3]此时在巴黎。我很高兴在博览会上再次见到这位年轻的国王，从他的孩童时代起我就认识他，在他父王宫中他听我朗诵过我的童话。碰巧希腊馆紧挨着丹麦馆，只有一步之遥。希腊馆一边装饰着希腊国旗，另一边装饰着丹麦国旗。我被要求题词，我写了一小诗，这首诗很快呈大字体在各种大小旗帜上飘扬。

---

[1] 莎士比亚剧名和该剧的主人公。

[2] 英国探险家（1821—1893）。

[3] 乔治一世（1845—1913），其在位期为1863—1913年。

丹麦馆里有许多来自哥本哈根的人物肖像和大量精致的丹麦杰出人物的大理石半身像。许多陌生人问我这里有没有我的肖像或半身像，我没有找到。但这不是博览会的错误。会长张伯伦·沃尔夫·哈根告诉我，他曾反复写信向哥本哈根要两尊半身塑像，一尊是已故国会议员、古生物收藏家汤姆森的，另一尊是汉斯·克里斯汀·安徒生的。得到的答复是：他想要的塑像不是大理石的，于是，他表示石膏塑像也行。结果收到的是汤姆森和挪威作家比昂斯提尔纳·比昂森的半身塑像，而不是安徒生的。

我从巴黎动身乘火车取道瑞士的莱洛克尔，想在 5 月 26 日国王夫妇银婚那天回到哥本哈根，可是天气反常，越来越冷，我只好在莱洛克尔暂停，碰巧应邀参加了一次斯堪的纳维亚人的聚会。我当场朗诵了我的几篇童话，并提议为斯堪的纳维亚国家的诗歌干杯。同时我写了一篇衷心的贺词寄给王储弗雷德里克，请他转给他的父王母后。

几天以后，我回到了哥本哈根。在国王和王后的银婚庆祝会上，许多人受到褒奖或获得勋章，国王亲切地授予我国会议员的头衔。我向国王陛下表示深深的感谢。王室在弗雷登斯堡。达格玛公主，如今的俄罗斯皇后，正在这里探望她的父王母后。我有幸同和蔼可亲的达格玛公主交谈了一会儿。她说曾读过我的俄文版童话集，此书的丹麦文版她过去就很了解。因此我同王族一起度过了愉快的一天。

1867 年 9 月 1 日，我又去巴黎，我对博览会还是很感兴趣。在去市区途中，我绕道去了一趟特拉斯堡。古老的大教堂还是多年来那个样子。我很快到了巴黎。我本想借参观的机会描写奇妙的博览会大楼、南北风格兼备的花园和巨大的水族馆。人们站在水族馆中就像在海底或大湖底一样，被鱼类包围着。我沉浸在奇妙的想象中。后来我看到一家丹麦报纸上的一篇报道说："除了查尔斯·狄更斯，没人能逼真地描写出这壮丽景象。"这篇报道讲的是实话，因此我放弃了再描写博览会的尝试，而是满足于欣赏名胜。

有几位访问过哥本哈根的出版界杰出人士邀请我赴宴。《高卢人》杂志社社长埃德蒙·搭布有很高的音乐天赋，他在宴会上弹了钢琴曲《勇敢的兵娃子》和丹麦流行歌曲《玫瑰花》，引起一片赞美声。

9月底，我离开巴黎。在回国的路上，我在德国的赌城巴登巴登度过了几天。巴登巴登市面繁荣，但恶魔般令人不快。回国后，我只在欧登塞休息了一个昼夜。但我没想到，这个城市是一片热闹景象，也没想到我被邀参加为新兵们举行的庆祝活动。餐桌上摆满了肉类和饮料。新兵们来了，演讲声、歌声和欢呼声响彻云霄！这一切都与我小时候眼见的一名士兵为了逃避兵役而遭受夹道鞭打的情景大相径庭。如今这些新兵——国防卫士——在这里有完全不同的感受。

几位朋友对我说，我应当每年回来一次，而且不是像从前那样来去匆匆。不管怎么样，他们要求我一定要在11月回来，因为人们正在为我筹备一个庆祝会，而且我很快就会收到请柬……

对于庆祝会多么盛大，自己将被抬举到何种程度，我一无所知。因此我告诉他们，承蒙嘉许，但可否把我的返乡日期推迟到1869年9月4日，也就是我离开欧登塞去哥本哈根50周年的日子，那始终是我一生中忘不了的日子。请让我最好在1869年9月4日那天回来吧。

"那是两年以后了，"他们答道，"你不应该耽搁喜庆事，我们愿在今年11月见到你！"

我很小离开家时，我母亲从女巫那里听到的预言实现了。女巫给我算命："你的儿子将成为名人，欧登塞全城总有一天会灯火辉煌地欢迎他。"

11月下旬，我在哥本哈根收到欧登塞议会的信中说，已推选我为我的故乡欧登塞的荣誉市民，并将在12月6日交给我荣誉市民身份证。

12月4日，我回到了欧登塞。在12月6日这个具有重大意义的日子前夕，我没怎么睡觉，我深受感动而且终身都过意不去。我胸口痛、牙痛，这似乎是在提醒我："尽管如此受人尊重，你仍然只是个多病的孩子，尘土中的一条虫。"因此，我不仅肉体感到痛苦，我的灵魂也深受折磨。

12 月 6 日是我的喜庆日，欧登塞市装扮得分外漂亮，所有的学校都放假一天。市议长穆里尔先生代表议会讲话，他在授予我奖状时说了一番赞扬我的话。我的答词大意是："欧登塞市给我的大量荣誉使我愧不敢当，却激励着我。我不禁想起阿拉丁①，他在自己的魔灯帮助下能创造出一座有魔力的城堡。"于是我接着说："我曾经是个穷孩子，我感谢上帝授予了我'诗歌'这盏灯，当我的灯照耀着世界，使人们开心而且认出这盏灯来自丹麦的时候，我就心花怒放。""在我的故乡，也就是在我童年时代曾经生活过的这个城市，有许多帮助过我的长辈和朋友，我深深感悟到你们对我帮助如此重要。你们给予我的荣耀之大，使我只能以衷心的感谢来回报。"

虽然如此，我还是不能相信自己的好运。全国各地的人们怎么想的呢？只是在我看到哥本哈根的一家报纸上充满了同样的赞誉时，才觉得安心了。还有更多的庆祝活动。在第二天的晚宴上，市议员格罗斯雷尔·彼德森做了发言：

大约在 50 年前，一个穷男孩离开欧登塞出去奋斗。他的离家没有引起一丝涟漪，因为没有人认识他、知道他。只有他的母亲和祖母送他上路，可令人欣慰的是，整个旅途他带着她们的祈祷和祝愿。在首都，他没有朋友，但他有两股精神力量：相信上帝，也相信他自己。奋斗是艰难的、痛苦的，但坚强的意志驱使他前进。也许这种奋斗帮助滋养了他的梦想。这个男孩现在已经功成名就，实现了他的梦想。他的作品不仅在和平年代也在战争时期使我们祖国的人民乐观和坚强，而且为丹麦赢得了世界性的声誉。

此时欢声雷动。也许是因为这种赞扬使我太感动了，当我站起来

---

① 奥斯曼帝国的创建者，即奥斯曼一世（1258—约 1326）。

致谢词时突然牙痛得厉害。我能看见窗外由本市名流组成的火炬游行以及挤满了市议会广场的市民，他们都是为了我呀！然而由于牙痛，我已经丧失了欣赏能力。其实在庆祝活动开始时，我就着手计算能剩下多少时间来唱几句"让我逃脱这种折磨吧！"终于，我的极度痛苦和祷告得到了回答：点着的火炬一个接一个地被扔掉，熄灭了，我的牙痛也止住了！

　　参加庆祝活动之后，我搭上早已冰冻的近海水域最新的破冰船回到了哥本哈根。迄今为止，我已收到来自国内和世界各地的贺词，其中使我最感激的是赞扬我"为丹麦赢得了世界性的声誉"。